Sara Hill

Midnight Shadows – Dunkle Gefährtin

Weitere Titel der Autorin

Midnight Shadows – Gefährliches Verlangen
Midnight Shadows – Das Schicksal des Alphas
Midnight Shadows – Die Spur des Mondes

Über die Autorin

Sara Hill wurde an einem Wintertag im Februar 1971 geboren. Sie hat zwei große Schwächen: Schokolade und die großartige Stadt New York. Es gibt nichts Schöneres für sie, als an einem sonnigen Wintertag durch den Central Park zu spazieren oder im viktorianischen Gewächshaus des botanischen Gartens zu lustwandeln. Da ist es auch kein Wunder, dass diese pulsierende Metropole Handlungsort ihrer fantastischen Geschichten ist.

Sara Hill

Midnight Shadows – Dunkle Gefährtin

Lübbe

Die Bastei Lübbe AG verfolgt eine nachhaltige Buchproduktion. Wir verwenden Papiere aus nachhaltiger Forstwirtschaft und verzichten darauf, Bücher einzeln in Folie zu verpacken. Wir stellen unsere Bücher in Deutschland und Europa (EU) her und arbeiten mit den Druckereien kontinuierlich an einer positiven Ökobilanz.

Vollständige Taschenbuchausgabe
der bei Bastei Lübbe erschienenen E-Book-Ausgabe
Copyright © 2023 by
Bastei Lübbe AG, Schanzenstraße 6–20, 51063 Köln

Umschlaggestaltung: Guter Punkt, München | www.guter-punkt.de
Umschlagmotiv: © Dragos Cojocari /iStock/Getty Images Plus; Mat Hayward / AdobeStock; Artenauta / AdobeStock
Satz: 3w+p GmbH, Rimpar
Gesetzt aus der Adobe Caslon Pro
Druck und Verarbeitung: GGP Media GmbH, Pößneck

Printed in Germany
ISBN 978-3-404-20987-3

5 4 3 2 1

Sie finden uns im Internet unter luebbe.de
Bitte beachten Sie auch: lesejury.de

Kapitel 1

Eine eisige Brise biss in mein Gesicht, als ich das Taxi verließ. Kleine Wölkchen kondensierten Atems stiegen aus meinem Mund auf. Endlich frische Luft!

Ich atmete sie tief in die Lunge. Das säuerliche Aroma, das im Taxi vorgeherrscht hatte, war wirklich nichts für empfindliche Nasen gewesen.

Der Fahrer holte eifrig meine Reisetasche aus dem Kofferraum und drückte sie mir in die Hand. Sie war alles, was ich dabeihatte, denn ich stand nicht so auf Handtaschen und dergleichen. Das, was ich brauchte, war in meinen Jackentaschen verstaut.

Der Mann verschwand wieder in seinem warmen Fahrzeug, und ich blieb allein zurück.

Mein Blick glitt die Fassade des Hotels hoch. Sie verschmolz mit der Dunkelheit. Eine Schneeflocke traf meine Nasenspitze. Ich erschauderte. Zunehmend mehr Flocken rieselten aus der Finsternis auf mich herab. Warum musste ich auch ausgerechnet im Februar nach New York reisen? Dazu noch während des kältesten Winters, den die Stadt jemals gesehen hatte?

Eilig betrat ich das Hotel, vor dem kein Portier wartete, wie man es so häufig in Filmen sah. Entweder es war zu kalt oder zu spät für solcherlei Service – oder beides.

Der Eingangsbereich war mit braunem Marmor ausgekleidet. Eine wohlige Wärme begrüßte mich, und die Gänsehaut verschwand. Das Aroma von Knoblauchwurst dämpfte meine Freude etwas. Wahrscheinlich hatte sich der Mann hinter dem Marmortresen einen kleinen Nachtsnack gegönnt. Die meisten Menschen würden den Geruch kaum wahrnehmen, ich aber widerstand dem Drang, mir meine behandschuhte Hand vor die Nase zu halten, nur mit Mühe. In letzter Zeit war mein Geruchssinn wirklich extrem empfindlich geworden. Schwangeren sagte man nach, dass sie besser als Hunde riechen konnten. Doch ich erwartete kein Baby, und es gab einfach keinen plausiblen Grund für diese Veränderung. Nur Andeutungen meines unbekannten Vaters in einem Brief besagten, dass diese Veränderungen auf mich zukommen würden.

»Was kann ich für Sie tun?« Der Mann Mitte vierzig zog die Augenbrauen hoch.

»Mein Name ist Olivia Müller, ich habe reserviert.«

»Mueller?«, wiederholte er umständlich, als würde ihm das Ü in meinem Namen die Zunge brechen.

»Müller«, korrigierte ich und wünschte mir in diesem Moment, Mama hätte mir den Namen meines Vaters gegeben. Der war meines Wissens nach Amerikaner.

Der Angestellte murmelte etwas und tippte auf seiner Tastatur herum. »Ich sehe keine Reservierung«, erwiderte er. Genervt zog ich die Handschuhe aus, schnappte mir den Kugelschreiber vom Tresen und schrieb meinen Namen in Druckbuchstaben auf meine Handfläche. Dann hielt ich sie ihm vor die Nase.

Wieder tippte er und schüttelte den Kopf. Ein Schwall seines Wurstatems traf mein Gesicht, ich trat hastig einen Schritt zurück, Galle brannte mir in der Kehle.

»Es gibt leider keine Reservierung.«

»Wieso? Ich habe schon vor Wochen gebucht.« Ich versuchte, ruhig zu bleiben, doch die Wut, die in mir hochkochte, ließ sich nicht aus der Stimme drängen. Ich zog mein Handy aus der Tasche und öffnete die Buchungsseite, die sich gerade in diesem Augenblick nicht öffnen ließ. Dort stand etwas von technischen Problemen. Das war ja mal wieder typisch.

»Tut mir leid, Miss.«

»Egal, geben Sie mir einfach ein anderes Zimmer.«

»Wir haben keine Zimmer mehr frei, zur Zeit ist die Fashion Week«, erwiderte er mit betretener Miene.

Das konnte doch nicht wahr sein. Ich war Tausende Kilometer von Zuhause entfernt und hatte kein Zimmer? Meine Beine zitterten, ich hatte das Gefühl, den Halt zu verlieren. Meine Suche nach meinem verschollenen Vater begann ja schon gut.

»Vielleicht gibt es im Giles noch eines. Es liegt nur ein paar Blocks entfernt. Ich könnte Ihnen ein Taxi rufen.«

»Geben Sie mir nur die Adresse, ich tippe sie in mein Handy. Wenn es nicht zu weit weg liegt, kann ich ja zu Fuß laufen.« Ich hatte für heute genug von unangenehm riechenden Taxis. Hoffnung loderte in mir auf, als ich die Adresse eingab und feststellte, dass sich das empfohlene Hotel nur zwei Straßen weiter befand.

»Vielleicht wäre ein Taxi wirklich besser«, meinte der Angestellte.

»Die frische Luft wird mir guttun.« Meinem Magen auf jeden Fall, fügte ich in Gedanken hinzu.

Als ich aus dem Hotel trat, glühten meine Wangen vor Ärger. Dass die Schneeflocken, die darauf landeten, nicht verdampften, war ein Wunder. Ich schickte ein Stoßgebet zum Himmel, während ich meine Tasche schulterte. Hoffentlich hatte das Giles ein Zimmer für mich. Wenn ich dort auch keines fand …

Mir wurde schon wieder schlecht. Darüber wollte ich keinesfalls nachdenken.

Der Gehweg war menschenleer, im Gegensatz zu den

Straßen. Ein Auto nach dem anderen rauschte an mir vorbei. Bei dieser verfluchten Kälte schien sich niemand im Freien aufhalten zu wollen – was kein Wunder war. Obwohl ich gefütterte Sneakers trug, spürte ich schon nach wenigen Minuten meine Zehen kaum noch. Ich hob mein Handy hoch, an der nächsten Kreuzung musste ich nach links. Irgendwoher wehte Waschmittelgeruch in meine Richtung, der sich mit Abgasen vermischte.

Dann traf mich ein moschusartiges Aroma: ein Mensch, genauer gesagt ein Mann, der sich in unmittelbarer Nähe aufhielt.

Ich begann zu laufen. Aber der Geruch folgte mir. Das Knirschen von Schritten kam näher. Ich traute mich nicht, mich umzudrehen, wurde noch schneller. Mein Herz sprang gegen die Rippen. Sämtliche Nackenhärchen stellten sich auf, der Instinkt schrie mir zu, dass ich hier wegmusste. Wo konnte ich hin? Mit angehaltenem Atem schaute ich über die Schulter, entdeckte aber niemand. Vielleicht hatte ich mir das alles nur eingebildet?

Mein Herz widersprach mit wilden Pochen.

In diesem Moment rutschte mir das Handy aus der Hand. Es schlitterte über eine gefrorene Pfütze in Richtung Fahrbahn. Ich ließ meine Tasche auf den Boden fallen.

»Verflucht!« Panisch rannte ich hinterher. Nach der Devise »Schlimmer geht immer!« sah ich noch, wie mein Telefon über den Bordstein kippte und zwischen Gittern verschwand. In einem der gruseligen Abwasserschächte, in denen vorzugsweise Horrorclowns lauerten, wenn man Stephen King Glauben schenken möchte! Meine Tränen wurden nur noch von einem hauchdünnen Damm gehalten.

In diesem Moment schlug mir der Duft von Moschus regelrecht ins Gesicht. Hände packten mich grob. Ich wurde über den Gehweg gezerrt und gegen eine Hauswand gedrückt. Mein Herz schlug bis zur Kehle. Panik legte sich um meinen Brustkorb – einem Schraubstock gleich. Ein Schrei blieb mir im Hals stecken.

»Mister, ich gebe Ihnen alles, was ich habe, aber bitte tun Sie mir nichts«, flehte ich heiser.

»Was tust du hier? Das ist nicht euer Gebiet«, fuhr mich mein Angreifer an.

Der Mann war gut einen Kopf größer als ich. Seine Pranke umfasste meinen Hals, während die andere weiter meinen Oberarm fest im Griff hatte. Ich schnappte nach Luft.

»Ich ... ich ... weiß nicht, wovon Sie reden.« Tränen liefen über meine Wagen.

Hasserfüllt starrte mich der Mann an. »Willst du mich verarschen?«

»Nein«, schluchzte ich und zitterte wie ein Reh, dessen Hals im Maul eines Raubtiers steckte.

Er musste nur noch zubeißen und würde mein Genick brechen wie einen verdorrten Grashalm. Verzweifelt sah ich zur Straße. Warum hielt keines dieser verfluchten Autos an?

»Sie können mein ganzes Bargeld haben. Alles, was Sie wollen.«

»Wir werden es nicht dulden, dass ihr unsere Grenzen verletzt, das weiß deine Brut.«

Er sprach ganz leise, was noch beängstigender als sein Brüllen war. Sein Griff wurde fester, und ich versuchte, die Hand von meinem Hals zu zerren, während ich nach Atem rang.

»Bitte«, stieß ich hervor.

»Hör auf zu zappeln, sonst drücke ich zu«, drohte er, und ich erstarrte. Eine lange Strähne seines im Nacken zusammengebundenen Haares rutschte ihm ins Gesicht.

Er kam näher. Eine Narbe verlief quer über sein rechtes Auge. Ich konnte nicht anders, als sie anzustarren.

»Bitte«, flehte ich keuchend, woraufhin er den Griff lockerte. »Ehrlich, Mister, ich kenne hier niemanden. Ich bin heute aus Deutschland in New York angekommen und war vorher noch nie in dieser Stadt.« Ich schluckte, meine Kehle schmerzte, doch endlich bekam ich wieder Luft.

»He, was machst du mit der Frau?«, schrie ein Fremder.

Der Mann ließ meine Kehle los, den Arm packte er dagegen umso fester.

»Das geht dich nichts an«, knurrte er und drehte sich zu dem Typ um. Ich erstarrte, war nicht in der Lage, auch nur die Finger zu bewegen.

»Ich ruf die Polizei, wenn du sie nicht loslässt.«

»Hau ab und kümmere dich um deinen Scheiß!«

Schneller, als ich es erfassen konnte, stand der unbekannte Retter bei meinem Angreifer, schnappte sich dessen Handgelenk, verdrehte es. Das hässliche Knacken verursachte mir eine Gänsehaut. Mit einem Schrei ließ mein Peiniger mich los, im nächsten Augenblick lag er mit dem Gesicht voran auf dem Gehsteig, das Knie des Retters im Kreuz.

»War alles ein Missverständnis, lass mich los, Mistkerl!«, lamentierte er.

»Du entschuldigst dich jetzt bei der Lady.« Mein Retter drückte das Gesicht des anderen in einen schmutzigen Schneehaufen, dann packte er ihn an den Haaren und zog den Kopf etwas hoch.

Es schüttelte mich.

»Okay, okay, bitte, Miss, verzeihen Sie mir.«

Ich beobachtete die Szenerie, als würde ich im Kino

sitzen. Irgendwie war alles so unwirklich. Mir wurde schwindlig, meine Knie wollten nachgeben.

»Miss, wollen Sie die Polizei rufen?«, fragte Robin Hood mich.

Ich starrte ihn nur an, schüttelte langsam den Kopf.

»Wenn es nach mir ginge, würde ich die Cops holen. Du solltest der Lady dankbar sein.« Mit einer geschmeidigen Bewegung war mein Retter wieder auf den Beinen.

Der andere rappelte sich auf und rannte davon.

Ich sah ihm nach – schwankend wie ein dünner Baum im Sturm –, bis er hinter einer Ecke verschwand.

»Alles in Ordnung, Miss?«, fragte mich eine Stimme, die ich nur wie durch Watte wahrnahm.

Meine Beine gaben nach, mir wurde schwarz vor Augen. Arme fingen mich auf, angenehmes Sandelholzaroma streichelte meine Sinne.

»He, bist du wieder da?«

Eine Hand fuhr sanft über meine Wange. Ich hob träge die Lider und sah in blaue Augen. Ein Motor brummte. Hastig rutschte ich von dem Unbekannten weg, der neben mir in einem Taxi saß.

»Was ist passiert?«, fragte ich.

»Du bist ohnmächtig geworden. Da hab ich mir erlaubt, ein Taxi heranzuwinken. Übrigens, ich bin Aaron.« Er streckte mir die Hand entgegen, die ich zögerlich nahm. Sie war unglaublich warm. Das spürte ich sogar durch die Wolle der Fäustlinge.

»Ich heiße Olivia, aber Freunde nennen mich Liv«, sagte ich, worauf Aaron lächelte.

Mein Herz begann zu rasen. Dieser Mann hatte mein Leben gerettet und sah dazu noch so verflucht gut aus. Was war mit mir los? Benahm ich mich gerade wirklich wie ein Opfer aus diesen drittklassigen Actionfilmen? Das musste der Schock sein. Eilig ließ ich Aarons Hand los.

»Wohin fahren wir?« Mein Blick ging zum Fenster. Würde man mich jetzt aus dem Auto schubsen, wäre ich total verloren.

»Zu einem Krankenhaus«, sagte Aaron.

Hektisch drehte ich den Kopf in seine Richtung, worauf mein Hals sich meldete. Ich rieb über die schmerzende Stelle, hoffte, dass der Kerl keine Blutergüsse verursacht hatte. Ein Krankenhaus konnte ich mir nicht leisten, ich hatte dummerweise vergessen, eine Auslandskrankenversicherung abzuschließen. Wenn ich mit meinen Ersparnissen so einen Aufenthalt finanzieren musste, dann konnte ich gleich nach der Entlassung wieder nach Hause fliegen.

»Mir geht's gut. Ich brauche keinen Arzt.«

»Okay, sag dem Fahrer, wohin du willst.«

»Tja, das ist eine lange Geschichte. Eigentlich hatte ich ein Hotelzimmer ...«

»Was heißt ›eigentlich‹?«

»Sie haben meine Reservierung verschusselt. Kennst du vielleicht ein Hotel, das noch Zimmer frei hat?«

»Also, ich hätte noch ein Zimmer frei.« Aaron grinste mich an.

»Das ist nett ...«, sagte ich langsam.

»Ich bin handzahm und auch kein Serienmörder.« Das Grinsen wurde breiter.

»Das würde ein Serienmörder auch behaupten«, erwiderte ich.

»Du könntest dich auch die ganze Nacht im Taxi herumfahren lassen, allerdings wird das nicht billig – oder in einem U-Bahnhof übernachten. Da soll es um die Jahreszeit sehr gemütlich zugehen.« Aaron verschränkte die

Arme. »Und der Central Park hat mit Sicherheit viele Bänke frei, dort dürfte es nur etwas kühl werden«, fügte er hinzu.

»Ehrlich, ich weiß es nicht. Vielleicht hat ja der Taxifahrer eine Idee.« Ich beugte mich zur Öffnung in der Scheibe, die den hinteren Teil des Wagens vom Fahrer trennte. »Mister, wissen Sie ein Hotel für mich?«

»Hotel, kein Hotel, ist Fashion Week. Wir fahren Krankenhaus«, antwortete dieser in gebrochenem Englisch.

»Es wird doch wohl in dieser riesigen Stadt noch ein freies Zimmer geben.« Ich schloss die Augen, rieb mir die pochenden Schläfen. Wieder kroch Aarons wirklich verdammt anziehender Duft meine Nase hoch und ließ das Pochen abklingen. Ich konnte ihn zumindest gut riechen, das war doch schon was.

»Ja, bei mir. Jetzt komm schon! Denkst du, ich rette Frauen, um sie dann in meiner Wohnung grausam abzumurksen? Bleib heute Nacht bei mir, dann kannst du dir morgen in Ruhe ein Zimmer suchen.«

Statt zu antworten, griff ich in meine Jackentasche, um das Handy herauszuholen. Guter Gott, ich hatte es ja verloren. Damit fiel das Googeln nach einem freien Zimmer flach. Was war eigentlich mit meiner Reisetasche?

»Wo ist mein Gepäck?« Ich sah zu Aaron.

»Im Kofferraum.« Er gab dem Fahrer eine Adresse. »Ich habe sogar noch Pizza von gestern und Bier im Kühlschrank.« Aaron stieß mit seiner Schulter kumpelhaft gegen meine.

»Kalte Pizza und Bier. Wie könnte ich da widerstehen?«, sagte ich mit einem Seufzer.

Kapitel 2

Nur eine halbe Stunde später sperrte Aaron die Tür seines Apartments auf. Ich stand hinter ihm, betrachtete das rotbraun gestrichene Holz des Türblatts und fragte mich, ob ich noch alle Sinne beieinanderhatte. Seit wann hatte ich einen Hang zum Risiko? Schon die Reise nach New York ging weit über mein normales Gefahrenlimit hinaus, und jetzt folgte ich einem vollkommen Fremden in dessen Wohnung. Zum Glück lebte Mama nicht mehr. Wenn sie das mitbekommen hätte, wäre sie trotz ihrer Flugangst in so eine Höllenmaschine gesprungen und hätte den Großen Teich überwunden. Aber nun war ich auf mich allein gestellt. Ein Kloß, groß wie ein Straußenei, hing in meiner Kehle fest. Vor gerade mal drei Monaten hatte ich sie beerdigt.

»Hier sind wir.« Aaron drückte die Tür auf, betätigte den Lichtschalter und machte einen Schritt zur Seite, um mich eintreten zu lassen. Wie angewurzelt stand ich da, starrte auf das lackierte Nussbaumparkett vor mir. Ich könnte mich jetzt einfach entschuldigen, den geordneten Rückzug antreten und noch mal versuchen, ein Hotelzimmer zu finden. Andererseits ... allein nach Mitternacht in New York bei Minus fünfzehn Grad herumzustreunen war auch nicht weniger riskant.

»Was ist? Soll ich dich über die Schwelle tragen?« Aaron hob die dunklen Brauen. Mit seinen azurblauen Augen und dem fast schwarzen Haar hatte er etwas vom jungen Tony Curtis. Einem Schauspieler aus den goldenen Tagen Hollywoods, den meine Mama sehr gemochte hatte. Als sie kaum noch Kraft gehabt hatte, um aufzustehen, waren wir gemeinsam in ihrem Bett gelegen und hatten uns alte Filme mit ihm angeschaut.

Tränen brannten hinter meinen Lidern. Diese Gedanken weiterzuverfolgen war keinesfalls gut. Ich musste meine Aufmerksamkeit in eine andere Richtung lenken.

Genau genommen sah Aaron wie ein Outlaw-Tony-Curtis aus. Denn im Gegensatz zu dem Schauspieler, der in den Filmen meist sehr adrett daherkam, war Aarons Haar verstrubbelt, und seine markante Kinnpartie zierte ein Dreitagebart.

»Okay, keine Antwort ist auch eine Antwort.« Er stellte die Tasche, die er für mich getragen hatte, auf das polierte Parkett und hob mich hoch. Ich stieß einen überraschten Schrei aus. Als wäre ich leicht wie eine Feder und würde keine fünfundfünfzig Kilo wiegen, trug er mich ins Apartment.

»Das ist meine Wohnung«, sagte er vergnügt.

»Lass mich runter, ich hab Beine«, erwiderte ich gereizter als beabsichtigt.

»Wie du möchtest.« Er kam meinem Wunsch nach.

»Tut mir leid, dass ich dich angepflaumt habe. Der Tag heute war nur sehr lang.« Ich schaute in seine von dunkleren Wimpern umrahmten Augen, die blauer als das Meer vor der Côte d'Azur an einem wundervollen Sommertag waren. Konnte ein Mann mit so blauen Augen wirklich böse sein? Er lächelte und meine Beine wurden weich. Doch mein zweifelnder Geist stand nicht still. Sicher war es keine gute Idee gewesen, Aarons Einladung anzunehmen. Er wirkte auf mich wie Kerzenlicht auf Insekten. Und bekanntermaßen ging das für die Tierchen meist nicht gut aus.

»Komm, ich führ dich herum.«

Aaron schloss die Tür hinter sich und legte seinen

Schlüssel auf eine schmale Konsole im Flur. Ich packte meine Handschuhe daneben.

»Das hier ist dein Zimmer.« Er deutete im Vorbeigehen auf eine Tür der Konsole gegenüber.

Ich folgte ihm. Drei Schritte später erreichten wir eine offene Küche, deren gebürstete Edelstahlfronten sehr kühl wirkten. Das war eindeutig die Küche eines Mannes. Gleich darauf standen wir im Wohnbereich. Natürlich besaß der Herr ein schwarzes Ledersofa und einen riesigen Flachbildschirm, der an der Backsteinwand hing. Zwischen dem Fernseher und einem Buchregal befand sich ein offener Kamin. So ein Feuer wäre jetzt genau das Richtige. Ich schüttelte mich, die Kälte hatte sämtliche Gliedmaßen noch immer fest im Griff.

»Dann haben wir hier das Badezimmer.« Aaron stand in einem kleinen Vorraum, der vom Wohnzimmer abzweigte.

»In diesem Wandschrank findest du Handtücher.« Er strich mit seinen schlanken Fingern über zwei dunkle Türen. »Und da, direkt dem Bad gegenüber, liegt mein Schlafzimmer. Damit ist die Führung auch schon beendet.«

»Nette Wohnung.« Ich drehte mich langsam im Kreis. »Ist bestimmt nicht billig.«

»New York ist im Allgemeinen ein teures Pflaster.« Aaron trat vor mich. »Willst du vielleicht einen Kaffee? Du zitterst.« Er nahm meine Hände. »Und bist eiskalt.«

Eine wohlige Wärme umfing meine Finger. Der Mann strahlte eine Wahnsinnshitze ab. Am liebsten hätte ich mich an ihn gedrückt. Doch stattdessen befreite ich meine Hände und brachte Abstand zwischen Aaron und mich. Noch immer war er ein Fremder.

»Wenn ich so spät Kaffee trinke, bekomme ich kein Auge zu.«

»Aber gegen eine heiße Dusche spricht mit Sicherheit nichts. Die wird dir guttun. Ich könnte die Pizza aufwärmen.«

War es klug, in der Wohnung eines Fremden zu duschen? Sehnsüchtig blickte ich zur Badtür. Eine heiße Dusche erschien mir nach der heutigen Tortur wirklich wie der Himmel auf Erden.

»Ich würde doch deine Nachbarn stören«, erwiderte ich, seufzte dabei innerlich.

»Kein Problem, die sind das schon gewohnt. Außerdem kann man die Badezimmertür absperren, falls du mich noch immer für einen Serienmörder hältst.« Aaron zwinkerte mir zu. Wenn er grinste, zeigten sich Grübchen auf seinen Wangen.

»Du hast gewonnen«, gab ich nach und holte meine Tasche. Aaron reichte mir noch zwei graue Handtücher, dann betrat ich das Bad, das von schlichtem Weiß dominiert wurde, bis auf den grauen Duschvorhang und die dazu passenden Wannenvorleger. Ich erkannte keinen weiblichen Touch. Ob hier jemals eine Frau gewohnt hatte?

Nach der Dusche fühlte ich mich wie neugeboren. Ich saß auf dem Bett in meinem Zimmer, das genauso minimalistisch wie der Rest der Wohnung eingerichtet war, und starrte zur Tür, die ich zweimal abgesperrt hatte. Aaron war in der Küche und machte sich tatsächlich noch Pizza warm. Die Mikrowelle piepte lautstark, und der Geruch von Oregano, gemischt mit Knoblauch, drang in meine Nase. Müde stemmte ich mich hoch, ging zur Reisetasche, die auf der Kommode neben der Tür stand, und holte Mamas Bild heraus, dazu den Brief meines Vaters, den ich in ihren Unterlagen gefunden hatte. Anschließend nahm ich wieder auf dem Bett Platz, den Brief legte ich neben mich.

»Da bin ich nun, Mama. Komm schon, jetzt schau mich nicht so streng an, bisher war Aaron ganz Gentleman. Er scheint wirklich einer der Guten zu sein. Ja, okay, man sieht keinem an, ob er böse ist. Du hast ja recht. Aber jetzt lass uns das Beste daraus machen. Ich stell dich hier auf den Nachttisch, dann kannst du über alles wachen.« Sanft strich ich über das Glas. »Hab dich lieb, Mama.«

Damit platzierte ich ihr Bild auf dem Tischchen neben dem Bett und nahm das Foto aus dem Kuvert mit dem Brief. Die Farben waren nur noch zu erahnen. Ein junger Mann lehnte an einem Auto. Hinter ihm waren ein Straßenschild und eine auffällige Kirche zu erkennen. Nach dieser Straße wollte ich suchen. Auf der Rückseite des Bildes stand: *New York 1987*. Der Mann *musste* einfach mein Vater sein. Wieso sollte Mama dieses Bild sonst zu einem Brief von ihm gelegt haben? Ich entfaltete das Schreiben, das ich schon so oft gelesen hatte.

»Mein süßes kleines Mädchen,
ich habe erfahren, dass deine Mom dich Olivia genannt hat. So hieß meine Mutter. Darüber habe mich unglaublich gefreut. Bestimmt rufen dich alle Liv. So würde ich dich jedenfalls nennen.
Du bist jetzt noch zu klein, um alles zu verstehen, und ich hoffe, ich kann es dir eines Tages erklären. Deine Mom und dich zu verlassen war das Schwerste, das ich jemals tun musste. Ich vermisse euch jeden einzelnen Tag, aber ich konnte nicht bleiben. Damit hätte ich euch in große Gefahr gebracht. Deine Mom soll dir diesen Brief geben, sobald sie seltsame Veränderungen an dir feststellt. Sie weiß nichts Genaues, denn es ist für Menschen einfach zu schwer zu begreifen. Ei-

gentlich würde ich dir das Folgende gern persönlich sagen und dir bei dem helfen, was auf dich zukommt, falls du diese Veränderungen durchmachst. Doch für den Fall, dass das Schicksal andere Pläne hat, sollst du wissen:
Wenn du auf dein zwanzigstes Lebensjahr zugehst, könnte es sein, dass du um ein Vielfaches besser sehen, riechen und hören kannst als normale Menschen, zudem schneller sowie auch stärker wirst und deine Wunden von allein heilen. Schatz, falls du diese Veränderungen an dir bemerkst, dann darfst du unter keinen Umständen mit irgendjemandem darüber reden. Bitte, hör auf mich. Es gibt Feinde, die dürfen niemals etwas von deiner Existenz erfahren. Denn du ...«

Damit endete der Brief. Es musste eine zweite Seite gegeben haben, aber die fehlte. Ich hatte die Papiere meiner Mutter tausendmal durchsucht, ohne etwas zu finden.

Nachdenklich kroch ich unter die Decke, knipste die Nachttischlampe aus. Die Stimme des Nachrichtensprechers drang zu mir, obwohl Aaron den Fernseher mit Sicherheit leise gestellt hatte. Ich drehte mich zum Bild meiner Mutter, durch den Türschlitz fiel ein klein wenig Licht ins Zimmer. Das reichte mir, um alles im Raum erkennen zu können. Mit meinem Geruchsinn und dem Gehör hatte sich auch die Sehkraft verbessert. Damit hatte mein Vater recht behalten. Aber was die gesteigerte Kraft betraf, schien er mächtig falsch gelegen zu haben. Sonst hätte ich mich heute von diesem Typen befreien können.

Sofort war wieder alles da. Ein unsichtbares Seil legte sich um meinen Brustkorb, drohte, mir die Luft abzuschnüren. Panik ließ mich erstarren. Nein! Ich schnappte nach Luft. Zur Hölle, ich wollte keinen einzigen Gedanken mehr an diesen verfluchten Kerl verschwenden. Hoffentlich erfror er heute Nacht irgendwo. Ich schloss die Augen, vergrub das Erlebte ganz tief und atmete kontrolliert ein, inhalierte Aarons Aroma, das die Wohnung flutete. Er war da gewesen und hatte mich gerettet. Sein Geruch gab mir das Gefühl, sicher zu sein. Es war nicht zu erklären, warum. Ich legte die Hände unter die Wange, senkte die Lider und lauschte Aaron. Langsam dämmerte ich weg.

Ich fand mich auf einer Straße wieder. Es war eisigkalt, der Wind zerrte an mir. Ein dunkler Schatten wuchs vor mir in die Höhe, glühende Augen starrten mich an. Mein Herz verdoppelte seinen Schlag. Ich versuchte zurückzuweichen, spürte eine Mauer im Rücken. Klauen packten mich, drückten mir die Kehle zu und hoben mich in die Höhe, bis die Füße den Boden nicht mehr berührten. Verzweifelt rang ich nach Atem, doch das Monster verstärkte seinen Griff. Ich strampelte mit den Beinen, zerrte an den Klauen. Jemand schrie.

Panisch öffnete ich die Augen und setzte mich auf, schnappte keuchend nach Luft. Mein Herz schlug so laut, dass es sogar die Nachbarn hören mussten.

»Hallo, alles in Ordnung mit dir? Du hast geschrien.« Aarons Stimme klang dumpf hinter der Tür. Er klopfte.

Eilig rutschte ich an den Bettrand, wollte mich in seine Arme flüchten. An der Tür blieb ich jedoch stehen, legte die Hand aufs Holz. Auch wenn er mich gerettet hatte, er war ein Fremder.

»Liv, geht es dir gut?«

»Ja, ich hab nur schlecht geträumt. Kein Grund zur Sorge«, antwortete ich und widerstand dem Drang, die Tür zu öffnen.

»Okay, ich gehe ins Bett. Aber wenn etwas ist, kannst du mich jederzeit wecken.«

»Du bist so nett. Jetzt mach dir keinen Kopf. Es war

nur ein dummer Traum.« Sanft fuhr ich mit den Fingern über das Türblatt. Schritte entfernten sich, und ich kehrte ins Bett zurück. Die Druckstellen am Hals hatten wieder zu schmerzen begonnen. Aber vielleicht bildete ich mir das auch nur ein, denn im Badespiegel hatte ich keine blauen Flecke entdecken können. Ich drehte mich auf den Rücken, starrte zur Decke und rieb über die Stelle. Das würde eine lange Nacht werden.

Ich blinzelte, fühlte mich wie eine Comicfigur, auf die ein Amboss gefallen war. Mein Hals kratzte. So sehr ich es auch versuchte, ich konnte den Typen, der mich überfallen hatte, einfach nicht aus meinen Gedanken verbannen.

Jedes Mal, wenn mir die Lider zugefallen waren, war dieses Monster erschienen und hatte mich beinahe zu Tode gewürgt. Erst als die Morgenröte langsam über die Dächer gekrochen war, hatte ich in den Schlaf finden können.

Müde drehte ich mich auf den Rücken und lauschte. In der Wohnung blieb es ruhig. Vielleicht war Aaron arbeiten gegangen. Bestimmt sogar. Um sich so ein Apartment leisten zu können, musste er irgendeinem Job nachgehen. Schnell stand ich auf, die Holzdielen waren eisig unter den bloßen Füßen. Ich nahm meinen Kulturbeutel, den ich gestern auf der Kommode abgestellt hatte, kramte ein paar Klamotten zusammen, dann öffnete ich ganz vorsichtig die Tür und spähte nach draußen. Weit und breit konnte ich keinen Aaron sehen oder hören. Sein Geruch war weit weniger intensiv, was mir sagte, dass er die Wohnung verlassen haben musste. Es war durchaus von Vorteil, eine empfindliche Nase zu haben. Ich tippelte über das Parkett. Plötzlich wurde ein Schlüssel ins Schloss gesteckt, Sekunden später ging die Tür auf. Aaron stand vor mir. Auf einem Arm trug er eine Tüte, in der anderen Hand hielt er seinen Schlüssel, den er auf die Konsole legte.

»Guten Morgen«, sagte er vergnügt.

Hektisch zerrte ich an dem Shirt, doch es wurde einfach nicht länger.

»Tolle Beine.« Er nahm die Papiertüte mit beiden Händen und gab der Tür einen Tritt, sodass sie zuflog.

»Ich wollte gerade ins Bad«, erklärte ich. Hitze stieg in meine Wangen.

»Kein Problem, ich kümmere mich ums Frühstück. Magst du Kaffee?«

»Oh ja, sehr gern.« Dieser Mann war wirklich zu gut, um wahr zu sein. Vielleicht war das alles seine Verbrechermasche, um mich in Sicherheit zu wiegen. Ich schaute an mir hinab. Verdammt, ich stand ja immer noch in meinem Schlafshirt da. Als wäre eine Horde Spinnen hinter mir her, sprintete ich zum Bad. Ich sperrte die Tür ab und stellte mich vor den Spiegel. Die dunklen Ringe unter meinen Augen harmonierten ja wundervoll mit meinen bernsteinfarbenen Iriden. Das Haar war vom ständigen Herumwälzen in der Nacht total verstrubbelt. Gegen die Ringe konnte ich jetzt so schnell nichts machen, denn ich hatte kein Make-up dabei. Ich schminkte mich nicht gern. Aber ich konnte wenigstens mein langes Haar bändigen.

Nachdem ich angezogen und gewaschen war, fühlte ich mich schon besser.

Kapitel 3

In der Wohnung duftete es nach Kaffee. Allein der Geruch belebte schon meine Sinne. Auf dem Esstisch, an der Backsteinwand gegenüber der Küche, stand alles, was man für ein perfektes Frühstück brauchte. In einem Körbchen entdeckte ich Brötchen, die wirklich wie welche aussahen. Ich hatte ja schon viel Schlechtes über amerikanisches Brot gehört.

»Die sind von dem deutschen Bäcker an der Ecke. Ich dachte, die könnten dir schmecken«, erklärte Aaron.

»Wie kommst du darauf?«, fragte ich misstrauisch.

»Du sagtest gestern dem Typen, dass du aus Deutschland bist.« Aaron schenkte Kaffee aus der Kanne in eine der beiden Tassen.

Sofort blitzten Bilder auf. Wie ich gegen die Hauswand gedrückt wurde, im Würgegriff dieses verfluchten Kerls. Meine Kehle fühlte sich trocken an, ich schluckte schwer. Nein, ich würde mich davon nicht unterkriegen lassen.

»Komm, setz dich.« Aaron zog den Stuhl zurück, und ich kam seiner Aufforderung nach.

»Ich werde dieses Hotel gut bewerten«, sagte ich, verdrängte die Erinnerung an meinem Angreifer.

Aaron füllte noch seine Tasse, dann brachte er die Kanne zur Maschine zurück.

»Brauchst du Milch und Zucker?«, wollte er wissen.

»Nur Zucker, bitte.«

»Sofort.« Aaron kam mit einem Schälchen zurück, das er vor mich hinstellte. Ich löffelte den weißen

Glücksbringer in meine Tasse, denn Kaffee musste süß sein.

»Schüttest du immer Kaffee in deinen Zucker?«, fragte Aaron grinsend, fuhr sich dabei durchs dunkle Haar.

»Das Geheimnis ist, nicht umzurühren.« Ich hob die Tasse an meine Lippen. Sein Blick folgte ihr, an meinem Mund blieb er hängen. Was meine Wangen wieder zum Glühen brachte. »Ich habe das Gefühl, deine Gastfreundschaft auszunutzen.« Ich schnappte mir ein Brötchen, das ich in der Mitte auseinanderschnitt.

»Warum? Ich fühle mich keineswegs ausgenutzt.« Aaron lächelte, da waren sie wieder, die Grübchen.

Meinen Wangen standen in Flammen. »Darf ich vielleicht dein Telefon benutzen?«

Es war besser, ich konzentrierte mich aufs Wesentliche. Denn ich suchte in New York keinen schnellen Flirt, sondern meinen Vater.

»Klar.« Aaron stand auf, ging zu seiner Jacke, die er aufs Sofa geworfen hatte, und holte ein Smartphone aus der Tasche. Er entsperrte es, bevor er es mir reichte.

»Könnte ich damit auch googeln?«

»Ja klar. Was möchtest du denn suchen?«

»Ein freies Hotelzimmer, damit du deine Wohnung wieder für dich hast.« Ich rief eine Suchwebsite auf.

Aaron legte seine Hand auf meinen Arm. »Das ist mein Ernst, du kannst hierbleiben, solange du willst.«

Fast wäre ich in seinen blauen Augen versunken, in meinem Magen kribbelte es wie verrückt. »Du musst doch irgendwann arbeiten. Da willst du einer völlig Fremden deine Wohnung überlassen?« Ich versuchte, vernünftig zu sein.

»Ich besitze eine gute Menschenkenntnis. Bitte bleib!« Er zog die Hand wieder zurück und trank einen Schluck

Kaffee. Seufzend legte ich das Mobiltelefon auf den Tisch. Er hatte gewonnen.

»Da wir schon beim Thema sind. Was machst du eigentlich so, um das Geld für die Brötchen hier zu verdienen?« Ich strich Schokocreme auf meines.

»Ich arbeite im Familienunternehmen. Wir restaurieren alte Bikes und Autos.« Aaron nahm das Glas mit der Schokocreme. Er hatte offensichtlich trotz seines äußerst trainierten Körpers auch eine Vorliebe für Süßes. Ein sehr sympathisches Laster, wie ich fand.

»Und du, was machst du so, wenn du dich nicht gerade bei fremden Männern einquartierst?« Er lachte.

»Sehr witzig, ich hab die Hotelsuche noch offen«, erwiderte ich und hob das Handy hoch.

»Ach, komm schon!« Er schaute mich mit einem Hundewelpenblick an, der die Polkappen zum Schmelzen hätte bringen können.

»Ich will weiterstudieren. Aber im Moment habe ich mir eine Auszeit genommen, weil ich meinen Vater finden möchte.« Ich legte das Smartphone auf den Tisch, nahm die Tasse und trank, um den Brocken aus der Kehle zu bekommen, der plötzlich feststeckte.

»Du suchst deinen Dad in … New York?« Aaron zog die dunklen Brauen hoch.

»Ja, er ist Amerikaner, und die einzige Spur, die ich habe, führt nach New York«, erwiderte ich, legte das Brötchen auf den Teller und stand auf, um das Foto aus dem Zimmer zu holen.

Anschließend nahm ich wieder auf dem Stuhl Platz.

»Das Foto habe ich in den Unterlagen meiner Mutter gefunden. Zusammen mit einem Brief von meinem Vater, der in New York abgestempelt wurde. Ich vermute, dieser Mann ist mein Erzeuger.« Ich reichte es Aaron.

Er runzelte die Stirn, sein Blick glitt von dem Bild zu mir. »Du kennst deinen Dad nicht?«

»Er hat meine Mutter noch vor meiner Geburt verlassen. Mehr weiß ich nicht von ihm.« Eine verdammte Tränenflut war kurz davor auszubrechen. Ich nahm die Tasse und trank. Der Kaffee war mittlerweile lauwarm.

»Warum fragst du nicht einfach deine Mom?«

Verflucht, jetzt gab es kein Halten mehr. Dicke Tränen bahnten sich ihren Weg, hinterließen eine feuchtwarme Spur auf meiner Haut. Mit dem Handrücken wischte ich mir über das Gesicht. »Weil sie ...« Ich holte Luft, die Worte lagen wie Blei auf meiner Zunge, der Schmerz zerriss mich fast. »... gestorben ist.« Ich schluckte. Es auszusprechen tat unendlich weh. »Ich hab das alles erst nach ihrem Tod zwischen den Unterlagen gefunden«, fuhr ich hastig fort.

Aaron stand auf und ging vor mir in die Hocke. »Das tut mir leid. Ich werde dir helfen, deinen Vater zu finden.« Sanft strich er eine Haarsträhne aus meinem Gesicht.

»Jetzt hältst du mich bestimmt für eine Heulsuse.« Ich versuchte zu lächeln.

»Nein, das tue ich keineswegs, Familie ist wichtig. Hast du noch andere Verwandte hier, die etwas über deinen Vater wissen könnten?«

Ich schüttelte den Kopf. »Es gab nur meine Mom und mich.«

»Es muss schlimm sein, seine Wurzeln nicht zu kennen. Ich komme aus einer Großfamilie, deren Stammbaum sich einige Jahrhunderte zurückverfolgen lässt.« Aaron fuhr sanft mit dem Finger über meine Wange.

Seine Berührung fühlte sich so gut an. In diesem Moment erkannte ich, wie sehr ich nach menschlicher Zuneigung dürstete. Die ganze Zeit hatte ich versucht, stark zu sein. Nicht einmal meine Freundin Maja hatte mich auf der Beerdigung in den Arm nehmen dürfen. Plötzlich hielt Aaron inne, schaute auf seine Finger. Als wäre ihm gerade bewusst geworden, was er tat. Eilig erhob er sich, um auf seinen Platz zurückzukehren. Er nahm das Bild meines vermeintlichen Vaters, das er nachdenklich betrachtete.

»New York hat sich sehr verändert, seit dieses Bild aufgenommen wurde. Das wird eine Herausforderung. Anderseits … Kirchen verändern sich eher selten. Sie ist ein wertvoller Anhaltspunkt.«

Noch immer spürte ich seine Finger auf meiner Haut. Ich widerstand dem Drang, meine Hand auf die Stelle zu legen. Es wäre wahrscheinlich besser gewesen, mir doch ein Hotel suchen. Denn ich konnte keine Ablenkung gebrauchen. Tief in mir gab es ein Geheimnis, das nur mein Vater zu lüften imstande war. Ich musste wissen, was auf der zweiten Seite des Briefes stand. Aber die Vorstellung, nach der gestrigen Nacht ganz allein auf die Suche zu gehen, verursachte ein mulmiges Gefühl. Außerdem kannte sich Aaron hier aus und er war bisher total nett gewesen.

»Du musst doch bestimmt zur Arbeit«, gab ich zu bedenken.

»Die werden schon einmal ohne mich auskommen. Das ist der Vorteil, wenn man der Sohn des Chefs ist.« Aarons Lächeln strich zart wie Engelsflügel über mein Herz.

»Auf keinen Fall möchte ich, dass du Schwierigkeiten bekommst«, sagte ich mit gespielter Strenge.

»Ich schick ihnen eine Nachricht.« Aaron nahm das Foto. »Eventuell hab ich sogar eine Ahnung, wo diese Straße sein könnte. Ich will das gleich mal googeln.«

In mir wuchs Zuversicht. Vielleicht hatte ich endlich

mal etwas Glück, was die Suche nach meinen Wurzeln betraf.

Eine halbe Stunde später saß ich neben Aaron im Taxi. Der Fahrer lenkte den Wagen durch die Häuserschluchten. Genauer gesagt schoben wir uns Stück für Stück durch die Straßen, denn wir standen im Stau.

»Es gibt hier nur zwei Zustände: mehr oder weniger Stau«, kommentierte Aaron die Autoschlangen. Er sah zu mir.

Sofort schlug mein Herz schneller. »Deine Familie kann ihren Stammbaum wirklich Jahrhunderte zurückverfolgen?« Ich fuhr mit meinen Händen über meine Jeans. Nicht nur Aarons intensiver Blick machte mich nervös, sondern auch die Vorstellung, meinem Vater näherzukommen.

»Meine Schwester hatte eine entsprechende Website gefunden und die Firma beauftragt, um Dad damit zum Geburtstag zu überraschen. Es ist ein beeindruckendes Dokument.«

»Kann ich mir vorstellen. Habt ihr auch Prominente unter euren Vorfahren – wie Könige oder Eroberer?« Ich lächelte.

»Ich mag es, wenn du lächelst«, sagte Aaron, worauf ich mich verlegen räusperte. Mein Mund war ganz trocken. »In meinem Stammbaum gibt es niemand von Bedeutung, wir sind schon von jeher eher bodenständig und sesshaft. Trotzdem sind ein paar meiner Vorfahren nach Europa gegangen.«

»Europa? Vielleicht kamen sie sogar bis nach Deutschland?« Ich strich meine blonden Strähnen zurück. »Wir könnten gemeinsame Vorfahren haben«, erwiderte ich vergnügt, worauf mich Aaron seltsam ansah. Hatte ich etwas Falsches gesagt?

»Das wäre schon ein großer Zufall«, antwortete Aaron schnell und grinste, doch seine Augen blieben ernst.

»Du hast recht.« Ich blickte aus dem Fenster, um der seltsamen Stimmung zu entkommen, die plötzlich zwischen uns herrschte.

Wir erreichten Brooklyn. Der Wagen hielt an einer Ecke. Aaron bezahlte das Taxi und wir stiegen aus. Hier kam es mir noch kälter vor als in Greenwich Village. Schon nach wenigen Schritten hatte ich das Gefühl, meine Nase würde einfrieren. Ich zog das Foto aus der Brusttasche meiner Jacke und hob es hoch. Die Gegend besaß viel Ähnlichkeit mit der auf dem Bild. In mir keimte Hoffnung auf, dass ich Erfolg haben könnte. Die zweistöckigen Häuser, die die Gegend bestimmten, waren sehr hübsch. Dann entdeckte ich das Straßenschild und in der Ferne die Kirche. Das sakrale Gebäude hatte sich kein bisschen verändert. Ich hob das alte Foto hoch, versuchte abzuschätzen, vor welchem Gebäude das Auto genau gestanden hatte.

»Das könnte es sein.« Ich sah von dem Haus zu Aaron. Meine Beine wurden weich. Wie sollte es weitergehen? Die Idee, meinen Vater zu suchen, erschien mir auf einmal sehr dumm.

»Die Straße gibt es. Gut, dass ich das weiß. Jetzt können wir wieder gehen.« Auf dem Absatz drehte ich mich um, wollte die Flucht antreten, doch Aaron hielt mich fest.

»Willst du nicht klingeln und nach deinem Dad fragen?«

»Hat er in all den Jahren nach *mir* gefragt?«, fuhr ich ihn an, versuchte, mich aus seinem Griff zu befreien. Ich musste einfach weg. All die Gründe, warum ich meinen Vater finden wollte, verflüchtigten sich wie Rauch im

Wind. Der Mann war ein vollkommen Fremder für mich. Wahrscheinlich wohnte er hier schon seit Ewigkeiten nicht mehr, wenn er überhaupt in dieser Straße gelebt hatte.

Eine ältere Dame kam des Weges. Aaron zog mich hinter sich her. Vor der Frau blieb er stehen. »Verzeihen Sie, dürfte ich Sie etwas fragen?«

Schmollend schaute ich in die andere Richtung. Murmelte »Vollidiot« in meinen nicht vorhandenen Bart.

»Natürlich, junger Mann.«

»Sie scheinen hier schon länger zu wohnen«, hakte Aaron nach.

»Seit über vierzig Jahren, mein Junge«, bestätigte die Frau. Nun sah ich sie doch an. Sie lächelte freundlich, war eine richtige Bilderbuchoma. Aaron ließ mich los und nahm mir, trotz meines geflüsterten Protestes, das Bild ab. Ich verschränkte die Arme.

»Kennen Sie vielleicht diesen Mann?«

»Da brauche ich meine Gläser.« Die alte Dame stellte ihren Einkaufstrolley ab und holte eine Brille aus der Innentasche ihres Mantels, die sie umständlich aufsetzte.

»Das Auto kommt mir bekannt vor. Ein Mustang. Die Farbe ist hier kaum noch zu erkennen, aber ich erinnere mich an das knallige Orange. Ich glaube, der junge Mann hieß Joe oder John. Er war mit Steven Walters, der im Haus nebenan wohnte, befreundet.«

Ein Zittern ging durch meinen Leib und keineswegs, weil ich fror. »Wohnen die Walters noch hier?«, kam ich Aaron zuvor.

»Nein, sie zogen nach der tragischen Sache fort.« Die Frau hielt mir das Foto entgegen. Ich griff danach und senkte den Blick. Sie seufzte leise.

»Was für eine tragische Sache?«

»Ihr Sohn Steven wurde von einem tollwütigen Hund

angefallen und tödlich verletzt. Er sah so schlimm aus, dass man ihn nicht einmal in einen offenen Sarg legen konnte. Der arme Junge.« Die Frau nahm ihre Brille wieder ab, schüttelte dabei den Kopf.

»Haben Sie eventuell eine Adresse, wo man die Familie erreichen könnte?«, fragte Aaron.

»Muriel, also Mrs Walters, hat mir noch eine Zeit lang Briefe geschrieben. Die habe ich aufgehoben.«

»Ich weiß, das ist aufdringlich, aber dürften wir einen Blick darauf werfen?« Ich stellte mich vor Aaron. Das war meine Mission, ich musste die Zügel selbst in die Hand nehmen.

»Junger Mann, würden Sie meinen Trolley ziehen?« Die Frau hakte sich bei mir ein. »Bei mir ist aber nicht aufgeräumt, ich bekomme nur wenig Besuch.«

»Ich bin auch keine Ordnungsfanatikerin, Miss…«, erwiderte ich, worauf die alte Dame kicherte.

»Nennen Sie mich Imogen.«

»Ich bin Liv, und das ist Aaron.« Ich zeigte mit dem Daumen in seine Richtung.

Imogen und ich stiegen zusammen die Stufen zu einem der Häuschen hinauf. Aaron folgte uns mit dem Trolley. Zuerst erreichten wir einen Hausflur, Imogen öffnete die Wohnungstür. Eine Geruchsmischung aus Mottenkugeln, Veilchen und Katzenurin schlug mir entgegen. Dann schlich schon der erste Stubentiger um die Ecke. Wie es hierzulande üblich war, standen wir direkt im Wohnzimmer.

»Wo soll der Trolley hin?«, wollte Aaron wissen.

Die Katze stellte alles an Fell auf, was sie hatte, und fauchte sich die Seele aus dem Leib. Ihr Schwanz war fast so dick wie mein Arm. Lautstarkes Knurren kam von einem zweiten Stubentiger, der hinter dem Sofa in Deckung gegangen war.

»In die Küche«, antwortete Imogen und deutete zum Gang. »Die erste Tür rechts.«

Aaron befolgte ihre Anweisung, während sie sich den Mantel auszog. Fauchend und knurrend pirschten die Katzen ihm hinterher, als wollten sie den Feind genau im Auge behalten. Ich musste schmunzeln. Katzen schienen Mister Perfect also nicht zu mögen.

»Legen Sie doch ab!« Imogen hängte ihren Mantel ordentlich in den Wandschrank neben der Tür.

»So lange können wir nicht bleiben«, antwortete ich, musterte dabei die Einrichtung. Die alte Dame hatte maßlos übertrieben. Ihre Wohnung war total ordentlich. Jedes Kissen auf dem Blümchensofa hatte in der Mitte eine akkurate Knickfalte.

»Kann ich Ihnen etwas anbieten?«

»Wir wollen keine Umstände machen.«

»Ach Unsinn, ich freue mich über Gäste. Für eine Tasse Tee werden Sie wohl Zeit haben, Kindchen.«

Aaron kam mit seinem aufgebrachten Gefolge zurück.

»Salome, Finnegan! Jetzt seid aber still. Was soll unser Besuch von euch beiden halten?«, schimpfte Imogen die Katzen, als sie den beiden auf dem Weg in die Küche begegnete.

Ich nahm auf dem Sofa Platz, Aaron setzte sich neben mich. Die Katzen liefen vor ihm auf und ab, machten weiter Radau.

»Ich glaub, die mögen dich nicht.« Ich kicherte leise.

»Katzen.« Aaron machte eine wegwerfende Handbewegung.

»Bisher hielt ich dich für Mister Perfect, aber deine Abneigung gegen Samtpfötchen ist jetzt doch ein dicker Minuspunkt.«

»Mister Perfect?« Aaron sah mich an, ein knabenhaftes Lächeln umspielte seine Lippen.

»Wie wir jetzt festgestellt haben, bist du keineswegs perfekt. Katzen besitzen eine gute Menschenkenntnis«, sagte ich herausfordernd.

»Wahrscheinlich hassen die Viecher alle Fremden.« Aaron verschränkte die Arme. Ich stand auf und ging neben dem Sessel in die Hocke. Sofort hörten die Katzen mit Fauchen und Knurren auf. Freundlich gurrend schmiegten sie sich an mich. Sanft strich ich über das weiche Fell. Kraulte der Grauen das Ohr, die sich sofort auf den Boden warf und lautstark schnurrte.

»Damit wäre deine Theorie widerlegt. Es liegt wohl doch an dir. Ihre Abneigung gegen dich sollte mir wirklich zu denken geben.«

»Na, Salome, Finnegan, jetzt seid ihr wieder lieb. So ist es schön.« Imogen trug ein Tablett herein, auf dem Tassen leise aneinanderstießen. Es roch nach englischem Tee. Sofort stand ich auf.

»Kann ich helfen?« Ohne auf eine Antwort zu warten, nahm ich ihr das Tablett ab, um es auf den Tisch zu stellen. Dann setzte ich mich wieder neben Aaron, während Imogen Tee in die Tassen goss.

»Milch und Zucker stehen auf dem Tablett. Ich sehe jetzt nach den Briefen.« Sie ging zu einer Kommode, auf der eine kleine Armee von unterschiedlich großen Plüschbären saß. Ich zog die Handschuhe aus, stopfte sie in die Tasche meines Parkas und nahm die Tasse. Der Tee tat wirklich gut.

»In deinen Kaffee schüttest du jede Menge Zucker, und deinen Tee trinkst du ganz ohne?« Aaron betrachtete mich, als wären mir Hörner gewachsen.

»Ja, was dagegen?«, erwiderte ich belustigt.

»Nein, das war nur eine Feststellung«, meinte er vergnügt. »Ihr beide seid ein reizendes Paar.« Imogen trat mit Briefen in ihren Händen an den Tisch.

Eine Feuersbrunst fegte über mein Gesicht. »Nein, wir sind kein Paar. Auf keinen Fall. Wirklich nicht«, widersprach ich vehement. »Wir sind nur … nur …« Was sollte ich sagen? Dass ich Aaron gestern erst kennengelernt hatte? Hilfe suchend schaute ich zu ihm. Er wirkte gekränkt. Sein Blick hatte sich verdunkelt.

»Darf ich?« Er stand auf, streckte Imogen die Hand entgegen, und sie übergab ihm die Briefe.

»Sie wurden in San Francisco abgeschickt.« Aaron legte sie auf den Tisch, zog das Handy aus der Jackentasche und machte ein Foto.

»Ach ja, jetzt erinnere ich mich. Sie sind nach San Francisco gezogen. Aber den letzten Brief habe ich vor zehn Jahren erhalten. Keine Ahnung, ob sie noch dort leben.« Imogen setzte sich auf den Sessel uns gegenüber und nahm einen Zuckerwürfel, den sie in ihre Tasse warf.

Ich trank einen Schluck. Es war eine Spur, zwar eine sehr vage, aber eine Spur. Doch wollte ich ihr wirklich nachgehen?

Aaron und ich liefen schweigend die Straße entlang.

»Irgendwie hat es so gewirkt, als wärst du dir nicht sicher, ob du deinen Vater wirklich finden möchtest«, unterbrach er die Stille.

»Es ist schwer zu erklären. Einerseits hätte ich so viele Fragen, die nur er beantworten kann. Auf der anderen Seite hat er Mom und mich sitzen lassen. Es ist kompliziert.« Ich behielt für mich, dass mein Vater uns angeblich verlassen hatte, um meine Mutter und mich vor irgendwelchen Feinden zu schützen. Das alles klang schon etwas paranoid, wenn ich ehrlich war. Zudem wollte ich Aaron keinesfalls etwas von meinen seltsamen Fähigkeiten erzählen. Denn eventuell war mein Vater ja doch nicht paranoid gewesen und es gab diese Feinde, von denen er im Brief geschrieben hatte, wirklich. Was auch immer zutraf, Aaron würde mich für verrückt halten, und das wollte ich auf keinen Fall.

»Ich versteh das. Aber wenn du die Chance hast, ihn kennenzulernen, und sie vorbeiziehen lässt, dann wirst du dir eines Tages Vorwürfe machen.«

Er sah mich eindringlich an. Seine Augen waren so unglaublich blau, dass mir vor Faszination heißkalte Schauer den Rücken hinunterliefen.

»Woher willst du das wissen? Du kennst mich kaum«, brauste ich auf. Zur Hölle, sein Argument war nicht von der Hand zu weisen, und sein intensiver Blick ging mir unter die Haut. Es nervte, dass er mich so verunsicherte.

»Als die alte Dame uns für ein Paar gehalten hat, hast du das wirklich mit enorm viel Nachdruck verneint«, wechselte Aaron das Thema.

»Na, das sind wir doch auch nicht. Wir kennen uns kaum vierundzwanzig Stunden, wissen nur wenig voneinander.« Meine dummen Wangen glühten schon wieder.

»Dann ist Liebe auf dem ersten Blick für dich nur ein Mythos?«, fragte er geradeheraus.

»Äh ... ja ... nein ...« Jetzt brannte mein Gesicht lichterloh. Was hatte er da gerade gesagt? Und noch wichtiger, was hatte er mir damit sagen wollen? Ein gut aussehender Typ, der mit Sicherheit an jeder Hand zehn Mädchen hatte, erzählte mir etwas von Liebe auf dem ersten Blick?

Aarons Augen funkelten herausfordernd. Mir dabei

zuzusehen, wie ich mich windete, machte ihm offensichtlich Spaß.

Oh nein, mein Herr, dieses Spiel spielte ich keinesfalls mit. Ich ignoriert mein saltoschlagendes Herz, bemühte mich, total cool zu wirken. Sofern dies mit hummerrotem Gesicht möglich war.

»Liebe auf den ersten Blick.« Ich lachte künstlich. »Meine Güte, du bist ja ein richtiger Romantiker. Kriegst du mit dieser Masche viele Mädels ins Bett?«

»Ich seh schon, du bist eine wahre Zynikerin. Romantiker und Zynikerin, die alte Dame hatte recht, wir würden wirklich hervorragend zusammenpassen.« Er zwinkerte mir zu.

»Ja, du brauchst in der Tat jemanden, der dich auf den Boden der Tatsachen holt«, erwiderte ich bissig.

»Wirklich, du ...« Er hielt inne, musterte die Umgebung.

»Was ist?« Ich versuchte auszumachen, was ihn beunruhigte. Ein Geruch, der unbekannt war, etwas Aggressives hatte, stieg mir in die Nase.

»Da vorn ist die U-Bahn. Komm!« Aaron nahm meine Hand, zog mich hinter sich her. Er wurde immer schneller.

»Bitte, sag mir, was los ist?«

»Hier gibt es Gangs.«

»In dieser netten Gegend soll es Gangs geben?« Die Erklärung klang für mich an den Haaren herbeigezogen.

»Willst du es herausfinden?«, zischte Aaron.

Das wollte ich natürlich nicht. Eilig sprintete ich hinter ihm die Stufen hinunter. Das Aufseherhäuschen war unbesetzt. Aaron ließ mich los und sprang mit einem eleganten Satz über die Schranke, vor der ich stoppte. Der aggressive Geruch schien sich verflüchtigt zu haben. Entschlossen steuerte ich den Ticketautomaten an.

»Was hast du vor? Die U-Bahn fährt gleich ein«, rief Aaron ungeduldig.

»Na, was wohl. Ich löse mir eine Fahrkarte.«

»Keiner bekommt es mit, wenn du einfach über die Schranke kletterst.«

Statt zu antworten, ging ich zu einem der Fahrkartenautomaten und studierte das Display. Schon hatte ich das richtige Ticket gefunden.

Plötzlich war der Geruch wieder da. Die feinen Härchen in meinem Nacken standen stramm. Ich hörte Schritte ... Mehrere Leute kamen die Treppe hinunter. Mein Puls verdoppelte seinen Schlag. Der Automat arbeitete vor sich hin. Stimmen grölten durcheinander. Ich konnte mich auf keine konzentrieren. Mein von Angst vernebeltes Hirn verstand nicht, was sie sagten.

»Mach jetzt!«, drängelte ich den Automaten, trat dabei von einem Fuß auf dem anderen, blickte mir verstohlen über die Schulter. Gestalten warfen lange Schatten. Ich presste die Lippen zusammen.

»Jetzt lass doch das Ding«, fuhr Aaron mich an.

Mehrere junge Männer kamen um die Ecke, winkten mir mit großen Schaumstoffhänden zu, sangen dabei *We Are The Champions*, waren offensichtlich auf dem Weg zu irgendeinem Spiel. Sie passierten die Schranken und verschwanden in Richtung U-Bahngleise. Erleichtert schnappte ich nach Luft. Mit erhobenen Haupt trat ich ebenfalls zur Schranke, hielt die Karte an die vorgesehene Fläche, die Sperre öffnete sich, und ich ging hindurch.

»War das deine ach so gefährliche Gang?«, fragte ich mit vor Sarkasmus triefender Stimme.

»Hätte dich ein Blitz erschlagen, wenn du einfach darübergeklettert wärst?«

»Ich verstoße niemals gegen Regeln«, erwiderte ich,

fixierte ihn dabei, denn er schien jemand zu sein, der Regeln weit weniger Bedeutung zumaß.

»Du hast noch nie was gestohlen? Nicht mal als Kind?«

»Nein.« Ich schüttelte den Kopf.

»Oder die richtigen Lösungen bei Mitschülern abgeschaut?«, fragte er weiter.

»Ich hab gelernt«, erwiderte ich barsch.

»Eine zynische Streberin also.«

Er lachte leise, und ich ballte die Hände zu Fäusten. Er machte sich wirklich über mich lustig, weil ich keine Abkürzung nahm, sondern auf Ehrlichkeit setzte?

»Meine Mutter sagte immer, nur dumme Menschen versuchen, sich durchs Leben zu mogeln. Ich hatte dich bisher nicht für einen dummen Menschen gehalten.«

»Vielleicht bin ich kein Mensch.« Sein Blick hielt meinen fest, die Augen wurden dunkel.

Ein seltsames Gefühl flüsterte mir zu, dass er keinen Spaß machte. Es war, als würde mir eine kalte Hand über den Rücken streichen.

»Ach, jetzt mimst du den Psycho. Ha, ha sehr witzig«, sagte ich schnell.

In diesem Moment fuhr die U-Bahn in den Bahnhof ein.

Kapitel 4

Bist du vielleicht ein Cyborg aus der Zukunft, der gekommen ist, um die Menschheit zu vernichten?«, fragte ich, als Aaron die Wohnungstür aufschloss. Sarkasmus, meine Art, unangenehme Situationen aufzulösen … Und Aaron hatte den ganzen Weg von der U-Bahnstation bis zur Wohnung die volle Breitseite abbekommen. Ich war mit den absurdesten Theorien gekommen, was er wirklich sein könnte, wenn er kein Mensch war. Aber er hatte ja auch die Steilvorlage dazu geliefert.

»Zu viel Science-Fiction-Filme angeschaut«, erwidere er und seufzte. »Ist ja gut, ich seh schon, du bist sehr kreativ und offensichtlich Verschwörungstheoretikerin. Ehrlich gesagt haben mich deine wirklich sehr interessanten Spekulationen hungrig gemacht. Was hältst du davon, wenn wir essen gehen?«

Mir stand im wahrsten Sinne des Wortes der Mund offen. »Essen?«, wiederholte ich langsam.

»Ja, das macht man, um dem Körper Nahrung zuzuführen. Auch Cyborgs tun das gelegentlich.«

Er grinste, meine Beine drohten einzuknicken.

»Wir zwei, wie bei einem …« Ich schluckte, musste das Wort regelrecht hinauspressen. »Date?«

»Ja, wenn du so willst.« Sein Grinsen wurde breiter und ich hielt mich an der Wand fest, um nicht umzukippen, so sehr zitterten meine Knie.

Ein Handy summte. Aaron holte es aus der Jackentasche und ging ran. »Ja okay. Ich komme.« Damit war das Gespräch beendet. Er sah schuldbewusst zu mir. »Wir müssen das Essen ein wenig verschieben. Mein Dad braucht mich. Aber aufgeschoben ist nicht aufgehoben. Heute Abend gehen wir aus.«

Ich öffnete den Mund, wollte etwas sagen.

»Keine Widerrede«, meinte er und ließ mich nicht zu Wort kommen, Sekunden später war er zur Tür hinaus.

Ich starrte ihm nach, mein Herz sprang ihm hinterher. Ich konnte kaum glauben, dass ich mit diesem umwerfenden Typen tatsächlich ein Date hatte. Schnell zog ich die Handschuhe aus, legte sie auf die Konsole und zwickte mich in den Handrücken. »Autsch«, jammerte ich und rieb die schmerzende Stelle. Mein Gott, ich war wach und hatte ein Date ... oder doch nicht? »Wenn du so willst«, hatte er geantwortet. Aber wenn es doch eine Verabredung war? Panik ergriff mich. Was sollte ich anziehen? Mit einer Verabredung hätte ich in tausend Jahren nicht gerechnet. Meine Klamotten waren nur zweckmäßig und bequem.

Wie von der Fledermaus gebissen riss ich die Tür zu meinem Zimmer auf, schnappte mir die Reisetasche und leerte sie auf dem Bett aus. Wollpullover, Jeans, langärmelige T-Shirts, dicke Socken ... alles weit weg von datetauglich.

Die Tür wurde aufgeschlossen. Verflucht, Aaron kam schon wieder zurück? Hastig stopfte ich meine Sachen in die Tasche. Das neue Packsystem sorgte dafür, dass nur noch die Hälfte reinpasste.

»He, ist da drin jemand?« Eine Frau klopfte an meine angelehnte Zimmertür, und ich wusste nicht, wie mir geschah, hatte das Gefühl, der Raum würde sich drehen. War das Aarons Freundin? Hatte er mit mir gespielt?

»Ja«, erwiderte ich, krächzte dabei wie eine alte Oma und drehte mich zur Tür, die geöffnet wurde. Ich schnappte nach Luft, denn ich stand einer wirklichen

Schönheit gegenüber. Das dunkle Haar zu einem Zopf geflochten, der über die Schulter nach vorn fiel, die Augen blauer als ein Saphir, eine Figur, die von vielen Stunden im Fitnessstudio zeugte – was die enge Jeans deutlich zeigte.

»Du bist also Liv, ich heiße Rachel. Schön, dich kennenzulernen.« Rachel lächelte, was sie noch schöner machte.

»Äh, ich freu mich auch. Also ... Aaron hat mir das Zimmer angeboten, weil ich ... äh ... na ja ...«, stammelte ich herum.

»Ich weiß schon Bescheid. Mein Bruder hat eine Schwäche für Jungfrauen in Not. Du wärst beinahe zur Obdachlosen geworden, er hat dich aufgenommen«, erwiderte Rachel vergnügt.

»Bruder?« Ich setzte mich verblüfft aufs Bett. Aaron war Rachels Bruder? Ein ganzer Steinbruch fiel von mir ab. Eigentlich gab es für die Erleichterung keinen Grund, denn ich wollte ja nichts von ihm. Er war ein Fremder, bei dem ich zufällig wohnte, und wir gingen heute Abend nur zwanglos essen, um unseren Körpern Nahrung zuzuführen.

»Genau genommen Zwillingsbruder«, fügte Rachel hinzu. »Aaron hat mir von dir erzählt, und da wollte ich mir doch selbst einmal ein Bild von der Kleinen machen, die er bei sich wohnen lässt. Was tust du da eigentlich?« Sie schaute zu den Klamotten, die noch auf dem Bett lagen. Schnell versuchte ich, die Sachen in die Tasche zu stopfen, was natürlich nicht gelang. »Aaron, wollte heute Abend mit mir kurz etwas essen gehen, und ich überlege, was ich anziehen soll«, schoss aus mir heraus, als wäre es weniger peinlich, dass ich so ein großes Ding aus einem einfachen Dinner machte, wenn ich schnell sprach. Ein »einfaches Dinner« hallte es in meinem Kopf wider. Mehr war es nicht. Wahrscheinlich ging er mit mir zu einer weltbekannten Fastfootkette, und ich würde ein Happy Meal essen.

»Du hast ein Date mit meinem Bruder.« Rachel besaß das gleiche spitzbübische Grinsen wie Aaron. »Besitzt du noch etwas anderes als diesen Pullover?« Sie bückte sich, um das besagte Kleidungsstück aufzuheben, das mir bei meiner hastigen Aufräumaktion runtergefallen war.

»Nein«, gab ich kleinlaut zu.

»Steh mal auf!« Rachel warf den Pullover aufs Bett und zog mich hoch. »Du hast eine tolle Figur, deine Beine solltest du mit Sicherheit nicht in Cargojeans verstecken. Ich verrate dir ein Geheimnis. Mein Bruder fährt wirklich auf Beine ab. Also, wir gehen shoppen.«

Rachel ging zur Tür, ich sah sie irritiert an.

»Wir essen nur kurz, es ist kein ... äh ... Date«, widersprach ich und eigentlich hatte ich ja Wichtigeres zu tun ... wie zum Beispiel, meinen Vater zu finden. Sogleich spürte ich diesen Druck in der Magengegend, der davon zeugte, dass ich meinen Vater irgendwie keineswegs so dringend finden wollte.

»Vertrau mir, wenn mein Bruder mit einem hübschen Mädchen wie dir essen geht, ist das ein Date, und jetzt komm schon.« Sie deutete mit dem Kopf in Richtung Tür.

Vielleicht tat etwas Ablenkung nach der gestrigen Nacht und dieser Vatersache wirklich gut. Ich zog meine Jacke an und folgte ihr, hoffte, dass die Läden, in die sie mich schleppen würde, mein Budget nicht sprengten, denn ihre eigenen Sachen sahen echt teuer aus. War der Pullover unter dem hüftlangen Parker wirklich aus Kaschmir?

Als Rachel die Treppe runterstieg, zog sie den Reißverschluss ihrer Jacke zu. Ich tat es ihr gleich.

Wir traten aus dem Haus. Die eisige Kälte stürzte sich sofort auf Gesicht und Hände.

Mist, ich hatte meine Handschuhe vergessen!

Es dauerte keine Minute, bis Rachel uns ein Taxi organisiert hatte, genau genommen hielten gleich mehrere an. Ich hatte den Verdacht, die Fahrer waren von ihrer femininen und trotzdem toughen Ausstrahlung regelrecht hypnotisiert. Der Erwählte sprang aus seinem Wagen und hielt uns sogar die Tür auf. Vermutlich kein wirklich typisches Verhalten für New Yorker Taxifahrer …

»Aaron erzählte, dass du deinen Dad suchst«, sagte Rachel, als das Taxi losfuhr.

In meinem Magen meldete sich sofort wieder dieser unangenehme Druck. »Er hat meine Mom und mich vor meiner Geburt verlassen.«

»Du hast so überhaupt keine Ahnung, wo er herkommt, wer er ist oder was er macht?«, hakte Rachel nach.

»Ich weiß rein gar nichts über ihn, und vielleicht war es dumm gewesen herzukommen.« Ich sah aus dem Fenster, unterdrückte ein Schluchzen.

»Nein, das war bestimmt nicht dumm. Jeder will wissen, woher er stammt. Außerdem hast du Aaron und jetzt auch mich kennengelernt. Da hat sich die Reise doch schon gelohnt.«

Ich sah zu Rachel, ihre fröhliche Art steckte regelrecht an, und ich musste lachen. »Du hast recht, das hat sich wirklich gelohnt.«

Auf einer schicken Avenue mit vielen Modeläden stiegen wir aus. Mir schwante Schlimmes, denn eine Boutique reihte sich an die nächste. Ehrlich gesagt war ich kein ausgeprägter Shopping-Freund, und als meine Mom so schlimm krank geworden war, hatte ich meist nur noch im Internet bestellt. Gut, die Sachen waren häufig zu weit gewesen, aber in dieser Zeit hatte ich mehr auf Bequemlichkeit geachtet.

Rachel drehte sich langsam um die eigene Achse, deutete mit dem Finger auf Läden und sagte: »Nein, nein, nein«, bis sie stoppte und mich anstrahlte. »Das ist der Richtige.« Sie packte meinen Ärmel und schleppte mich zu der anvisierten Boutique.

Laute Musik empfing uns, dröhnte in meinen Ohren. Die Beats vibrierten im Magen. Sofort stürzte sich Verkaufspersonal auf uns, angefeuert von Lady Gaga. Eine der Verkäuferinnen hatte Salami gegessen, eine andere zu viel Parfüm benutzt. Rachel erklärte ihnen, was ich ihrer Meinung nach suchte, und ein paar Wimpernschläge später stand ich mit einem Berg Klamotten in der Umkleide. Ein Blick auf die Etiketten ließ mich erbleichen, trotzdem probierte ich die Sachen an. Möglicherweise, weil ich bisher noch nie in den Genuss solch teurer Kleidung gekommen war. Rachel saß in einem der Sessel vor der Umkleide und schmetterte alle Outfits ab, wenn ich herauskam. Sie trieb die Belegschaft damit in den Wahnsinn. Ich nahm im Sessel neben ihr Platz, trug noch die weiße Bluse und die dunkle Stretchjeans, die Rachel mit den Worten »Willst du ins Kloster?« abgelehnt hatte.

»Wir sollten gehen, ich kann mir das keinesfalls leisten«, sagte ich unverblümt. Bei der lauten Musik hörten uns die Verkäuferinnen sowieso nicht.

»Lass das nur meine Sorge sein«, erwiderte sie.

»Nein, so teure Sachen kann ich unmöglich annehmen«, sagte ich energisch, worauf sie mich überrascht anblickte. Ja, ich konnte auch energisch sein.

»Dann leihe ich sie dir. Leihen ist doch okay?« Ein Schmunzeln umspielte ihre Lippen.

»Du möchtest also einer Wildfremden teure Markenmode leihen, die dir mit Sicherheit nicht passen wird, wenn ich sie dir zurückgebe?«, fragte ich trocken und musterte ihre für meine Verhältnisse üppige Oberweite.

»Warum ist das so unglaubwürdig, mein Bruder mag dich, und ich find dich auch nett. Außerdem: Jeden Tag eine gute Tat!«

Bei »mein Bruder mag dich« fing mein Gesicht Feuer. »Hat er das gesagt?«, fragte ich heiser.

»Was?« Rachel zog die schmalen Brauen hoch.

»Nichts.« Ich schaute zur Umkleide, in der noch meine Sachen lagen, spürte das Pochen meines aufgeregten Herzens bis in die Wangen. Warum benahm ich mich so? Es war doch nur eine dumme Schwärmerei, hatte keine Bedeutung.

»Dass mein Bruder dich mag?«, traf Rachel den Nagel auf den Kopf, und ich rutschte verschämt nach unten. Verdammt, ich musste aufhören, mich wie ein verliebter Teenager zu benehmen. Entschlossen setzte ich mich aufrecht hin, straffte die Schultern und sah zu Rachel.

»Das hier ist doch alles Blödsinn. Aaron kennt mich erst seit gestern, wie kann er mich da mögen? Wir sollten gehen.«

»Eines musst du über unsere Familie wissen. Wenn wir eine Person gern riechen können, dann sind wir uns sehr schnell im Klaren darüber, ob wir sie mögen oder nicht.«

»Eine Person gern *riechen?*« Über meinem Kopf kreisten Fragezeichen.

»Natürlich im übertragenen Sinne«, antwortete Rachel hastig. Eine Verkäuferin, die weitere Kleidungsstücke brachte, ersparte ihr eine ausführlichere Erklärung.

»Das ist es«, rief Rachel begeistert, als ich mit einem eng anliegenden Wollkleid, das gerade mal bis zu den Oberschenkeln reichte, aus der Umkleide kam. Eine blickdichte Strumpfhose, ein breiter Gürtel sowie knöchelhohe Stiefel – mit acht Zentimeter Absätzen – rundeten das Outfit ab.
»Darüber noch ein Mantel, und es ist perfekt.« Rachel stand auf, die Verkäuferin stimmte sichtlich erleichtert zu.
»Aber es ist so kurz.« Ich zog am Saum.
»Deine Beine sind total scharf. Du solltest sie echt zeigen.« Rachel hielt meine Hände fest und führte mich zum Spiegel. Was ich darin sah, ließ mir den Mund offen stehen. Ich hatte wirklich eine hübsche Figur, und die Beine kamen extrem gut zur Geltung. Ungläubig drehte ich mich hin und her. »Aber es ist draußen so verflucht kalt.« Ich blickte zu Rachel.
»Mit Sicherheit bist du nicht lange im Freien, und Restaurants sind üblicherweise beheizt. Das nehmen wir«, sagte sie in Richtung Verkäuferin.
Anschließend schleppte sie mich wirklich in einen Schönheitssalon.
Aromen von schwerem Parfüm, Haarfestiger, Shampoo und sonst was prasselten auf mich ein. Zu meiner Erleichterung gab es keinen Termin mehr, aber ich hatte wohl nicht mit Rachel gerechnet.
Ruckzuck saß ich auf dem Friseurstuhl und ein Morris, wohlgemerkt französisch ausgesprochen, schnippelte an meinem Haar herum.
Ich wurde zu Mister Hyde und ließ das Monster aus

mir raus, als er etwas Länge wegnehmen wollte. Umgehend einigten wir uns darauf, dass er nur die Spitzen in Angriff nehmen würde. Die Make-up-Dame Nancy, Rachel und ich kamen nach einiger Diskussion zu einem Kompromiss zwischen gar keiner Schminke, was ich bevorzugte, und »arbeitet in einem Bordell«. Erstaunt betrachtete ich das Ergebnis im Spiegel.

Rachel stand neben mir.

»Jetzt bist du für ein Date bereit«, sagte sie voller Stolz.

»Na hoffentlich gehen wir nach dem ganzen Aufwand jetzt nicht in die nächste Pommesbude.«

»Keine Sorge, wenn mein Brüderchen dich sieht, wird er dich standesgemäß ausführen. Dafür sorge ich.« Sie grinste mein Spiegelbild verschmitzt an und zwinkerte ihm zu.

»Ich wünschte, ich könnte meiner Freundin ein Bild von mir schicken. Sie wird mir sonst niemals glauben, dass ich ein Kleid angezogen habe.«

»Dann tu es doch. Gib mir dein Smartphone, ich mach ein schönes Foto.«

»Ach, das habe ich verloren. Bestimmt schwimmt es schon im Hudson oder wo auch immer das Abwasser hinfließt.«

»Dann werde ich dich mit meinem knipsen.« Rachel zog ihr Handy aus der Tasche, hielte es hoch und sagte breit grinsend »Cheese«!

Endlich erreichten wir wieder Aarons Apartment. Rachel schloss auf. Ich knöpfte den neuen Mantel auf, den sie tatsächlich noch dazugekauft hatte. Meine alten Klamotten sowie eine Clutch, die ebenfalls eine Premiere für mich war, steckten in einer Einkaufstüte.

»Wo kommt ihr denn jetzt her?«, fuhr Aaron Rachel an, die seinen Blick auf mich zum Größen Teil verdeckte.

Erschrocken ging ich ein paar Schritte zurück.

»Wir waren unterwegs«, schoss Rachel im gleichen Ton zurück.

»Das war total leichtsin...« Aaron stockte. »Du weißt, was ich meine.«

»Jetzt mach nicht so einen Aufstand. Es ist alles in Ordnung. Ich habe Liv dabei geholfen, etwas Schönes zum Anziehen zu finden. Komm rein, Süße!«

Zögerlich betrat ich die Wohnung, erwartete eine spöttische Bemerkung, doch Aaron schaute mich nur an.

»Sieht sie nicht wundervoll aus? Du solltest dir auch eine passendere Garderobe aussuchen, Brüderchen. Und ich habe für sieben Uhr einen Tisch im Le Auguste bestellt. Gern geschehen und Mund zu, du starrst sie ungebührlich an.« Rachel kam zu mir. »Ich glaube, ihm gefällt, was er sieht. Keine Sorge, bald wird sein Hirn wieder durchblutet werden und die Stimme zurückkehren. Es war toll mit dir.« Sie drückte mich kurz an sich und verließ anschließend die Wohnung.

»Es war *ihre* Idee. Sie kann sehr überzeugend sein«, unterbrach ich das Schweigen.

Aaron räusperte sich und grinste.

»Ja, das kann sie wirklich.« Noch immer glitt sein Blick an mir hoch und runter, verweilte immer wieder an meinen Beinen. Ich war schon versucht, den Mantel wieder zuzuknöpfen, der wenigstens bis zu den Knien ging.

»Wie spät ist es eigentlich?«, wollte ich wissen, um seine Aufmerksamkeit auf etwas anderes als auf mich zu lenken.

Er zog das Handy aus der Hosentasche. »Oh, wir müssen los. Warte hier, ich zieh mich um«, antwortete er und war schon auf dem Weg zu seinem Zimmer. Langsam schlenderte ich in Richtung Wohnzimmer. Das hier war die ungewöhnlichste Verabredung, die ich jemals gehabt hatte. Ich stand in der Wohnung meines Dates und wartete, bis er sich umgezogen hatte. Sollte das nicht eigentlich umgekehrt ablaufen?

Kapitel 5

Das Le Auguste war edel, aber nicht überzogen. Das Lokal musste zu Beginn des zwanzigsten Jahrhunderts gestaltet worden sein, denn die Blumenornamente auf den Kacheln und der Fries sprachen für Jugendstil. Es schien alles Original aus der Zeit zu sein und war liebevoll restauriert worden. Die großen Spiegel an den Wänden ließen den Raum viel größer erscheinen, als er tatsächlich war. Wirklich, ich liebte diese Epoche.

Ein Ober mit langer weißer Schürze führte uns zu einem dieser Nischentische, wie man sie aus dem Kino kannte. Den Mantel hatte man mir bereits am Empfang abgenommen. Als ich auf der halbrunden Bank Platz nahm, knirschte das braune Kunstleder wie ungetragene Schuhe. Die Clutch, die meine wichtigsten Utensilien beinhaltete, legte ich neben mich. Hoffentlich vergaß ich das kleine Täschchen nicht, ich war es nicht gewohnt, so was mit mir rumzutragen. Ich musterte die Tische in der Mitte des Raumes und war froh, dass wir einen an der Wand bekommen hatten. Nahezu jeder Platz im Lokal war besetzt. Kellner wuselten geschäftig um die Gäste herum.

»Wirklich schön hier«, sagte ich zu Aaron, konzentrierte mich auf seinen Duft, um die anderen Gerüche, die auf mich regelrecht einstürmten, auszublenden. Das schwarze Jackett und das dunkle Hemd standen ihm ausgezeichnet. Was mich verwunderte, denn er war mehr der verwegene Typ. Aber er konnte wahrscheinlich alles tragen.

»Das Essen hier ist hervorragend«, erwiderte Aaron, während ein Ober uns die Speisekarten reichte.

Ich schlug meine auf, suchte nach den vegetarischen Gerichten.

»Die Steaks sind ausgezeichnet«, meinte Aaron.

»Ich esse kein Fleisch. Maximal Fisch«, sagte ich.

In diesem Moment trug ein Kellner ein saftiges Bratenstück vorbei. Mir lief das Wasser im Mund zusammen. Zum Teufel, was war mit mir los? Seit meinem sechzehnten Lebensjahr ernährte ich mich vorwiegend vegetarisch, und vor Fleisch ekelte ich mich.

»Bist du sicher, dass du kein Fleisch magst? Wie du das eben angeschaut hast ...« Aaron grinste vor sich hin und studierte die Karte.

»Ja, da bin ich sicher«, gab ich genervt zurück. Das alles war einfach zu verrückt.

Ich entschied mich für Pilzrisotto mit Spargel. Aaron nahm natürlich ein Steak, extrablutig, dazu bestellte er eine Flasche Wein. Da mir, wenn es schon Wein sein musste, roter besser schmeckte als weißer, auch wenn man zu Spargel den anderen trank, widersprach ich nicht. Außerdem brauchte ich im Moment wirklich dringend Alkohol, um diese seltsamen Gelüste runterzuspülen.

»Zynikerin, Vegetarierin und Verschwörungstheoretikerin«, sagte Aaron, nachdem der Kellner gegangen war. »Was sollte ich noch über dich wissen?«

»Wie deine Zusammenfassung zeigt, weißt du schon viel zu viel über mich. Wir sollten mal über dich sprechen.« Ich lächelte, erwiderte Aarons intensiven Blick, der mir eine Gänsehaut verursachte.

Ein Sommelier brachte uns den Wein, ließ Aaron probieren. Der nickte zufrieden. Dann schenkte der Ober erst mir anschließend Aaron ein und stellte die Flasche auf den Tisch.

»Also, wie kann sich ein Autoschrauber ein Lokal wie dieses leisten?«, fragte ich geradeheraus, als wir wieder allein waren.

»Weil unsere Firma nicht nur Oldtimer restauriert, sondern sich darauf spezialisiert hat, aus Luxuswagen für Reiche, Luxuswagen für Superreiche zu machen. Du möchtest einen Whirlpool auf der Ladefläche deines Pick-ups, wir verwirklichen es. Du willst einen Großbildfernseher im Kofferraum, kein Problem.« Aaron nahm einen Schluck Wein.

»Dann besteht also eine hohe Nachfrage nach Whirlpools auf Ladeflächen?« Ich lachte leise.

»Mehr, als du denkst.« Aaron stellte sein Glas ab. »Aber damit hab ich nichts zu tun, dieser Geschäftszweig untersteht meinen Vater. Ich kümmere mich ausschließlich um die Restauration. Diese alten Bikes und Autos haben noch Seele. Ihnen wieder Leben einzuhauchen ist sehr befriedigend.«

Sein Blick folgte meinem Glas, das ich zum Mund führte. Wie ein Raubtier fixierte er mich, als ich trank. Meine Wangen leuchteten bestimmt schon wieder. Ich stellte den Wein ab, fuhr mit der Zunge über die Unterlippe und Aarons Augen verdunkelten sich.

»Und du? Du willst studieren, hast du gesagt?«, fragte er mit rauer Stimme, die mir unter die Haut ging.

»Bereits als Kind wollte ich etwas mit Kunst machen. Ich hatte auch schon zu studieren begonnen, aber dann erkrankte meine Mutter und ich musste abbrechen, nahm den nächstbesten Aushilfsjob an. Es wurde schlimmer, ich pflegte sie. Bis sie zwei Monate vor ihrem Tod einen Platz in einem Hospiz bekam. Ich sah dabei zu, wie jeden Tag ein Stück von ihr verschwand, bis sie ganz weg war.« Tränen sammelten sich in meinen Augenwinkeln. Ich spülte sie mit einem kräftigen Schluck Wein hinunter. Aaron ergriff meine Hand, die auf dem Tisch lag.

»Das tut mir leid.«

»Muss es nicht. Wo immer meine Mom jetzt auch ist, es geht ihr gut. Da bin ich mir sicher.« Ich betrachtete unsere verbundenen Hände, es fühlte sich so unglaublich richtig an. Der Keller brachte unsere Bestellung und ich zog die Hand hastig zurück. Als hätte er uns bei etwas Verbotenen erwischt.

Mein Risotto sah wirklich lecker aus und Aarons Steak eben so, wie ein Stück totes Tier ausschaute. Doch als er sein Messer nahm, damit hineinstach und jede Menge roter Saft hinauslief, fing mein Zahnfleisch an zu pochen. Der Geruch kletterte meine Nase hoch, zog mich magisch an. Es war, als wäre dieses Steak der Schlüssel zum Paradies.

»Soll ich dir etwas abschneiden?«, holte mich Aarons Stimme in die Realität zurück.

»Nein, natürlich nicht«, brauste ich entrüstet auf und schob Risotto auf die Gabel, zwang mich, auf meinen Teller zu schauen. Was war das nur ... diese plötzliche Gier nach Fleisch? Dass es blutig war, verstärkte die Lust noch. Sonst hatte mich das immer abgeschreckt. Vielleicht hatte diese Gier mit meiner seltsamen Wandlung zu tun. Aber in was verwandelte ich mich eigentlich?

Kurz nach halb eins kamen wir nach Hause. Vor meiner Zimmertür blieb ich stehen.

»Es war ein wundervoller Abend. Das Bild, wie ein Mädchen dem neunjährigen Aaron die Nase gebrochen hat, bekomme ich nie wieder aus dem Kopf.« Beschwipst vom Wein kicherte ich.

»Zu meiner Verteidigung, sie war eine Klasse über mir, und ich war schmächtig.«

»Wirklich, ich kann mir so gar nicht vorstellen, dass du jemals schmächtig warst.«

»Ich war ein richtiger Zwerg, erst Jahre später bin ich endlich gewachsen.«

»Wenn dich diese Annie jetzt sehen würde, würde sie etwas anders bearbeiten als deine Nase.« Erschrocken biss ich mir auf die Unterlippe. Seit wann war ich so frivol? Da sprach der Alkohol aus mir. Das Wort »Themenwechsel« waberte durch mein benebeltes Hirn. »Na ja, auf jeden Fall hat dich deine Schwester rausgehauen, und das im wahrsten Sinne des Wortes. Na, zum Glück hattest du sie dabei, wer weiß, was Annie noch so alles gebrochen hätte.« Ich wankte leicht. »Ups, der Wein hatte ganz schön Feuer. Es ist wohl besser, ich geh jetzt ins Bett.«

»Damit wäre unser Date zu Ende.« Aaron presste die Handflächen links und rechts neben meinem Kopf gegen das Türblatt. Er war mir so nahe, dass seine Brust fast meine berührte. Nervös ließ ich die Clutch fallen.

»Sozusagen«, flüsterte ich, sah zu ihm auf. In seinem Blick lag Verlangen, ich schluckte. Mir wurde verflucht heiß, und das lag keineswegs am Wein. Würde er mich jetzt küssen? Meine Lippen prickelten voller Vorfreude, er kam wirklich näher.

»Dann schlaf gut.« Er stieß sich ab und ließ mich stehen. Fassungslos schaute ich ihm nach, bis er in seinem Zimmer verschwunden war.

Was war das denn gewesen? Hastig griff ich nach der Handtasche, riss die Tür auf, um nicht länger wie eine Idiotin im Flur rumzustehen. Ich knallte die Clutch auf die Kommode, zog den Mantel aus und feuerte ihn aufs Bett.

»Was führst du dich so auf? Er ist ein absoluter Gentleman«, schimpfte ich mich selbst.

Seufzend ließ ich mich aufs Bett fallen, starrte zur Decke über mir. Ich suchte hier keinen Freund, sondern meinen Vater, und bald würde ein neuer Tag anbrechen. Es war besser, ich hakte das ab und ging endlich ins Bett.

In meinem Rücken summte es. Irritiert stand ich auf und hob den Mantel hoch. Darunter lag ein Smartphone, daneben ein Zettel:

Damit du deiner Freundin das Bild schicken kannst!
Love, Rachel.

Darunter hatte sie die Pin hingekritzelt. Ich gab sie ein, das Handy war betriebsbereit, und schon hatte ich eine Nachricht.

Na, wie war der Abend?, fragte Aarons Schwester.

Was sollte ich darauf antworten? *Eigentlich wunderschön, aber als der Gutenachtkuss anstand, war dein Bruder schneller verschwunden als Superman, wenn er in Höchstgeschwindigkeit flog.* Nein, das war zu peinlich. Die Uhr auf dem Display zeigte eins. In Deutschland war es bereits frühmorgens. Maja machte sich bestimmt schon für die Arbeit fertig.

Kurz entschlossen wählte ich ihre Nummer, es tutete. Nur einen Wimpernschlag später hörte ich ihre Stimme.

»Wer ist da?«

»Ich bin es, Liv.« Am anderen Ende herrschte Schweigen. »Bist du noch dran?«, fragte ich verunsichert.

»Sag mal, warst du tot und bist jetzt wieder auferstanden? Das wäre die einzige Erklärung, die ich akzeptieren würde, weil du dich nicht gemeldet hast«, polterte sie los. »Verflucht, du wolltest dich nach der Landung melden. Ich hab dich zigmal angerufen. Ich war schon drauf und dran, die deutsche Botschaft zu kontaktieren.«

»Tut mir leid«, erwiderte ich kleinlaut.

»Und was ist das für eine Nummer?«

»Es ist ein neues Smartphone, ich hab das alte verloren. Als mich dieser irre Typ verfolgt hat, ist es mir aus der Hand gefallen und in einen Gully gerutscht ...«

»Noch mal von Anfang an ... Welcher irre Typ?«, fiel Maja mir ins Wort.

»Ach, der hatte mich nur verwechselt. Zum Glück kam Aaron, er hat die Typen vertrieben«, verharmloste ich die ganze Sache, obwohl dieser kranke Idiot sich wieder in meine Gedanken schlich und Panik hochstieg. Wie eine Würgeschlange legte sie sich um meinen Hals, hustend schnappte ich nach Luft, drängte die Erinnerung zurück.

»Geht's dir gut?«, wollte Maja wissen.

»Ja, hab mich nur verschluckt.«

»Wer ist Aaron?«

»Ich wohne bei ihm«, sagte ich leise.

»Du wohnst bei einem Kerl, den du erst seit gestern kennst? Ist das dein Ernst? Darum wusste keiner, von wem ich spreche, als ich in deinem Hotel angerufen habe. Wieso, zur Hölle, wohnst du nicht dort?«

»Mit der Reservierung ist was schiefgelaufen und die hatten kein freies Zimmer mehr. Aber du musst doch zur Arbeit. Ich ruf dich an, wenn du wieder zu Hause bist, versprochen. Mach dir keine Sorgen, es geht mir wirklich gut«, redete ich mit Engelszungen auf Maja ein.

»Wenn es dir gut geht, dann bin ich beruhigt. Aber wehe, du rufst nicht an. Ich will alles über diesen ominösen Aaron wissen und wie die Suche nach deinem Vater verläuft. Du weißt, Freudinnenversprechen muss man halten.«

»Auf jeden Fall. Ich hoffe, du hast einen schönen Tag und ... ich hab dich lieb.«

»Hab dich auch lieb. Du fehlst mir total.« Damit beendete Maja das Gespräch.

Ich öffnete Rachels Nachricht, die ich nur im Vorschaufenster gelesen hatte. Im Verlauf fand ich das Foto, das sie von mir geknipst hatte. Darauf sah ich wirklich scharf aus.

Jetzt wurde es aber Zeit, mir die Schminke vom Gesicht zu waschen. In der Wohnung war alles ruhig. Mein Gastgeber schien schon ins Bett gegangen zu sein. Also zog ich die Sachen aus, mein Schlafshirt an und marschierte zum Badezimmer. Leise klopfte ich an, falls Aaron doch drin war. Nichts rührte sich, und ich trat ein.

Mir das ganze Zeug vom Gesicht zu waschen war ein Akt. Einer der Gründe, warum ich weitgehend auf Make-up verzichtete. Bettfertig lauschte ich an der Tür, ob sich davor etwas tat. Es herrschte totale Stille, und ich öffnete sie. Gerade als ich hinauseilte, um in mein Zimmer zu flitzen, ging die gegenüberliegende Tür auf, und ich rannte direkt in Aaron hinein. Instinktiv versuchte ich, mit den Händen den Aufprall abzufangen. Jetzt lagen meine Finger auf seinem nackten Waschbrettbauch, denn er trug nur eine Pyjamahose.

»Oh, Verzeihung«, flüsterte ich.

»Kein Problem, das Vergnügen ist ganz auf meiner Seite.« Er sah an sich herab.

Verflucht, ich befummelte ihn noch immer. Als hätte ich in siedend heißes Öl gegriffen, zuckte ich zurück. »Das Bad gehört dir«, sagte ich, wollte an ihm vorbei, doch er machte ebenfalls einen Schritt zur Seite, und wieder standen wir uns im Weg. In meinem Kopf lief ein Film ab, wie er mich packte und gegen den Wandschrank presste, um mich leidenschaftlich zu küssen. Sofort verbannte ich die Bilder.

»Würdest du mich bitte vorbeilassen?«, fragte ich ungeduldig. Noch länger in seiner Nähe, und *ich* würde ihn gegen den Schrank drücken. Meine Fantasie blieb eine Fantasie, er trat artig zurück, und ich schlurfte in mein Zimmer. Warum nur hatte ich sein Kommen nicht gehört? Was nützte ein Supergehör, das versagte, wenn es darauf ankam?

»Du hast lange genug vor dich hin gedämmert, jetzt ist Zeit aufzuwachen«, sagte eine männliche Stimme.

Ich wollte den Fremden sehen, kämpfte gegen die Gewichte an, die meine Lider festhielten. Nur langsam gelang es mir, die Augen zu öffnen. Alles war verschwommen. Ein Schatten beugte sich über mich. Schwerfällig versuchte ich, nach ihm zu greifen, ich fühlte mich, als wäre ich betäubt worden.

»Du wirst bald wieder frei sein, jetzt verwandle dich, ich möchte sehen, ob du es noch kannst«, befahl der Fremde. Meine Sicht wurde endlich klarer.

Ohne Vorwarnung schoss ein Schmerz durch meinen Leib. Ich biss die Zähne zusammen, um nicht zu schreien. Knochen knackten, die Gliedmaßen veränderten sich. Auf meinem Arm wuchs Fell, die Hand wurde zu einer Pfote. Fassungslos starrte ich darauf, wollte vor Panik brüllen. Was passierte mit mir, zum Teufel? Ich stöhnte, wälzte mich hin und her, spürte, wie mein Gesicht sich veränderte.

Schweißgebadet wachte ich auf, saß kerzengerade im Bett, keuchte, als wäre ich einen Marathon gelaufen. Ich presste die Hand auf meine Brust, wollte mein Herz beruhigen, das regelrecht ausflippte. Erschrocken betrachte ich meinen Arm. Kein Fell. Hastig fasste ich mir ins Gesicht. Alles normal. So weit, so gut. Kontrolliert atmete ich ein und aus, bis mein Puls wieder den akzeptablen Bereich erreichte.

Was, bei allen guten Geistern, hatte ich da zusammengeträumt? Es war so realistisch gewesen. Im Traum sollte man keinen Schmerz spüren. Aber ich hatte ihn gefühlt. Ich schluckte, meine Zunge klebte regelrecht am Gaumen fest. Ein Glas Wasser würde mir guttun.

Langsam stand ich auf, meine Beine zitterten. Draußen war es noch stockdunkel. Leise schlich ich aus dem Zimmer, machte kein Licht. In der Küche suchte ich nach einem Glas.

»Was ist los?«

Erschrocken fuhr ich zusammen, drehte mich zu Aaron. Schon wieder hatte ich ihn nicht bemerkt. Er trug immer noch nur eine Pyjamahose. Sein Waschbrettbauch war zum Dahinschmelzen. Oh verdammt, ich starrte ihn an, hastig sah ich weg.

»Ich bin durstig. Etwas Leitungswasser wäre wundervoll«, erwiderte ich heiser.

»Könnte es sein, dass du keinen Wein verträgst?« Aaron trat neben mich, öffnete einen Hängeschrank und holt ein Glas heraus, in das er Wasser füllte. Meine Hand berührte fast seine Haut. Er reichte es mir.

Als wäre ich tagelang durch die Wüste geirrt, stürzte ich es hinunter.

»Du warst wirklich durstig.« Aaron lehnte lässig an der Arbeitsfläche und verschränkte die Arme. Die Pyjamahose saß wirklich sehr tief.

»Hab ich dich geweckt? Ich war doch ganz leise«, sagte ich, biss verlegen auf meine Unterlippe.

»Ich hab noch nicht richtig geschlafen.« Aarons Blick scannte mich regelrecht. Meine Beine wurden butterweich. Bevor sie nachgaben, sollte ich wohl lieber den Rückzug antreten.

»Jetzt geh ich mal wieder in mein warmes Bettchen. Es ist ja noch mitten in der Nacht«, erwiderte ich, stellte das Glas ab und hoffte, lässig zu wirken. Langsam ging ich zu meinem Zimmer. Es sollte ja keinesfalls so aussehen, als würde ich die Flucht ergreifen.

»Liv, warte!«, sagte Aaron.

»Jaaa«, antwortete ich gedehnt und schaute zu ihm.

»Der Abend heute war total schön. Noch niemals zuvor habe ich einem Date etwas über Annie, die Schlägerin, erzählt. Obwohl wir uns erst so kurz kennen, habe ich bei dir das Gefühl, ich könnte dir alles sagen.« Er machte einen Schritt in meine Richtung, öffnete den Mund, als läge ihm noch etwas auf der Zunge, dann seufzte er. Eine gefühlte Ewigkeit sah er mich nur an, die Zeit schien stillzustehen. »Dann gute Nacht.« Sekunden später schloss er seine Zimmertür hinter sich.

Nun war Aaron vor *mir* geflohen. Verdutzt drehte ich mich weg, blickte zurück, dann wieder zu meinem Zimmer. Nein, ich wollte darüber jetzt nicht nachdenken, ich wollte nur noch schlafen, und das hoffentlich ohne Albträume.

Kapitel 6

Wie Zombie Girl schlurfte ich am nächsten Morgen mit frischen Klamotten unter dem Arm zum Bad. Mir war egal, ob Aaron mich im Nachthemd sah. Er hatte mich mittlerweile schon so oft darin gesehen, und das Ding war um einiges länger als das neue Wollkleid. Schon bevor ich die Augen aufgeschlagen hatte, hatte ich Eier gerochen und sie auch brutzeln gehört. Mein Magen fand das nicht so lustig.

»Es gibt Eier, wohlgemerkt ohne Bacon«, begrüße mich Aaron gut gelaunt.

»Das ist schön. Ich geh erst mal ins Bad«, murmelte ich. Wirklich, ich sollte die Finger vom Wein lassen. Das brachte mir nur seltsame Albträume und ein übles Gefühl am nächsten Morgen ein.

Nach dem Waschen, Zähneputzen und Anziehen ging es mir schon wesentlich besser. Aaron hatte die Rühreier auf zwei Teller verteilt, die bereits auf dem Esstisch warteten. Eigentlich wäre ich mit einer simplen Tasse Kaffee zufrieden gewesen, aber ich wollte auch nicht unhöflich sein und nahm ihm gegenüber Platz.

»Ich hoffe, du magst Orangensaft. Laut Rachel ist Vitamin C das beste Mittel gegen einen Kater.« Er schob ein gefülltes Glas zu mir.

»Danke«, erwiderte ich einsilbig und trank. Der Saft rann kühl meine Kehle hinunter, was wirklich guttat. Ich stellte das Glas wieder ab, blickte zu Aaron, dessen sinnlichen Mund ein freches Schmunzeln umspielte.

»Hast du dich genug über die Frau, die nichts verträgt, amüsiert?« Ich nahm meine Gabel.

»Muss ich gleich auf meine Liste schreiben: keinen Alkohol geben, sonst wird sie zum Gremlin.« Er grinste mich an und ich musste losprusten.

»Pass nur auf, was passiert, wenn du mich nach Mitternacht fütterst.« Ich spießte Eier auf die Gabel und schob sie mir in den Mund.

»Mit in Schokolade getauchten Erdbeeren auf meinem Bett. Ja, das kann ich mir gut vorstellen.«

Was hatte er da gesagt? Ich verschluckte mich, fing an zu husten. Japsend griff ich nach dem Saft, trank, bekam daraufhin endlich wieder Luft.

Aaron war schon aufgesprungen, wollte mir zur Hilfe kommen.

»Geht schon wieder.« Ich nahm noch einen Schluck und Aaron setzte sich wieder. Warum sagte er immer wieder so etwas, wenn er mich dann im Regen stehen ließ?

»Ich muss heute Vormittag in die Firma. Aber später hab ich etwas für uns geplant«, begann er.

»Was?«, fragte ich neugierig.

»Wird noch nicht verraten.«

Eine Überraschung? Er war total süß. »Ein kleiner Hinweis, biiitte.«

»Nein.« Aaron verschränkte die Arme.

»Vielleicht hab *ich* ja was vor.« Ich verschränkte ebenfalls die Arme.

»Ach ja ... und was?« Aaron stützte die Ellenbogen auf den Tisch und legte die Handflächen zusammen, mit den Spitzen der Zeigefinger berührte er die Unterlippe. Seine Augen glitzerten herausfordernd.

»Shoppen, ich bin jetzt infiziert. Vielleicht will Rachel

ja meine komplette Wintergarderobe erneuern«, erwiderte ich und lachte.

Aaron lehnte sich schmunzelnd zurück, wurde aber im nächsten Augenblick ernst.»Ich habe einen Bekannten in San Francisco angerufen. Vielleicht findet er etwas über die Walters heraus. Er ist gut in solchen Sachen.«

Meine Fröhlichkeit war verflogen. Die Suche nach meinem Vater. Der Grund dieser Reise, den ich bei jeder Gelegenheit verdrängte. Immer mehr wuchs in mir das Gefühl, ich sollte die Vergangenheit ruhen lassen. Wären da nicht diese seltsamen Dinge, die mit mir vorgingen.

»War das falsch?«, fragte Aaron verunsichert.

»Nein, ganz und gar nicht. Das ist eine super Idee. Mein Budget hätte sowieso keine Inlandsflüge hergegeben, um selbst dorthin zu reisen und Nachforschungen anzustellen.« Ich lächelte, zumindest hoffte ich, dass das, was ich mit meinem Gesicht anstellte, wie Lächeln aussah.

Ich stand an der Spülmaschine und räumte das Frühstücksgeschirr ein. Da Aaron mich bei sich wohnen ließ, wollte ich mich wenigstens nützlich machen. Außerdem wusste ich, so ganz allein in der Wohnung, sowieso nicht, was ich mit mir anfangen sollte. Allerdings nahm es nur wenig Zeit in Anspruch, die paar Teile zu verstauen. Ich schloss die Tür der Maschine, stand unschlüssig in der Küche. Wie spät war es eigentlich? Hatte der Mann in der ganzen Wohnung keine einzig Uhr? Ich holte das Handy aus meinem Zimmer. Es war hier zehn, dann sollte es in Deutschland bereits vier Uhr nachmittags sein. Aufgeregt wählte ich Majas Nummer.

Es tutete. Warum ging sie nicht ran? War sie noch in der Arbeit?

Dann klickte es endlich.

»Jetzt erzähl mir alles. Ich platze vor Neugier«, sagte sie, nachdem sie das Gespräch ohne ein Hallo oder eine sonstige Begrüßung angenommen hatte.

»Wirst wohl alt, oder warum hast du so lange gebraucht?«, witzelte ich.

»Ich habe die Nummer nicht sofort erkannt, dann ist mir wieder eingefallen, dass du eine neue hast. Aber jetzt hör auf abzulenken. Ich will alles über deinen Retter hören. Vor mir stehen eine Tasse Kaffee und die Feierabendkekse. Also?«, drängelte sie.

»Wie ich dir ja bereits berichtet habe, hat mich Aaron bei sich aufgenommen, nachdem ich kein Zimmer gefunden und dazu noch mein Handy verloren hatte. Bevor du was sagst, ja, es war leichtsinnig. Aber die gute Nachricht ist, er ist kein Serienmörder oder sonst wie pervers. Er ist total nett und dazu noch überaus attraktiv.« Ich schlenderte mit dem Handy am Ohr aus dem Zimmer, vor dem Regal neben dem Kamin blieb ich stehen. Darauf fand ich ein Bild, das Aaron mit Rachel zeigte.

»Da kannst du mir jetzt viel erzählen... Wenn ein ganzer Ozean zwischen uns liegt, kann ich mir Aaron schlecht selbst ansehen«, erwiderte Maja lachend.

»Kein Problem, warte.« Ich fotografierte das Bild ab und schickte es meiner Freundin.

»Du hast Post«, sagte ich.

»*Das* ist Aaron? Wenn ich jetzt nicht schon sitzen würde, dann bräuchte ich dringend einen Stuhl, denn ich stehe kurz vor der Schnappatmung. Der ist ja ein Traum, und wer ist die Schönheit neben ihm?« Maja biss hörbar von einem Keks ab und ich wünschte, sie könnte mir einen per Smartphone schicken.

»Seine Zwillingsschwester Rachel. Sie war mit mir shoppen. Weil Aaron und ich ein Date hatten.«

Maja quietschte vergnügt, ich musste das Handy ein Stück vom Ohr weghalten.

Wir quatschten noch eine ganze Weile weiter, dann musste Maja zum Training. Hier war es bereits mittags. Wie die Zeit verflog, wenn man seiner besten Freundin von einem Jungen vorschwärmte. Ich schickte ihr noch das Bild, das Rachel von mir gemacht hatte. Worauf Maja mit einem Große-Augen-Smiley und einem *Wow!* antwortete. Irgendwie war ich richtig stolz, dass ich darauf so gut aussah. Ich sollte mich wirklich öfter chic machen.

Nach weiterem unschlüssigem Herumstehen legte ich das Handy auf den Couchtisch, schnappte mir die Fernbedienung und schaltete den Fernseher ein. Obwohl es unzählige Sender gab, lief nichts Interessantes. Ich rutsche auf dem Sofa herum – das Leder knirschte bei jeder Bewegung – und betrachtete nachdenklich die Backsteinmauer gegenüber. Hinter dieser Wand lag Aarons Zimmer. Wie es darin wohl aussah? Neugierde kribbelte unter meiner Haut. Vielleicht könnte ich ja mal einen Blick reinwerfen? Ich stand auf, pirschte vorsichtig wie ein Einbrecher, der wusste, dass er etwas Verbotenes tat, durch den Raum. Nein, ich durfte Aarons Privatsphäre keinesfalls verletzen. Energisch stoppte ich mich.

Aber es ist nur ein kleiner Blick, flüsterte das Teufelchen auf meiner Schulter, und ich setzte den Weg fort.

Vor Aarons Tür angekommen tippte ich dagegen. Sie war nur angelehnt und ging langsam auf.

Siehst du, er hat sie ja nicht einmal richtig zugemacht, sagte das Teufelchen.

Der Raum war genauso schlicht eingerichtet wie der Rest der Wohnung. Aarons wundervoller Duft umschmeichelte meine feine Nase, lockte mich weiter ins

Zimmer. Das schwarze Bockspringbett war gigantisch, gegenüber stand eine dunkle Kommode und es gab noch den für amerikanische Wohnungen üblichen Wandschrank. Ganz sachte nahm ich auf dem Bett Platz, auf dem Nachtisch entdeckte ich einen Wecker. Wenigstens hier hatte Aaron eine Uhr. Ich strich über die seidene Decke, die so unglaublich gut roch, nach *ihm* roch, dann nahm ich sein Kissen in die Arme und inhalierte seinen Geruch. Wie konnte ein Kerl nur so umwerfend duften? Wäre ich eine Katze, würde ich mich in seinen Sachen schnurrend wälzen. Ich hatte es auch früher schon gemocht, wenn ein Mann ein gutes Rasierwasser benutzte, aber erst seit Kurzem war ich so unglaublich sensibel – und Aaron konnte ich mehr als nur gut riechen.

»Ach, *da* bist du.« Er lehnte mit breitem Grinsen im Türrahmen.

»Ich … ich … ich …«, stammelte ich und sprang, wie von Bettwanzen gebissen, auf. Das Kissen fiel auf dem Boden. Mit hochrotem Kopf bückte ich mich, packte es und warf das Ding aufs Bett. Wie lange er da wohl schon stand, wollte ich keinesfalls fragen. Wirklich, diese Anschleicherei trieb mich fast in den Wahnsinn. Wie machte er das nur?

»Du kannst gern in meinem Bett schlafen. Oder soll ich dir lieber mein Kissen leihen?«, sagte Aaron amüsiert.

»Ich möchte mir vielleicht auch so ein Bett zulegen und wollte nur wissen, wie bequem es ist«, erwiderte ich hastig, spürte bei jedem gelogenen Wort mein Gesicht heißer werden und eine mit Sicherheit bereits knallrote Färbung annehmen.

»Wenn du genug getestet hast, dann zieh dir deine Jacke an. Die Überraschung wartet.« Aaron zwinkerte mir zu, ging anschließend ins Wohnzimmer, und ich war ihm dankbar, dass er die Situation nicht gnadenlos ausschlachtete, sondern die Schlafzimmeraffäre auf sich beruhen ließ.

Als ich aus dem Haus gekommen war, hatte Aaron bereits ein Taxi organisiert und dem Fahrer offensichtlich die Zieladresse gegeben. Denn sofort, nachdem ich neben Aaron Platz genommen und die Tür geschlossen hatte, fuhr der Mann los.

»Jetzt sag schon, wohin geht die Reise?«, fragte ich. Mein Blick glitt immer wieder aus dem Fenster.

»Kennst du eigentlich die Bedeutung des Wortes Überraschung?«, fragte Aaron belustigt.

»Wenigstens ein kleiner Hinweis?«, schacherte ich.

»Wir fahren in Richtung Central Park«, erwiderte Aaron geheimnisvoll, und ich grübelte nach, was mich dort erwarten könnte.

»Wir füttern Enten, das wird bestimmt romantisch«, sagte ich lachend.

»Da gibt es auch einen Zoo.« Aaron grinste.

»Irgendwie begeistern mich eingesperrte Tiere nur wenig«, antwortete ich, schickte ein Stoßgebet zum Himmel, dass wir den Tierknast mieden.

»Das freut mich, da gehen wir nicht hin.«

»Jetzt hör auf, es so spannend zu machen.« Ich boxte ihn auf den Arm. Meine Hand traf auf echt harte Muskeln. Wenn alles an ihm so hart war, dann ... Verschämt biss ich auf meine Unterlippe. Hitze kroch wieder in meine Wangen.

»Auch rohe Gewalt wird dir nichts nützen, meine Lippen sind versiegelt.« Theatralisch leidend rieb sich Aaron den Arm.

Endlich stoppte das Taxi, ich stieg aus, während Aaron bezahlte. Staunend stand ich vor einem monumentalen Gebäude aus hellem Kalkstein. Antik wirkende Säulen, die für den neoklassizistischen Baustil typisch waren, wechselten sich mit imposanten Portalen ab. Das in der Mitte war der Eingang zum Metropolitan Museum of Art. Begeistert drehte ich mich zu Aaron.

»Wir gehen ins Met.« Am liebsten wäre ich ihm um den Hals gefallen. Gedacht, getan: Ich überwand den Abstand zwischen uns und umarmte ihm, sog seinen wundervollen Duft ein. Er legte die Arme um mich, drückte mich an sich.

»Das ist so toll«, sagte ich und küsste ihn auf die Wange, dann gab er mich wieder frei. Noch immer kribbelten meine Lippen von den Bartstoppeln, noch immer schmeckte ich ihn, spürte die Wärme. Wie würde es sich wohl anfühlen, wenn wir uns richtig küssten?

»Bisher habe ich noch nicht erlebt, dass ein Museumsbesuch solche Begeisterung auslöst.« Aaron fuhr mit den Fingerspitzen über seine Wange, in seinem Blick lag Verlangen, und ich erschauderte. Er sandte ständig diese verwirrenden Signale aus und bloggte dann doch ab.

Auf dem Absatz drehte ich mich zu dem Gebäude um. Hier waren der falsche Ort sowie die falsche Zeit, um darüber nachzudenken.

»Ich liebe Museen«, erwiderte ich und stürmte einen Augenblick später die Stufen hoch. Zum Glück hatten heute nur wenig Menschen die gleiche Idee gehabt wie Aaron. Nach dem Passieren der Sicherheitskontrolle und dem Abgeben der Jacken mussten wir uns die gigantische Empfangshalle nur mit ein paar Schulkindern und wenigen Touristen teilen, und das, obwohl heute Freitag war. Der gemeine Reisende wartete mit seinem New-York-Besuch klugerweise, bis es wärmer war.

»Wohin zuerst?«

Ich sah mich um, entschied mich für den griechischen Flügel. Aaron folgte mir. Uns erwarteten Amphoren und Marmorstatuen. Vor einem jungen Mann blieb ich stehen. Wie für griechische Skulpturen üblich, war er völlig nackt dargestellt.

»Der ist wirklich sehr sportlich und gut proportioniert«, bemerkte ich, schielte dabei zu Aaron, der den griechischen Jüngling mit verschränkten Armen beäugte.

»Wenn er nicht aufpasst, erkältet er sich«, sagte er trocken.

»Och, ich bin gerade Single. Der Kerl hier sieht gut aus, hält die Klappe, braucht nichts zu essen, überlässt mir die Fernbedienung und zeigt, was er hat.« Mit einem breiten Grinsen betrachtete ich die Körpermitte des Jünglings.

»Hier sind mir wirklich zu viele nackte Männer.« Aaron ergriff meine Hand und zog mich weg.

»Du wirst doch nicht auf eine Statue eifersüchtig sein. Das würde ja bedeuten, dass du mich magst«, scherzte ich.

Er stoppte, funkelte mich an. Mir liefen heißkalte Schauer den Rücken hinunter.

Aaron fixierte mich wie ein Wolf das Lämmchen. »Du spielst mit dem Feuer«, sagte er, seine Stimme war tiefer als sonst, strich über meine Haut und brachte die feinen Körperhärchen dazu, sich aufzustellen.

»Was ist denn das?«, lenkte ich hastig ab und trat zu der Statue, neben der wir uns befanden. Eine Sphinx, der der menschliche Kopf fehlte. Nur ihr geflügelter Löwenkörper war erhalten geblieben. Nachdenklich musterte ich die Figur, die die meisten Menschen den Ägyptern zuschrieben, aber auch in der griechischen Mythologie existierten diese Mischwesen. Die Worte »halb Mensch, halb Tier« flatterten durch meine Gedanken.

»Eine Katze mit Flügeln, das fehlte noch«, kommentierte Aaron das Kunstwerk.

»Warum sind dir Katzen so zuwider?« Ich blickte zu ihm.

Er legte den Kopf schief, musterte mich eine Weile. Sein intensiver Blick bescherte mir erneut eine Gänsehaut.

»Nicht alle Katzen sind mir zuwider, es gibt auch Ausnahmen«, antwortete er. Irgendwie hatte ich den Eindruck, dass er von etwas anderem sprach als wirklich von Katzen.

»Wie bist du eigentlich darauf gekommen, mit mir ins Met zu gehen?«, fragte ich, während wir den nächsten Raum ansteuerten.

»Du hast erzählt, dass du Kunstgeschichte studierst. Da lag dieses Museum auf der Hand.«

»Unglaublich, ein Mann, der zuhört. Du würdest auf jeder Junggesellenversteigerung Höchstpreise erzielen.«

»Vielleicht sollte ich mich wirklich mal für so was zur Verfügung stellen und der Toyboy einer reichen, gelangweilten Millionärsgattin werden.« Er lachte leise.

»Wenn du meinst«, sagte ich schnippisch und schenkte einer Statue meine Aufmerksamkeit, ohne sie wirklich zu betrachten.

»Das war dein Vorschlag und nun schmollst du mit mir? Wer ist denn jetzt eifersüchtig?«

»Ist mir vollkommen egal, wessen Toyboy du wirst.« Ohne ihn eines erneuten Blickes zu würdigen, marschierte ich weiter. Schweigend lief Aaron neben mir her. Verstohlen musterte ich sein Profil. Die Nase machte einen klitzekleinen Knick, den man aber nur bemerkte, wenn man ganz genau hinsah. Das war wohl das Überbleibsel des Bruchs. Seiner Attraktivität schadete dieser winzige Makel in keiner Weise. Aaron könnte sich auf den Veranstaltungen der Fashion Week herumtreiben und ein Model nach dem anderen aufreißen. Warum gab er sich mit mir ab?

»Du spielst mit dem Feuer«, hatte er gesagt. Was hatte er damit gemeint? Ich wurde aus Aaron einfach nicht schlau. Warum, zum Teufel, hatte mich die Vorstellung, er könnte eine Millionärsgattin beglücken, so genervt? Ach, ich machte mir eindeutig zu viele Gedanken um nichts. Er war nur eine Zufallsbekanntschaft, in deren Wohnung ich gastierte. Es sollte mir egal sein, mit wem Aaron ins Bett stieg ... war es aber nicht.

Wir schlenderten durch die Epochen. Im europäischen Mittelalter bewunderte ich die Ritter, die heroisch auf ihren Schlachtrössern saßen. Unauffällig schaute ich zu Aaron. Er könnte gut einer dieser gepanzerten Krieger sein. Seine Haltung, sein Auftreten, alles an ihm hatte etwas Ritterliches. Schon allein, wie er diesen fiesen Kerl, der auf mich losgegangen war, niedergestreckt hatte. Ich schüttelte mich, wollte an diesen Bastard keinen weiteren Gedanken verschwenden.

»Also ich hab Metall lieber an meinem Bike als an mir.« Aaron ertappte mich dabei, wie ich ihn anstarrte. Schnell drehte ich mich weg.

»Als Nächstes kommt der ägyptische Flügel«, sagte ich und lief los oder ergriff genauer gesagt die Flucht.

Dort war der Tempel von Dendur, dessen Wände und Säulen Reliefs von stolzen Fabelwesen zierten, die neben Königen standen, wiederaufgebaut worden. Aus nahezu jeder Ecke sah mich so ein Hybrid aus Mensch und Tier an, und ich fühlte mich ihnen seltsam verbunden. Es war wirklich merkwürdig, vielleicht verlor ich meinen Verstand. Aber was wäre, wenn solche Kreaturen existierten?

Nach einiger Zeit erreichten wir die Ausstellung antiker Kunst des Nahen Ostens. Auch hier gab es viele Mischwesen, wie die Lamassu, massige Tierkörper mit Menschenköpfen, die einst Portale von Palästen und ähnlich wichtigen Gebäuden bewacht hatten.

»Ist schon seltsam, Jahrtausende war die Menschheit von solchen Fabelwesen fasziniert, sie baute ihnen Statuen, verehrte sie, und heutzutage löst die Vorstellung, es würde Kreaturen geben, die halb Mensch und halb Tier sind, nur noch Furcht aus«, sagte ich zu Aaron.

»Vielleicht macht die Überlegenheit, die solche Wesen besitzen würden, den Leuten Angst.« Er war ganz ernst, als würden wir uns über wissenschaftliche Erkenntnisse unterhalten und nicht über Fantasietiere.

»Dann ist es vielleicht ganz gut, dass es solche Kreaturen nur im Märchen gibt.« Ich lächelte.

Aaron hingegen sah mich wieder so komisch an, als wüsste er etwas, das er mir aus irgendeinem Grund nicht preisgeben wollte.

Eine Durchsage unterbrach unseren Blickkontakt. Das Museum würde bald schließen, wir sollten uns in Richtung Ausgang begeben.

»Es war ein wundervoller Tag«, sagte ich, als ich neben Aaron die Treppe hinunterstieg.

»Ich freue mich, dass es dir gefallen hat.«

»Sehr sogar. Ich könnte hier noch Stunden verbringen. Wir haben ja die Gemäldesammlungen noch gar nicht gesehen.«

»Für mich war das genug Kultur für heute. Außerdem wäre etwas zu essen keineswegs übel. Was hältst du davon, wenn wir von unterwegs eine Pizza mitnehmen? Natürlich ohne Fleisch.«

»Super Idee.«

Ich strahlte Aaron an. Er war wirklich ein Ritter ohne Rüstung.

Kapitel 7

Als ich endlich im Bett lag, war es schon fast elf. Dass ein Museum bis einundzwanzig Uhr geöffnet hatte, war echt unglaublich. Ich schloss die Augen, in meinen Kopf wirbelten die Eindrücke durcheinander, dazwischen tauchte Aaron auf, der mich mit diesem intensiven Blick fixierte, und ich erschauderte. Es war kein Furcht erregendes Gefühl, sondern ein sehr angenehmes. Ich stellte mir vor, wie seine Hände sanft über meine Haut glitten, während er mich leidenschaftlich küsste. Seufzend rollte ich mich auf die andere Seite, zwang mich, alle Gedanken an Aaron aus dem Kopf zu verbannen. Wahrscheinlich kamen die Fantasien daher, weil ich schon lange keinen Freund mehr gehabt hatte. Energisch drehte ich mich wieder zur anderen Seite. Ich musste endlich schlafen.

Daher beschwor ich Bilder aus meinen Kindertagen. Wie ich mit Mama über eine Wiese rannte, um unseren Drachen steigen zu lassen. Damals war ich unglaublich glücklich gewesen, diese Erinnerungen halfen mir dabei, endlich Ruhe zu finden. Mein Körper wurde schwer, der Schlaf griff nach mir und zog mich in sein Reich.

Ich rannte durch die eisige Nacht. Mit Leichtigkeit übersprang ich einen Zaun, sprintete über ein Baseballfeld. Auf der anderen Seite angekommen versperrte mir erneut ein Zaun den Weg, der wiederum kein Hindernis darstellte. In der Ferne hupten Autos und heulten Sirenen von Krankenwagen. Fast lautlos hetzte ich durch die verschneite Landschaft, folgte diesem wundervollen Aroma, das Beute verhieß. Die Witterung führte mich über eine Wiese. Trotz der Dunkelheit sah ich jeden Baum oder Busch, als ich in den Wald tauchte. Die Beute war nah und ich wurde langsamer. Ein leises Knurren entkam mir. So unglaublich lange hatte ich meine Reißzähne schon nicht mehr in frisches Fleisch gegraben. Das Sehnen danach, warmes Blut zu schmecken, schmerzte fast körperlich. Bald würde ich es stillen können. Diese Gier trieb mich immer weiter. Schon lange war mein Verstand nicht mehr so klar gewesen. Angespannte duckte ich mich, pirschte an die Beute heran. Jeder Muskel war zum Sprung bereit. Obwohl die Hatz mich unglaublich erregte und ein lustvolles Zittern durch meinen Körper lief, zwang ich meinen Körper, ruhig zu werden.

Vor mir, zwischen Bäumen, im naturbelassenen Teil des Inwood Hill Parks, stand ein Igluzelt, darin erkannte ich zwei Menschen. Ein Mann und eine Frau. Wen würde ich zuerst erwischen? Geräuschlos wie ein Schatten schlich ich näher, mein Bauch berührte den schneebedeckten Boden. Gleichmäßige Herzschläge drangen aus dem Zelt zu mir. Die Menschen schliefen ohne jede Ahnung, dass der Tod vor ihrem Zelt lauerte. Nur noch die dünne Plane trennte mich von ihnen. Mit meinem scharfen Krallen schlitzte ich sie auf, schlüpfte hinein und betrachtete die Gesichter, inhalierte den süßen Geruch ihres Blutes. Menschen ... Sie waren einzig dazu da, um uns als Nahrung zu dienen. Der Mann öffnete die Augen, und ich biss zu.

Keuchend schreckte ich hoch. Schweiß klebte das Nachthemd an meinen Rücken, mein Herz raste. Was zum Teufel hatte ich da geträumt? Das hatte sich so real angefühlt. Es war verrückt. Ich setzte mich auf, der Dielenboden unter den Füßen war eiskalt. Mit den Händen rieb ich über mein Gesicht, ich nahm das Handy. Es war drei Uhr morgens. Ich hatte gerade einmal ein paar Stunden geschlafen. Während ich das Handy wieder auf den Nachttisch lege, fiel mein Blick auf das Bild meiner Mutter.

»Hast du die zweite Seite des Briefes verschwinden lassen? Wenn ja, war das keine gute Idee. Wahrscheinlich dachtest du, du müsstest mich schützen.« Mit den Fingerspitzen fuhr ich die Konturen ihres Gesichtes nach, schluckte, meine Kehle war staubtrocken. Ich stand auf und ging zur Küche. Schnell fand ich ein Glas, ließ Wasser hineinlaufen und trank einen Schluck. Ich bemühte mich, möglichst leise zu sein, um Aaron nicht zu wecken. Mit dem Glas in der Hand ging ich in Richtung Zimmer. Aber schon die Vorstellung, mich wieder hinzulegen, trieb den Puls hoch. Also lief ich zum Sofa, setzte mich ans Fenster. Von hier aus konnte man auf die Straße blicken.

Es waren noch immer Restaurants und sogar Läden geöffnet. Die Stadt, die niemals schlief, verwandelte mich langsam in eine Frau, die es ihr nachtat. Ich zitterte, mir war kalt. Vielleicht sollte ich mir meine Decke holen? Der Gedanke, in mein Zimmer zurückzukehren, ließ mich erstarren. Der Albtraum war noch zu präsent. So etwas Abgefahrenes hatte ich bisher noch nie erlebt. Steckte in mir die Seele eines Serienmörders? Oh, mein Gott, ich verlor wirklich langsam den Verstand.

»Warum sitzt du hier im Dunkeln?« Aarons Stimme riss mich aus meinen Gedanken. Dieses Anschleichen hatte er wirklich drauf.

»Es ist nichts. Ich hatte nur einen lächerlichen Albtraum. Geh ruhig wieder schlafen«, erwiderte ich und stellte mein Glas auf den Couchtisch, denn es war nichts anderes als ein lächerlicher Albtraum gewesen – und damit basta. Wenn ich ihm erzählte, was für ein Zeug ich mir zusammengereimt hatte und dass ich das auch nur ansatzweise ernst nahm, würde er mich in eine Anstalt karren. Und ich würde zustimmen. Schnell schaute ich aus dem Fenster, um Aaron nicht weiter anzustarren. Wieder trug er nur eine schwarze Pyjamahose. Seine Muskeln waren definierter als die der Statue, die ich im Museum bewundert hatte. Er könnte einem antiken Bildhauer Modell stehen.

In meinen Fingern kribbelte es. So gern würde ich über seinen Waschbrettbauch streicheln. Statt wieder schlafen zu gehen, nahm er neben mir Platz, sodass sich unsere Körper berührten. Ich spürte die Hitze, die er ausstrahlte, mein ausgekühlter Leib sog sie regelrecht auf.

»Du zitterst ja, warte.« Er stand auf, verschwand in seinem Zimmer und kam mit einer Wolldecke zurück, die er mir überlegte. Dann setzte er sich wieder, legte den Arm um meine Schulter und zog mich an sich. Widerspruchslos ließ ich es geschehen, genoss seine Fürsorge, kuschelte mich an ihn. Vielleicht würden wir uns ja niemals küssen, aber wir konnten ja Freunde sein. Er benahm sich jedenfalls wie ein guter Freund, und es fühlte sich unglaublich vertraut an, als würden wir uns schon ewig kennen.

»Willst du mir von deinem Traum erzählen?«, fragte er.

Ich legte mein Gesicht auf seine Brust, spürte warme Haut unter meiner Wange, zog seinen Duft nach Sandelholz tief ein. Sanft Strich Aaron über mein Haar.

»Nein, ich würde ihn lieber vergessen«, antwortete ich. »Rachel sagte, wenn ihr eine Person gern riecht, dann wisst ihr ziemlich schnell, ob ihr sie mögt oder nicht. Wie ist das mit dir, magst du meinen Geruch?«, wechselte ich das Thema.

»Sagt sie das? Meine Schwester redet zu viel«, brummte Aaron. Sein Brustkorb vibrierte unter meiner Wange.

»Du weichst meiner Frage aus. Keine Antwort ist auch eine Antwort.« Ich spürte Aarons heißen Atem, hörte, wie er Luft einzog.

»Niemals zuvor habe ich etwas so gern gerochen wie dich«, flüsterte er an mein Haar.

Mein Magen kribbelte. Am liebsten hätte ich ihn geküsst, doch ich gab dem Impuls nicht nach. Stattdessen schloss ich die Augen, lauschte Aarons starkem Herzschlag. Dies hier war gerade der perfekte Moment, den ich durch nichts zerstören wollte. Als es das letzte Mal ans Küssen ging, hatte sich Aaron schneller aus dem Staub gemacht als der Flash. Es sollte offensichtlich nicht sein, und vielleicht war das gut so.

Als ich am nächsten Morgen erwachte, hatte ich keine Ahnung, wo ich mich befand. Die Strahlen der Wintersonne blendeten mich, sodass ich die Augen gleich wieder zumachte. Alles roch nach Aaron. Ich drehte mich vom Fenster weg und schaute auf einen Wecker. Genau genommen auf Aarons Wecker. Mein Puls schoss von null auf hundert. Das war *sein* Bett.

Guter Gott, was war heute Nacht noch passiert? Hatte ich mich dem Alkohol hingegeben und konnte mich nicht mehr daran erinnern? Das üble Gefühl im Magen fehlte, auch der fade Geschmack danach im Mund. Erschrocken hob ich die Decke hoch, ich trug noch mein Shirt, tastete nach meinem Slip, der auch noch da war, wo er hingehörte. Aber Aaron fehlte, ich lag allein im Bett.

»Na, endlich aufgewacht, Schlafmütze?« Er stand vollkommen bekleidet im Türrahmen.

»Ist heute Nacht etwas passiert, was ich wissen sollte?«, fragte ich mit belegter Stimme, räusperte mich und setzte mich auf. Die Knie zog ich an den Körper.

»Hab ich dir schon mal gesagt, dass du so zerwühlt richtig niedlich aussiehst?« Er grinste.

»Ist das so eine Masche von dir, Fragen nicht zu beantworten?«, brauste ich auf.

»Hui, so schlecht geschlafen. Dann sollest du lieber vom Kauf eines solchen Bettes absehen. Falls du wissen möchtest, ob zwischen uns was passiert ist, glaub mir, daran könntest du dich mit Sicherheit erinnern. Du bist auf dem Sofa eingeschlafen. Und als ich dich in dein Bett bringen wollte, hast du etwas von ›Bitte lass mich nicht allein!‹ gemurmelt und dich an mich geklammert. Mein Bett ist bei Weitem breiter als deines. Mehr war nicht …«, erklärte Aaron.

»Ich könnte mich also mit Sicherheit daran erinnern, du scheinst ja sehr von dir überzeugt zu sein, mein Herr?« Ich krabbelte ungelenk aus dem Bett. Bei so wenig Schlaf konnte man einfach nicht grazil wie eine Elfe aus dem Bett schweben.

»Hab noch keine Beschwerdebriefe bekommen«, erwiderte Aaron grinsend.

»Dann zeig mir mal die Schublade mit den Lobpreisungen.« Ich blieb vor ihm stehen.

»Lieber nicht.« Er tippte lachend mit dem Zeigefinger auf meine Nasenspitze. »Ich glaub, ich mach jetzt mal Kaffee. Du siehst aus, als könntest du einen vertragen.«

Frisch geduscht und angezogen saß ich mit einer dampfenden Tasse Kaffee in der Hand am Esstisch und beobachtete Aaron dabei, wie er ein Schinkensandwich verspeiste. Früher hätte mich Schinken abgeturnt, aber jetzt lief mir regelrecht das Wasser im Munde zusammen. Mit der Zungenspitze leckte ich über meine Lippe. Schnell hob ich die Tasse und trank, um zu verhindern, dass mir auch noch Sabber aus dem Mund lief. Diese ungezügelte Lust auf Fleisch war vollkommen bekloppt. All die Jahre, in denen ich mich jetzt vegetarisch ernährte, hatte ich nie das Gefühl gehabt, dass es mir fehlte. Jetzt schien mein Körper regelrecht süchtig danach zu sein.

Ein Handysummen unterbrach meine Grübelei. Aaron ging ran.

»Was rausgefunden?«, fragte er mir vollem Mund. Als der Anrufer antwortete, schluckte er. Der Mann am anderen Ende sagte etwas von einer Adresse und dass dort die Schwester wohne.

»Gute Arbeit. Schick mir den Namen mit der Nummer und danke.« Damit beendete Aaron das Gespräch, legte sein Smartphone wieder auf den Tisch. Einen Moment später leuchtete das Display. »Das war mein Kontakt in San Francisco. Er hat die Schwester von Muriel Walters gefunden. Hier ist ihre Nummer.« Er schob das Handy über den Tisch. Auf dem Display standen eine Nummer und der Name Camila Mitchell. Mit angehaltenem Atem starrte ich auf die Daten. Ich schluckte, mein Blick glitt zu Aaron.

»Ruf sie doch an«, forderte er mich auf.

»Wenn sie in der Arbeit ist?« Ich sah wieder zum Smartphone.

»Dann versuchst du es später noch mal.«

Vorsichtig ergriff ich das Mobiltelefon, als wäre es zerbrechlich. Das Display wurde schwarz. Aaron nahm es mir ab, entsperrte es und reichte er mir wieder.

»Was hast du zu verlieren?«, wollte er wissen.

»Nichts«, antwortete ich, straffte die Schultern und drückte auf die Nummer. Das Handy wählte. Die Person am anderen Ende würde ja nicht mein Vater sein.

Es läutete. Angespannt biss ich auf meine Unterlippe. Niemand nahm das Gespräch an. Nach einer Weile drückte ich den roten Hörer.

»Es sollte wohl nicht sein«, sagte ich, war hin- und hergerissen zwischen Enttäuschung und Erleichterung. Das Handy in meiner Hand summte. Auf dem Display wurde Camila Mitchells Nummer angezeigt.

»Sie ruft zurück.« Verunsichert sah ich zu Aaron.

»Geh schon ran!« Er lächelte mir aufmunternd zu, und ich nahm das Gespräch an.

»Sie haben mich eben angerufen«, sagte eine Frau.

»Sind Sie Camila Mitchell?«, wollte ich wissen.

»Ja ... und Sie sind?«

»Oh, tut mir leid, meine Name ich Olivia, und ich wollte wissen, wo ich Ihren Schwager oder Ihre Schwester finden kann? Ich bin auf der Suche nach meinem Vater, und eine ehemalige Nachbarin aus New York sagte mir, dass ihr Sohn Steven mit meinem Dad befreundet war. Daher dachte ich, die Walters könnten mir vielleicht weiterhelfen.« Ich holte Luft, schließlich musste ich die Frau auch mal zu Wort kommen lassen.

»Oh je. Da, fürchte ich, kann ich kaum weiterhelfen. Muriel starb vor neun Jahren nach schwerer Krankheit. Harvey, mein Schwager, brachte ihre Asche nach New York zurück, um sie neben Steven zu beerdigen. Vor sechs Jahren ist unser Kontakt vollkommen abgebrochen.« Mrs Mitchel seufzte.

»Würden Sie mir die letzte Adresse, die Sie von ihm haben, an diese Nummer schicken? Vielleicht lebt er dort noch. Er ist die einzige Spur, die zu meinen Vater führen könnte.«

»Natürlich. Ich darf es keinem sagen, aber ich habe seither auch Muriels Grab nicht mehr besucht. Man nimmt es sich immer vor, aber ...« Der Rest des Satzes ging in leisem Schluchzen unter. Die Frau weinte.

»Nein, Mrs Mitchel, ich kann das verstehen. So ein Grab macht einem erst wirklich bewusst, dass ein geliebter Mensch für immer gegangen ist.« Eine Träne perlte über meine Wange.

»Sie haben auch jemanden verloren, Sie hören sich noch so jung an?«, fragte Mrs. Mitchel mit tränenerstickter Stimme.

»Meine Mom, und ich hasse es auch, an ihr Grab zu gehen.« Mit dem Handrücken wischte ich über meine Augen.

»Das tut mir sehr leid.«

»Eventuell können auch *Sie* sich an meinen Vater erinnern. Er fuhr einen auffällig orangen Mustang?« Ich wollte das Thema auf keinen Fall weiter vertiefen.

»Ganz dunkel erinnere mit an einem jungen Mann, der mit einem solchen Wagen auf Stevens Beerdigung erschien«, sagte Mrs Mitchel nachdenklich.

»Wissen Sie seinen Namen? Irgendetwas?«, fragte ich aufgeregt, lehnte mich zurück.

»Nein, ich kannte die Freunde meines Neffens nicht so gut, und es ist zu lange her«, antwortete sie und ich sackte zusammen. »Ich schicke Ihnen Harveys Adresse und hoffe, er kann Ihnen weiterhelfen.«

»Wissen Sie was, fügen Sie den Friedhof und die Grabstelle hinzu, dann werde ich nach dem Rechten sehen.«

»Du gute Güte, das würden Sie machen? Sie kennen mich nicht einmal. Sie sind ein Engel«, sagte Mrs. Mitchel voller Freude.

»Kein Problem, ich helfe sehr gern.« Mit dem Finger

fuhr ich die Tischkante nach. Wenn ich schon nicht zu meiner Mom gehen konnte, würde ich wenigsten den Freund meines Vaters besuchen. Wir verabschiedeten uns, und ich legte auf.

Ein paar Sekunden später erschienen eine New Yorker Adresse und die eines Friedhofs auf dem Display.

»Weißt du, wo das ist?« Ich gab Aaron sein Smartphone zurück.

»Das werden wir schon finden. New York ist auch nur ein Dorf«, meinte er.

Kapitel 8

Wir fanden das Apartment wirklich, aber Mister Walters wohnte dort nicht mehr, und keiner der Nachbarn konnte sage, wo er jetzt lebte. Ein Taxi fuhr uns zum Friedhof. Traurig blickte ich aus dem Fenster. Die Spur zu meinem Vater wurde immer kälter.

»Weißt du, was, ich hab da einen Kumpel, den werde ich kontaktieren. Er ist jemand, der alles und jeden findet. Wenn *er* Walters jetzigen Aufenthalt nicht recherchieren kann, dann kann es keiner.« Aaron nahm meine Hand und drückte sie. Ich betrachtete unsere verbunden Hände, dann sein Gesicht. Er lächelte zuversichtlich.

»Falls er so gut ist, wie du sagst, besteht ja noch eine Chance, meinen Vater zu finden.« Ich erwiderte sein Lächeln. Aber innerlich schraubte ich meine Erwartungen runter. Wenn ich all meine Hoffnungen auf diese winzige Chance setzte, war die Enttäuschung unermesslich, falls sich dieser Kumpel als Sackgasse erwies.

»Wir sind da«, sagte der Taxifahrer. Das eiserne Tor stand offen, der Mann stoppte das Auto auf Aarons Anweisung hin neben einem Gebäude. Er hätte uns auch noch weiter hineingefahren, aber ich wollte laufen, um den Kopf freizubekommen.

Nach dem Bezahlen marschierten wir los. Bibbernd steckte ich die Hände in meine Jackentaschen. Hier war es noch kälter als in der Stadt. Den Weg hatte man zum großen Teil geräumt, aber um die Grabsteine war der Schnee wadentief. Die weitläufige Anlage unterschied sich nur durch die Gräber von einem Park. Festgefahrener Schnee knirschte unter unseren Schuhen. Raben saßen auf den kahlen Bäumen und regten sich lautstark auf, als sie uns bemerkten. Es war menschenleer. Im Sommer musste es hier wunderschön und friedlich aussehen, wenn alles in voller Pracht stand, aber jetzt wirkte dieser Ort trostlos.

Ein steinerner Engel blickte traurig auf mich herab. Auf einem anderen Grab lag sich ein aus Bronze gefertigtes Paar in den Armen – vereint über den Tod hinaus. Die Kälte zwickte unerbittlich in meine Wangen, während wir Reihe um Reihe passiert, bis wir eine Abzweigung erreichten, der wir folgten. Dann mussten wir durch den Schnee, der in meine Sneakers rieselte.

»Ich glaube, wir sind da.« Aaron steuerte auf einen schlichten Grabstein zu. Ich stoppte neben ihm, und im nächsten Moment hatte ich das Gefühl, bleischwere Gewichte würden mich herunterziehen.

Neben Muriel und Steven stand ein weiterer Name auf dem Stein: Harvey Walters. Er war vor drei Jahren gestorben. Benommen wankte ich zurück, setzte mich auf eine steinerne Bank, die unter einem Baum stand, und starrte auf das Grab. Mister Walters war auch tot, wahrscheinlich an gebrochenem Herzen gestorben. Er hatte zu viel geliebte Menschen beerdigen müssen.

»Steh auf, du holst dir sonst was. Die Bank ist voller Schnee.« Aaron zog mich mit sanfter Gewalt hoch.

»Er ist ... tot.« Ich sah zu Aaron auf, heiße Tränen liefen über meine eisigen Wangen. Er legte die Arme um mich, ich drückte mich an ihn.

»Das ist nur ein Rückschlag. Davon lassen wir uns keinesfalls unterkriegen.«

»Das ist ... das unweigerliche Ende der Suche«, schluchzte ich an seine Jacke. Er nahm mein Gesicht in beide Hände, hob es an.

»Lass uns nach Hause fahren«, sagte er sanft.

Zitternd saß ich auf dem Sofa, obwohl ich die klammen Sachen gegen trockene getauscht hatte.

»Warum musstest du dich auch auf diese eisige Steinbank setzen?« Aaron wickelte mich in die Wolldecke, dann entfachte er das Feuer im Kamin.

»Kein Risiko, kein Spaß«, antworte ich grinsend.

»Dann stell dich gleich nackt auf das Dach des Empire State Buildings.« Er ließ sich neben mir auf das Sofa fallen.

»Das hättest du wohl gern.« Ich zog die Decke fester um mich.

»Nun ja, wenn du mich so fragst ...«, meinte er und wackelte vielsagend mit den dunklen Brauen.

»Das war's jetzt mit der Suche nach meinem Vater.« Mein Blick glitt zum Feuer. Das Schicksal hatte offensichtlich etwas dagegen, dass ich ihn kennenlernte.

»So schnell geben wir auf keinen Fall auf.« Aaron legte den Arm um mich und berührte mit seinem Kopf meinen. Sein Smartphone, das auf dem Tisch lag, begann zu vibrieren.

Dad stand auf dem Display.

»Was will er jetzt schon wieder?« Aaron gab mich frei und nahm sein Handy. »Ja«, meldete er sich, stand dabei auf. Er ging langsam zur Küche. »Muss das jetzt sein?« Genervt sah Aaron zu mir und verdrehte die Augen. »Okay, okay, ich bin gleich da.« Er beendete den Anruf. »Ich muss in die Firma.«

»Kein Problem. Ich habe eine Decke, ein Feuer im Kamin und einen Fernseher, damit bin ich vollkommen versorgt.« Ich versuchte, fröhlich zu wirken, obwohl mir hundeelend zumute war.

»Es ist noch etwas Pizza von gestern im Kühlschrank.

Ich werde ein paar Stunden weg sein«, sagte Aaron, als er sich die Jacke anzog.

»Im Moment hab ich keinen Hunger.«

»Du hast heute nicht viel gegessen.« Aaron schaute mich streng an.

»Okay, Dad, ich esse später etwas.« Ich zog die Decke unters Kinn, vermisste Aarons warmen Körper an meiner Seite.

Er schüttelte schmunzelnd den Kopf und ging.

Nachdenklich starrte ich ins Feuer. Meine Mission war ja gründlich gescheitert. Vielleicht sollte ich eine Plakatwand mieten und das vergrößerte Foto draufkleben lassen. Oder es auf den sozialen Plattformen teilen. Das würde meinem Dad sicherlich gefallen, wenn seine Tochter in aller Öffentlichkeit nach ihm suchte ... und vor allem diesen Feinden, vor denen er in seinem Brief gewarnt hatte. Nein, ich musste den Tatsachen ins Auge blicken. Es war vorbei.

Niedergeschlagen sank ich zusammen. Mit Sicherheit war es besser so. Seit zwanzig Jahren war ich ohne ihn ausgekommen, da würde ich ihn auch in Zukunft nicht brauchen. Ich schnappte mir die Fernbedienung, schaltete den Fernseher ein und zappte durch die Programme, fand einen alten Film mit Toni Curtis, in dem er mit einem rosa U-Boot durchs Meer schipperte. Müde kuschelte ich mich aufs Sofa und dämmerte weg.

Als ich wieder erwachte, liefen gerade die Nachrichten. Das Pärchen auf dem gezeigten Foto kam mir bekannt vor. Aber woher? Bilder von schlafenden Gesichtern blitzten auf. Mir lief es eiskalt den Rücken hinunter, ich hatte das Gefühl, eine Horde Schwarzer Witwen krabbelte über meinen Nacken. Hastig setzte ich mich auf, machte den Ton lauter.

»Heute Morgen wurden im Inwood Hill Park die völlig entstellten Leichen von Charlotte Lewis und Daniel Green gefunden. Die beiden Outdoor-Fanatiker zelteten bei diesen eisigen Minusgraden im Park, um sich auf einen geplanten Himalaja-Trip vorzubereiten und ihr Equipment zu testen. Es wird vermutet, ein aggressiver Hund könnte für ihren Tod verantwortlich sein. Ein Sprecher sagte, nach der Obduktion wisse man mehr, aber die Menschen sollten vorsorglich den Park meiden und frei laufende Hunde sofort melden ...«

Hastig schaltete ich den Fernseher aus. Wie hypnotisiert saß ich auf dem Sofa, hatte das Gefühl, mein Kopf wäre mit Watte ausgestopft worden. War das eben ein Traum gewesen? Ich knipste den Fernseher wieder an.

»Bitte helfen Sie, den grausamen Mord an meiner jüngeren Schwester Charlotte und ihrem Freund Daniel aufzuklären«, forderte eine junge Frau die Zuschauer auf. Unter ihrem Bild war der Name *Summer Lewis* eingeblendet.

Sofort machte ich wieder aus. Es war kein Traum gewesen. Wie konnte das sein? Die Fernbedienung glitt mir aus der Hand, fiel zu Boden. Was war passiert? Ich stand auf, drehte mich im Kreis, wusste nicht, was ich tun sollte. Hatte ich zwei Menschen getötet? Nein, nein, nein ich war keine Mörderin. Aber die Morde hatte ich mit eigenen Augen gesehen. Wie war das möglich? Panik schlug ihre Pranken in mein Fleisch, raubte mir den Atem. Verzweifelt rang ich nach Luft, ging schluchzend in die Hocke, heulte. Ich musste hier weg, und zwar gleich. Der Gedanke brachte mich wieder auf die Beine. Ich rannte in mein Zimmer, stopfte alles in meine Tasche. Dann holte ich ein kleines Buch aus dem Seitenfach, in das ich eigentlich in Detektivmanier Hinweise zu meinem Vater hätte hineinnotieren wollen – dazu einen Stift.

Mit zitternden Fingern riss ich eine Seite heraus, setzte mich damit an den Esstisch, um eine Nachricht zu verfassen. Tränen tropften auf das Papier, während ich schrieb. Ich bedankte mich bei Aaron, hinterließ meine E-Mail-Adresse, damit er und Rachel mir eine Aufstellung ihrer Auslagen schicken konnten. Von zu Hause aus würde ich alles überweisen. Ich wünschte Ihnen alles Gute.

Die Nachricht legte ich zusammen mit dem Handy, das Rachel mir überlassen hatte, auf den Tisch. Anschließend schlüpfte ich in meine Schuhe, zog die Jacke an und schnappte mir die Reisetasche.

Auf der Straße angekommen dauerte es, bis ich ein Taxi zum Stoppen brachte. Ich war eben nicht Rachel.

Auf der Fahrt zum Kennedy Airport sah ich nach meinem Reisepass, nach Geldbeutel sowie Notfallkreditkarte. Alles war da. Am Airport würde ich versuchen, den nächstmöglichen Flug zu bekommen. Zum Glück hatte ich noch keinen Rückflug gebucht. Ich hatte ja nicht wissen können, wie lange meine Suche dauern würde.

Eine Dreiviertelstunde später war ich am Flughafen, suchte auf dem Bildschirm die Linie heraus, deren Maschine als Nächstes in Richtung Deutschland abhob, und wurde fündig. Jetzt musste ich nur noch den Schalter ausfindig machen. Ewig irrte ich in dem riesigen Gebäude herum. Dann hieß es warten. Ein Passagier wollte seinen Flug umbuchen und diskutierte mit der Dame am Schalter, weil er etwas draufzahlen musste. Leider waren die Schalter neben ihr nicht besetzt. Ich beobachtete den wild gestikulierenden Mann, der etwas von Abzocke schrie. Die anderen Wartenden wurden langsam ungeduldig. Der Mann direkt vor mir hatte sehr viel Aftershave benutzt, was wiederum zu der Dame passte, die noch eins weiter stand. Denn sie musste in Parfum regelrecht gebadet haben. Aber wahrscheinlich kam nur mir das so vor.

Ich bemühte mich, alle Geräusche und Gerüche um mich herum weitestgehend auszublenden und den Drang zu unterdrücken, mich zu einer Kugel zusammenzurollen, weil meine feinen Sinne von den Eindrücken völlig überfordert waren. Seit meiner Ankunft in New York waren sie zunehmend empfindlicher geworden.

Noch immer begriff ich nicht, was mit mir passierte. Wie konnte es sein, dass ich von Morden träumte, die dann auch tatsächlich geschahen? Vielleicht sollte ich doch bleiben und der Sache auf den Grund gehen? Nein! Ich wollte nach Hause. Dort hatte ich niemals solche Albträume gehabt. In meinen eigenen Wänden – na ja, im Moment waren es doch eher weniger meine eigenen, denn ich hatte sie untervermietet – würde ich wieder zu mir selbst finden.

Und Aaron?

Er war nur eine zufällige Bekanntschaft, die man eben im Ausland so machte, hatte keine Bedeutung ... Zumindest redete ich mir das ein. Aber mein Herz schrumpfte zusammen, denn der attraktive Amerikaner war nach den paar Tagen zu weit mehr geworden. Das Gefühl, etwas Großes zu verlieren, bevor es überhaupt angefangen hatte, bohrte in mir.

»Bitte ... Sie wünschen?«, frage die Schalterdame, die laut Namensschild *Emily* hieß.

»Ich möchte ein Ticket für den Flug kaufen, der in einer Stunde nach Deutschland geht.«

Emily tippte auf der Tastatur herum. »Tut mir leid, er ist ausgebucht. Es gäbe in der ersten Klasse Plätze.«

»Die, so fürchte ich, übersteigen weit mein Budget.« Ich schwankte zwischen »So ein Mist!« und »Vielleicht sollte ich doch nicht abfliegen, weil das Universum es so will«.

»Der nächste Flug nach Frankfurt geht in fünf Stunden. Da wären Plätze in der zweiten Klasse frei«, informierte sie mich.

»Es gibt keinen früheren?«, fragte ich, versuchte dabei, einen Blick auf ihren Bildschirm zu werfen.

»Nicht unsere Linie, aber eine andere fliegt in zwei Stunden. Ich schreibe Ihnen mal die Schalternummer auf.« Gesagt, getan. Sie notierte die Nummer auf einem Post-it. Natürlich lag der Schalter kilometerweit weg in der entgegengesetzten Richtung.

»Danke schön.« Damit machte ich mich auf dem Weg.

Als ich ankam, musste ich wieder anstehen. Ich hatte jetzt schon eineinhalb Stunden vertrödelt und noch keinen Flug bekommen. Das Universum wollte mir vielleicht wirklich etwas sagen. Weglaufen war offensichtlich keine Lösung.

»Wolltest du abfliegen, ohne Auf Wiedersehen zu sagen?« Aaron stand neben mir.

Mit offenen Mund starrte ich ihn an. »Aber wie ... du bist doch ...«, stammelte ich. Er nahm meine Tasche, die auf dem Boden neben mir stand, und zog mich aus der Reihe.

»Ich habe angerufen, um zu fragen, ob ich später etwas zu essen mitbringen soll, und du bist nicht an dein Handy gegangen. Da habe ich mir Sorgen gemacht. Du kannst dir vorstellen, wie überrascht ich war, als ich deinen Zettel fand.«

»Wie hast du es so schnell hierher geschafft?« Ich sah auf Aarons Hand, er trug einen Helm bei sich.

»Es könnte sein, dass ich mir ein paar Strafzettel eingefangen habe«, erwiderte er mit einem schiefen Lächeln, das meine Knie zum Zittern brachte.

»Aber wieso?«, fragte ich leise.

»Weil ich dich bitten wollte hierzubleiben.«

»Es gibt keinen Grund mehr. Die Suche nach meinem Vater ist im Sande verlaufen.« Dass ich vor meinen prophetischen Albträumen davonrannte, behielt ich lieber für mich.

Statt zu antworten, stellte Aaron die Tasche ab und legte seinen Helm darauf. Er umrahmte mein Gesicht mit beiden Händen und beugte sich zu mir. Als seine Lippen auf meine trafen, wankte der Boden unter meinen Füßen. Ich hielt die Luft an. Aarons Kuss fegte über mich hinweg wie ein Hurrikan, ausgelöst vom Flügelschlag eines Schmetterlings. Wir schwebten in dessen Auge, um uns herum tobte die Welt. Es gab nur noch uns beide. Keine Albträume, keine merkwürdigen Begebenheiten, nur uns beide.

Zart fuhr Aaron meine Arme entlang nach unten. Ich streckte mich und legte die Hände in seinen Nacken. Er packte meine Hüften, zog mich an seinen Körper, der ganz deutlich auf mich reagierte. Sein Kuss wurde fordernder. Die Leidenschaft ließ mich erschaudern, hätte er mich nicht festgehalten, wäre meine Beine zusammengeklappt. Als er seine Zunge zwischen meine Lippen schob, wurde aus Unschuld Sünde.

Wir lösten uns voneinander und ich rang nach Atem.

»Hast du jetzt einen Grund?«, fragte er ebenso atemlos, und ich nickte, zu mehr war ich nicht imstande.

»Na dann, komm!« Aaron nahm seinen Helm und meine Tasche. Auf wackeligen Beinen lief ich ihm hinterher, versteckte mich etwas. Ich hatte das Gefühl, jeder starrte uns an, und ich stand ungern im Mittelpunkt, aber diesen Kuss würde ich niemals bereuen.

Vor dem Flughafen wartet sein Motorrad. Aaron legte den Helm auf den Sitz.

»Dreh dich mal um«, sagte er, und ich kam seiner Aufforderung nach. Er stülpte mir die Träger der Reisetasche wie die Gurte eines Rucksacks über. »Das sollte gehen«, sagte er.

»Was ist das für ein Monster?« Ich beäugte das schwarze Metallross in Kunstoffrüstung. Bei diesen Witterungsverhältnissen darauf zu fahren war bestimmt keine gute Idee.

»Eine Yamaha YZF-R1. Sie gehört einem Kollegen. Ich finde sie ja etwas protzig, aber ich brauchte ein Fahrzeug.«

»Sieht sehr schnell aus.«

»Sie ist schnell, aber ich fahr vorsichtig. Hab ja wertvolle Fracht an Bord.« Er hauchte mir einen Kuss auf die Lippen, dann setzte er mir den Helm auf und stieg auf die Maschine. Ich kletterte hinter ihm auf den Beifahrersitz, zog meine Handschuhe aus den Jackentaschen und schlüpfte hinein. Dann umfasste ich Aarons Taille.

»Aber du hast jetzt keinen Helm«, sagte ich laut.

»Kein Problem«, erwiderte er, und ehe ich es mir überlegen konnte, startete er das Ungetüm. Als er losfuhr, machte mein Magen einen Hüpfer, und ich umklammerte Aaron so fest, dass ich wahrscheinlich kurz davor war, ihm die Rippen zu brechen.

Der Helm war natürlich zu groß, aber er hielt. Die eiskalte Luft kratzte über meine Schenkel. Hätte ich gewusst, dass ich heute noch mit so einem Kamikaze-Ding unterwegs sein würde, hätte ich mir drei Hosen angezogen und fünf Pullover, also den kompletten Inhalt meiner Reisetasche.

Kapitel 9

Mit klappernden Zähnen stand ich im Flur. Aaron schloss die Tür und nahm mir die Reisetasche vom Rücken, die er in mein Zimmer packte. Anschließend ergriff er meine Hand und führte mich ins Bad.

»Eine heiße Dusche wird dir guttun.« Er zog meine Handschuhe ab, dann schob er mir die Jacke von den Schultern und brachte sie weg. Bibbernd entledigte ich mich meiner Schuhe.

»Auf so einem Ding werde ich niemals wieder mitfahren«, sagte ich schlotternd. Aaron war ohne seine Lederjacke zurückgekommen.

»Da ist das letzte Wort noch nicht gesprochen«, erwiderte er grinsend.

»Mir ist so entsetzlich kalt.« Ich versuchte, meine Finger mit Atem zu wärmen, und Aaron nahm sie zwischen seine Hände und rieb sie zärtlich. Das tat unglaublich gut.

»Warum bist du so heiß?«, wollte ich wissen, kuschelte mich an ihn.

»Weil ich ein heißer Typ bin.«

»Brauchst du wieder einmal jemanden, der dich auf den Boden der Tatsachen zurückholt?«, meinte ich.

»Da ist er ja, der Sarkasmus. Wie hätte ich den vermisst, wenn du abgeflogen wärst.« Aaron küsste mich. Meine Lippen protestierten, als er sich von mir löste.

»Jetzt lass ich dich mal allein«, meinte er. Doch ich hielt ihn fest.

»Die Badewanne reicht für zwei.« Ich biss mir auf die Lippe. Hatte ich das eben wirklich laut gesagt?

»Das tut sie.« Aaron strich eine Haarsträhne aus meinem Gesicht. Ich ließ meinen Worten Taten folgen und zog Pullover sowie Shirt aus, sodass ich im BH vor ihm stand. Fast konnte man auf die Idee kommen, meine wollüstige Zwillingsschwester war an meine Stelle getreten. Aber ich wollte diesen Mann. Hier und jetzt. Auch er trug viel zu viel, was ich umgehend änderte und ihn von dem Sweatshirt befreite. Sanft erkundete ich die harten Muskeln, spürte seine Hitze, liebkoste ihn mit meinen Lippen, atmete ihn ein.

Sein Herz schlug unter meinen Fingern mit jeder Berührung schneller. Er öffnete den Verschluss meines BHs, die Träger rutschten von den Schultern, und ich ließ ihn fallen. Sacht berührte Aaron meine Brustwarzen, während sein Mund meinen eroberte. Der Kuss war hart und fordernd. Das Pochen zwischen meinen Beinen signalisierte, dass ich für ihn bereit war. Ich öffnete seine Hose, schob die Hand hinein und fand seine Härte. Das Stöhnen, das ihm entkam, hatte etwas Animalisches.

Die letzten Hüllen fielen, und ich stieg in die Badewanne, drehte das Wasser an. Aaron holte etwas aus dem Badezimmerschrank und folgte mir. Er presste mich gegen die kühlen Fliesen, heißer Wasserdampf umfing unsere Körper. Voller Gier auf mehr teilte seine Zunge meine Lippen und erforschte meinen Mund. Ich spürte sein Verlangen. Er war so unglaublich hart.

»Lass es uns tun«, flüsterte ich in seinen Mund, und Aaron zog sich zurück. Er streifte ein Kondom über, dann hob er mich hoch, presste meinen Rücken gegen die Wand. Er zog meine Beine um seine Hüften und ... drang in mich ein. Voller Wollust keuchte ich auf. Immer wieder zog er sich zurück, um in mich zu gleiten, bei jeden Stoß wurde ich lauter und Aaron schneller. Ein sinnlicher Strudel erfasste mich, es gab kein Zurück mehr. Zwischen meinen Schenkeln baute sich ein gewaltiger Druck auf, der kaum noch auszuhalten war. Im nächsten Augenblick explodierte meine Welt vor Lust, und ich wurde in den Strudel gezogen. Ein Zittern lief durch Aarons Körper, während er meinen Hals sanft küsste. Er stellte mich auf die Füße. Ich musste mich an den Armaturen festhalten, um nicht umzukippen. Meine Beine waren weich wie Pudding und ich ließ mich ins heiße Wasser gleiten. Ich konnte ein zufriedenes Aufstöhnen kaum unterdrücken. Währenddessen stieg Aaron aus der Wanne und entsorgte das Kondom, dann kam er zurück und setzte sich zu mir.

»Du hattest recht, ich hätte mich erinnert«, sagte ich, worauf er mir einen Kuss auf die Nasenspitze gab.

»Ich habe immer recht«, erwiderte er.

»Da ist aber jemand sehr von sich eingenommen.« Ich fuhr durch sein nasses Haar.

»So ist das, wenn man weiß, dass man gut ist.« Er grinste schief.

»Ich werde dir diesen Hochmut vom Körper schrubben.« Am Wannenrand stand ein Duschgel, das ich mir griff. Ich seifte Aaron damit ein. Er nahm es mir ab, um das Gel auch auf meinem Körper zu verteilen. Wir wuschen uns gegenseitig, unterbrochen von leidenschaftlichen Küssen.

Als die Haut auf den Fingerkuppen ganz runzlig war, verließen wir die Wanne. Aaron holte frische Handtücher aus dem Wandschrank und wickelte mich in ein großes. Mit einem kleineren rieb ich ihn ab, meine Lippen verwöhnten dabei seine warme Haut.

»Was machen wir jetzt?«, fragte ich.

»Da hätte ich schon eine Idee.« Seine Stimme war so

dunkel und rau, dass sie nahezu nicht menschlich klang. Er nahm meine Hand, führte mich ins Schlafzimmer. Dort zog er das Badetuch auseinander und es rutschte von meinem Körper. Aaron nahm auf dem Bett Platz und betrachtete mich.

»Du bist wunderschön«, sagte er.

Rittlings setzte ich mich auf seinen Schoß, schob meine Zunge zwischen seine Lippen, spürte seine Männlichkeit anschwellen. Ich rieb mich an ihr, und Aaron knurrte leise. Als wäre ich leichter als eine Feder, packte er mich und hob mich von sich runter aufs Bett. Erst nachdem er ein Kondom übergezogen hatte, kam er zu mir, spreizte meine Beine und versank ganz langsam in mir. Ich bog mich ihm keuchend entgegen. Er hielt still, reizte mich damit. Mein ganzer Unterleib pulsierte voller Sehnsucht nach Erlösung, und ich versuchte, mich zu bewegen. Doch Aaron blieb eisern. Sein Mund flatterte über meinen Hals.

Während ich seinen muskulösen Rücken erkundete, durchzuckte mich plötzlich ein süßer Schmerz. Bevor ich darüber nachdenken konnte, was passiert war, stieß Aaron kraftvoll in mich, wieder und wieder. Meine Libido übernahm die Kontrolle, der Verstand verabschiedete sich.

Der nahende Höhepunkt machte mir beinahe Angst. Ich krallte meine Finger ins Laken, bebte vor Erregung, mein Herz war kurz davor, aus meiner Brust zu springen. Eine prickelnde Welle rollte über mich hinweg, der eine stärkere folgte und noch eine. Die Wellen wurden zu Brechern, bis eine Sturmflut mich mit sich riss. Gierig bäumte ich mich auf, Aaron war tief in mir. Ich spürte, wie er kam.

Wir blieben genau so liegen, atmeten schwer. So etwas hatte ich noch nie zuvor erlebt. Aaron küsste mich ganz sanft. Alles fühlte sich so richtig und vertraut an. Als hätte ich mein Leben lang nur auf diesen Mann gewartet.

Nachdem ich wieder zu Atem gekommen war, rutschte ich aus dem Bett und stand auf.

»Wo gehst du hin?« Aaron sah aus wie ein griechischer Gott.

»Ins Bad. Bleib genau so liegen, bin gleich wieder da«, erwiderte ich vergnügt. Vor dem Schlafzimmer fiel mir ein, dass meine Tasche im anderen Zimmer stand. Also machte ich einen Abstecher dorthin und holte meinen Kulturbeutel heraus. An meinem Hals spürte ich ein Pochen und fuhr mit den Fingerspitzen über die Stelle. Sie fühlte sich etwas geschwollen an. Im Bad angekommen begutachtete ich mich im Spiegel. Ein roter Fleck zierte den Hals. Hatte der Herr mir doch wirklich einen Knutschfleck verpasst ... Ich beugte mich über das Becken, betrachtete ihn genauer. War da ein Ring aus Zahnabdrücke zu erkennen? Es sah fast wie eine Markierung aus. An der Stelle, an der die Eckzähne saßen, waren zwei Löcher zu sehen – wie von Fängen. Maja war einmal von einem Hund gebissen worden, das hatte so ähnlich ausgesehen. Nein, das bildete ich mir nur ein. Es war ein simpler Knutschfleck. Eilig verdeckte ich ihn mit meinen Haaren, die ich durchbürstete, dann putzte ich mir die Zähne. Im Spiegelschrank fand ich die Kondompackung und nahm eines raus. Anschließend kehrte ich ins Schlafzimmer zurück.

»Wirklich, so was mag ich nicht.« Ich strich das Haar weg, und Aaron lächelte. »Knutschflecke sind in Zukunft tabu«, sagte ich streng.

»In manchen Kulturen zeigt der Mann allen anderen, dass er das Weibchen für sich beansprucht.« Aaron schob selbstzufrieden die Hände unter seinen Kopf.

»Ach ja, welche Kultur soll das sein? Vielleicht zeigt man das im Tierreich so.«

»Komm ins Bett!«, erwiderte Aaron mit dunkler Stimme, die in meinem Magen vibrierte.

»Nur, wenn du versprichst, so was nie wieder zu machen.« Ich deutete auf den Fleck, und er wurde ernst.

»Du hast mein Wort. Mehr als einmal ist nicht nötig. Jetzt beweg deinen süßen Hintern zu mir.«

Langsam krabbelte ich ins Bett, das Kondom in der Faust verborgen, zog die Decke von seinen Hüften, küsste die Innenseite von Aarons Schenkeln. Er erschauderte unter meinen Liebkosungen. Dann erreichte ich seinen Schaft, mit der Zunge verwöhnte ich die empfindliche Spitze.

»Verflucht, was machst du mit mir?«

»Dich etwas bestrafen.« Quälend langsam leckte ich seinen Penis, umfasste ihn mit dem Mund und glitt zur Wurzel, dann wieder zur Spitze, die ich mit der Zunge neckte. Aaron wand sich unter mir, spannte sämtliche Muskeln an, und ich machte eine Pause, um dann mit meinem sinnlichen Treiben fortzufahren.

»Du weißt wirklich, wie man einen Mann in den Wahnsinn treibt«, sagte er keuchend.

»Da hast du recht. Vergiss das nie.« Ich streifte ihm das Kondom über, setzte mich auf ihn. So langsam wie eben mit dem Mund senkte ich mein Becken, nahm ihn vollständig auf, um anschließend genüsslich über ihm zu kreisen – obwohl es auch mir unglaublich schwerfiel, denn der nächste Höhepunkt kündigte sich an. Ohne Vorwarnung packte mich Aaron an den Hüften und drehte sich mit mir. Seine animalische Leidenschaft brachte mich vor Lust zum Schreien.

Die nächsten Tage kamen wir kaum aus dem Bett, eigentlich nur, wenn die Essensbestellungen geliefert wurden oder um sich mal frisch zu machen. Wir lebten einfach in den Tag hinein, und die Nächte in Aarons Armen blieben albtraumfrei. Ich wollte glauben, dass alles nur Einbildung gewesen war, weil ich den Tod meiner Mom noch nicht verarbeitet hatte. Vielleicht hatte ich das Paar, das in diesem Park tot aufgefunden worden war, zufällig irgendwo gesehen, ohne es bewusst wahrgenommen zu haben. Was auch immer, es war vorbei, und ich würde die Geschehnisse ruhen lassen.

»Wirst du in deiner Arbeit nicht vermisst?« Erschöpft lag ich neben Aaron im Bett.

»Hab mir freigenommen.« Er pirschte sich auf allen vieren an mich ran, bis er über mir war. Entschlossen drückte ich ihn weg.

»Ganz ehrlich, wir müssen hier raus. Etwas frische Luft schnappen, die Beine vertreten.«

»Wir haben doch genug Bewegung.« Er sah auf mich herab, dunkle Strähnen hingen in sein Gesicht.

Zart fuhr ich mit den Fingerspitzen über Aarons Lippen. »Bitte, lass uns was unternehmen.«

»Okay.« Sein Mund fand meinen. Der leidenschaftliche Kuss ließ mich fast wieder schwach werden. Aber nur fast.

Kapitel 10

Als ich das Haus verließ, schreckte ich zurück. Der typische New Yorker Straßenlärm klang so laut wie noch nie. Die Geruchsexplosion durch Abgase, Fäkalien, das Aroma frisch gebackener Muffins vom Café an der Ecke und was auch immer glich einem Schlag in die Magengrube. In den letzten Tagen waren meine Sinne offensichtlich noch empfindlicher geworden. Da es keine Option war, in die Wohnung zurückzuflüchten, weil ja *ich* den Vorschlag gemacht hatte, etwas zu unternehmen, trat ich tapfer vor die Tür, bemühte mich, durch den Mund zu atmen. Aaron stoppte ein Taxi, in dem es nicht wirklich besser roch. Bald hätte ich mich einer Rauschgiftspürhundestaffel anschließen können. Ich rutschte zu Aaron und inhalierte seinen Sandelholzduft. Das machte alles erträglicher. Das Taxi fuhr in Richtung Central Park, so viel erkannte ich.

»Wo geht's hin?«, fragte ich neugierig.

»Das ist eine Überraschung«, erwidere Aaron und tippte mit dem Finger gegen meine Nasenspitze.

»Ein kleiner Tipp«, drängelte ich.

»Wir gehen nicht ins Met.« Er lachte leise.

»Du bist unmöglich.« Ich verschränkte die Arme.

»Und du hast ein echtes Problem mit Überraschungen.« Er zog mich zu sich und küsste mich sanft.

Das Taxi stoppte am Park und Aaron zahlte.

»Wir sind da«, sagte er.

»Aber nicht der Zoo.« Ich stieg aus, sofort zwickte mich die Kälte. Es war bereits dunkel. Die Lichter der

Stadt verfolgten uns in den Park, denn die Wolkenkratzer überragten die Bäume bei Weitem. Aaron nahm meine Hand.

»Vielleicht.«

»Dann können wir gleich wieder umkehren.« Ich wollte in die andere Richtung, er aber hielt mich fest und nahm mich in die Arme.

»Du zitterst, dagegen müssen wir etwas tun.« Fest drückte er mich an seinen warmen Körper, ich sog seine Hitze förmlich auf. Aarons Kuss war unglaublich sanft, und ich erschauderte keineswegs wegen des eisigen Wetters. Er löste sich von mir.

»Komm«, sagte er und ergriff meine Hand. Wir folgten dem Weg weiter, liefen durch den Park – Händchen haltend wie ein richtiges Paar. So glücklich war ich schon lange nicht mehr gewesen. Das schlechte Gewissen regte sich in mir. Meine Mom war erst vor ein paar Monaten gestorben. Durfte ich wirklich glücklich sein?

Ich verdrückte mir eine aufkommende Träne, kuschelte mich an Aaron. Mom würde sich für mich freuen, ganz bestimmt. Natürlich erst, nachdem sie Aaron wie ein Tatortkommissar ausgiebig verhört und für akzeptabel befunden hätte. Dass er mich gerettet hatte, wäre ein riesengroßer Pluspunkt für ihn gewesen. Meine Mom hätte Aaron sicherlich gemocht.

Vor uns lag eine Eislaufbahn.

»Du willst mit mir Schlittschuhlaufen gehen?«, fragte ich und hob die Brauen.

»Macht doch Spaß.« Er grinste überlegen.

»Lass mich raten. Du hast Eishockey gespielt?«

Aarons Grinsen wurde breiter. »Sehe ich wie ein Eishockeyspieler aus?«

»Breit gebaut, verwegen und risikobereit? Ganz bestimmt sogar.« Ich knuffte ihn.

»Du hast mich durchschaut, ich hab mal gespielt«, gab er zu. »Also wollen wir laufen?«

»Oh je, ich war schon ewig nicht mehr auf Kufen gestanden.« Ich warf einen unsicheren Seitenblick zur Eisbahn.

»Ist das ein Problem? Falls du dich nicht traust, können wir auch etwas anderes unternehmen, aber wie hast du so schön gemeint: kein Risiko, kein Spaß!«, sagte er herausfordernd.

»Natürlich traue ich mich.« Ich straffte die Schultern und marschierte zum Schlittschuhverleih. In Schließfächern konnten wir unsere Schuhe verstauen.

Anschließend staksten wir zum Eis und lauschten Musik, die aus einem Lautsprecher ertönte. New Yorks Skyline erstrahlte hinter den Bäumen im romantischen Glanz.

Schon als meine Kufen die Eisfläche berührten, wusste ich, dass Eislaufen nicht zu meinen Lieblingsbeschäftigungen gehörte. Doch ich wollte jetzt auf keinen Fall einen Rückzieher machen. Also rutschte ich vorsichtig voran, breitete dabei die Arme aus, grazil wie ein Pinguin seine Stummelflügel, und versuchte verzweifelt, das Gleichgewicht zu halten. Eine Frau, die einen Buggy vor sich herschob, fuhr an mir vorbei. Wie viel sie wohl dafür verlangen würde, wenn ich ihn mir ausliehe? Noch während ich ihr flehend hinterherstarrte, zog es mir die Beine weg. Ich kniff die Augen zusammen, der Schmerz war unausweichlich. Doch ich wurde blitzschnell gepackt und fand mich nicht mit dem Hinterteil voran auf dem Boden, sondern in Aarons Armen wieder.

»Das Eislaufen ist nicht deine Stärke. Ich bewundere deinen Mut, trotzdem aufs Eis zu gehen«, bemerkte er amüsiert und hielt mich fest.

»Nicht jeder kann diesem halsbrecherischen Sport etwas abgewinnen«, erwiderte ich mit gespielter Bissigkeit und kämpfte mich frei. Aber meine Unabhängigkeit war nicht von langer Dauer, denn ein Augenzwinkern später geriet ich wieder ins Trudeln und war dankbar, mich an Aarons starkem Arm festklammern zu können.

Allmählich wurde ich sicherer, und wir schafften sogar eine Runde. Pinks *A Million Dreams* tönte aus den Lautsprechern. Aaron nahm mich bei den Händen und fuhr rückwärts vor mir. Er beschleunigte, zog mich mit sich, ich ließ es zu. Wenn er mich festhielt, fühlte ich mich unglaublich sicher. Unter meiner Haut prickelte es vor Erregung. Pink setzte zu ihrem Finale an, und Aaron nahm mich in den Arm. Wir drehten uns zusammen, als würden wir tanzen. Er senkte den Kopf, berührte mit seinen Lippen meine. Zuerst zart, dann intensiver. Es war wirklich wie im Traum.

Während der letzten Töne küssten wir uns so leidenschaftlich, dass beinahe das Eis unter unseren Füßen schmolz, und als das Lied endete, standen wir beide vollkommen still.

»Liebe Gäste, wir werden in wenigen Minuten schließen. Wir wünschen Ihnen eine gute Nacht und hoffen, Sie besuchen uns bald wieder«, verkündete ein Mitarbeiter der Eisbahn über Lautsprecher.

Nachdem wir unsere Schuhe wieder angezogen und die Schlittschuhe zurückgegeben hatten, bummelten wir durch den Park. Die gusseisernen Laternen beleuchteten eigentlich nur sanft den Weg. Aber für meine Augen war es fast taghell. Trotzdem hätte ich ohne Aaron an meiner Seite ziemlich Schiss gehabt. Es wirkte hier echt unheimlich, so mitten in der Nacht, und auch seltsam still, obwohl der Wind die Geräusche der Stadt zu uns trug. Wir waren in diesem Teil des Parks ganz allein, was mich keineswegs wunderte, die Temperaturen lagen bei weit unter null. Die Kälte kroch meine Beine hoch, ohne sportliche Betätigung stach sie wie Tausende kleiner Nadeln in meine Haut. Der gefrorene Schnee knirschte bei jedem Schritt, glitzerte im Licht der Laternen gleich Diamanten. Flocken landeten lautlos auf meiner Schulter, schmolzen, als sie mein Haar berührten, und Aaron führte mich unter eine Brücke.

Es wurde zunehmend kälter, bibbernd stand ich vor ihm. Aaron schloss die Arme um mich, ich genoss die Hitze, die von ihm ausging, sah zu ihm hoch und ... er küsste mich. Langsam arbeitete er sich in Richtung Hals vor, hinterließ eine prickelnde Spur. Er zog den Reißverschluss meines Parkers auf und fuhr mit den Lippen über die Bissstelle. Ich keuchte auf, zwischen meinen Beinen pochte es, als hätte er einen Schalter umgelegt.

»Ich glaube, wir sollten nach Hause gehen, meine kleine Frostbeule«, sagte er rau.

Ein aggressiver Geruch wehte mir um die Nase.

»Scheiße«, zischte Aaron und drehte sich um.

»Wir haben dich schon lange nicht mehr in der Werkstatt gesehen.« Ein großer Mann trat aus dem Schneegestöber unter die Brücke, ihm folgte ein kleinerer. Die Kerle waren wie Biker angezogen und sahen nach Schlägern aus. Sie waren kaum älter als Aaron, schlenderten in unsere Richtung. Hatten etwas von Hyänen, die ein verletztes Zebra umkreisen. Ich schluckte schwer, tastete nach dem Handy.

»Sean, was willst du«, fragte Aaron barsch.

»Wir haben alle Sehnsucht nach dir. Aber wie ich sehe, hast du keine Zeit, denn du bist mit der da beschäftigt.« Bei *der da* verzog Sean angewidert das Gesicht und sah zu mir.

»Verflucht, sie gehört zu denen.« Sean musterte mich mit düsterem Blick.

Ich wich zurück, mein Puls verdoppelte seinen Schlag. Dieser Kerl war unheimlich.

»Ein nettes Fahrgestell hat sie ja. Ist bestimmt gut im Bett.« Er stutzte und kam auf mich zu. »Was hat sie da am Hals? Ist das dein Ernst? Was werden wohl die anderen dazu sagen, dass sie *dein* Mal trägt.«

Hastig zog ich den Reißverschluss hoch. Mein Herz schlug so laut, dass es im ganzen Park zu hören sein musste.

»Sean, das geht euch einen Scheiß an.« Aaron stellte sich dem Größeren in den Weg, verdeckte mich damit. »Und nimm deinen Schoßhund an die Leine. Kusch, Riley, kusch!« Aaron sah zu anderem Kerl, der eine Art Knurren von sich gab.

»Vielleicht sollten wir dir das Maul stopfen«, meinte Sean. »Oder dich daran erinnern, was wir mit *denen* normalerweise machen.« Er streckte die Hand nach mir aus, ich zuckte zurück, er erwischte mein Haar, riss ein paar Strähnen heraus. Der Schmerz trieb mir die Tränen in die Augen. Aaron packte ihn an der Kehle wie ein Superheld seinen Widersacher und hob ihn hoch, bis die Füße in der Luft baumelten. Mir wurde schwindlig. Wie angewurzelt stand ich da und traute meinen Augen kaum. Was, zur Hölle, ging hier vor? Träumte ich jetzt schon bei vollem Bewusstsein? Wie war das möglich? Unter den Einfluss von Adrenalin konnte man angeblich sogar Autos anheben. So musste es sein, das klang logisch.

»Kümmere dich um deinen Dreck. Ich regle das selbst«, sagte Aaron und stieß ein tiefes Grollen aus, das weit weg von menschlich klang und mir Schauer über den Rücken jagte.

Mein Hals fühlte sich an, als würde er ganz langsam von einem Seil umschlungen werden. Ich schluckte gegen das Würgen an.

Sean röchelte, versuchte, Aarons Hand von seiner Kehle zu ziehen. Aber der hielt ihn unerbittlich fest. »Ihr vergesst, mit wem ihr es zu tun habt. Verschwindet, oder du wirst gleich nicht mehr viel sprechen können, wenn ich dir den Kehlkopf zerquetscht habe. Riley, ich warne dich.« Aaron drehte den Kopf in Richtung des Kleineren, der dastand, als würde er gleich angreifen wollen. »Wir wissen genau, wer in einem Kampf der Unterlegene sein wird. Außerdem ist der Park neutrale Zone«, knurrte Aaron, und der andere Kerl erstarrte förmlich.

Aaron schleuderte Sean weg. Der Mann krachte mit so großer Wucht gegen das Fundament der Brücke, das kleine Brocken wegspritzten. Ich zuckte zusammen, das scheußliche Geräusch von knackenden Knochen ging mir durch Mark und Bein.

»Und jetzt haut ab!«

Riley wollte seinem Freund hochhelfen, der ihn barsch wegstieß und allein aufstand.

»Du solltest nicht zu lange mit deiner Erklärung warten«, drohte Sean und verschwand mit seinem Kumpan im Schneegestöber.

»Was ist da eben passiert?« Mein Puls raste, mir wurde schwindlig. »Schluckst du fässerweise Anabolika? Oder bist du in der Freizeit Batman, und gleich kommt Robin um die Ecke?«, schrie ich hysterisch. »Bekämpfst du nachts Superschurken? Und was war mit deiner Stimme los? Wer sind die zwei? Und warum hassen die mich? Ich bin ›eine von denen‹, von wem, den Deutschen? Ist das so eine politische Sache? Bist du in einer Gang?«

Ich gestikulierte wild mit den Armen, bombardierte Aaron mit allem, was mir einfiel, ließ ihn nicht zu Wort kommen. Mein Kopf war gefüllt mit tausend Fragen, und die vielleicht wichtigsten war: Verlor ich den Verstand oder konnte ich meinen Augen sowie Ohren noch trauen?

Aaron stand ganz ruhig da, beobachtete mich dabei, wie ich ausrastete. Auf dem Absatz drehte ich mich um.

»Zur Hölle, was verschweigst du mir?« Wütend starrte ich ihn an, verschränkte die Arme.

»Wir sollten wirklich gehen«, sagte er sanft, als spräche er mit einer, die kurz davorstand durchzudrehen. Was ja auch der Fall war. Vielleicht hatte ich mir ja alles nur eingebildet, das animalische Grollen, diese Superheldennummer. Bei Gott, so was gab es nur in Filmen. Halluzination, flüsterte mein Verstand. Das musste es sein. Die Panik und das Adrenalin hatten mich halluzinieren lassen. Zitternd umschlang ich mit den Armen meinen Leib, wankte mit den Rücken gegen die Mauer.

»Komm her, Baby.« Aaron zog mich zu sich. »Das waren Idioten, es lohnt nicht, sich wegen denen aufzuregen. Wir gehen jetzt nach Hause«, flüsterte er an mein Haar, und ich wurde sofort ruhiger – wie ich es immer wurde, wenn ich Aaron spürte.

Vielleicht hatte ich wirklich in meiner Panik halluziniert? Mein Blick glitt zum Fundament der Brücke gegenüber. Man konnte noch immer erkennen, wo Seans Körper hinabgerutscht war. Wahrscheinlich waren die Mauerbröckchen schon vorher da gewesen. Diese Erklärung wollte mein Verstand mehr glauben als die, dass Aaron Superkräfte hatte. Das klang wirklich zu absurd. Wir lebten nicht in Gotham City, sondern in New York, und hier rannte keiner in Strumpfhosen und Cape herum.

»Geht's wieder?«, fragte Aaron.

»Ich fürchte, ich verliere den Verstand. Erst diese prophetischen Albträume, dann geht meine Fantasie bei vollem Bewusstsein mit mir durch«, schluchzte ich in seine Jacke. »Was für prophetische Albträume?«, hakte er nach.

»Ach, vergiss es«, erwiderte ich, denn ich wollte über das alles kein Wort mehr verlieren.

Aaron legte die Schlüssel auf die Konsole. Ich zog die Jacke aus, während ich ins Wohnzimmer ging, und warf sie aufs Sofa. Immer wieder sah ich ihn vor mir, wie er diesen Mann gepackt und hochgehoben hatte. Aber war das wirklich so passiert? Hatte er den Kerl vielleicht nur festgehalten? Mein Verstand fand diese Erklärung bei Weitem logischer, und ich wollte sie glauben.

»Wir haben noch was vom chinesischen Essen im Kühlschrank.« Aaron bog in die Küche ab.

»Danke, ich möchte nichts«, erwiderte ich, schaute aus dem Fenster, rieb mit den Händen über meine Oberarme. Noch immer hatten Restaurants und Läden geöffnet, die Stadt schlief wirklich nie. Das war eine seltsame Nacht gewesen, wir hätten heute einfach im Bett bleiben sollen. Diese Stadt hatte irgendetwas gegen mich.

»Ich weiß so wenig über dich«, sagte ich, ohne mich umzudrehen.

»Was willst du wissen?«, erkundigte sich Aaron. Er ließ Wasser aus dem Hahn laufen.

»Fangen wir bei deinem Nachnamen an.«

»Ich heiße Walker.« Er trank einen Schluck und stellte das Glas ab.

»Waren das Kollegen? Hassen Sie mich, weil du dich in der Werkstatt so rargemacht hast?«, fragte ich, während mein Blick einem Taxi auf der Straße folgte. Ich spürte Aaron hinter mir. Seine Brust berührte meinen Rücken. »Vielleicht solltest du öfter in der Werkstatt vorbeischauen. Ich möchte nicht, dass du meinetwegen Schwierigkeiten bekommst.«

»Mach dir keine Gedanken über die beiden. Ich regle das morgen.« Er strich mir das Haar zu Seite und liebkoste meinen Hals. Reflexartig fuhr ich mit den Fingerspitzen über die Bisswunde, wandte mich ihm zu. »Was meinte dieser Typ mit ›sie trägt dein Mal‹?«, fragte ich.

Aarons Augen wurden dunkel. »Ich werde dir alles erklären. Aber vorher muss ich noch etwas regeln. Bitte, habe Geduld.« Er nahm meine Hände zwischen seine.

»Das ist alles so verwirrend. Ich möchte es nur verstehen.«

Unsere Blicke verschmolzen miteinander.

»Das wirst du«, erwiderte Aaron und legte die Hände an mein Gesicht. Fordern schob er seine Zunge zwischen meine Lippen, die ich für ihn öffnete. Seine Leidenschaft entlockte mir ein leises Stöhnen.

»Lass uns ins Bett gehen«, schlug er vor, pure Wollust lag in seiner dunklen Stimme, die über meinen Körper prickelte. Alles schien auf einmal so weit weg zu sein, die Geschehnisse im Park, die beiden seltsamen Kerle, die Fragen, die mir auf der Seele brannten, einfach alles. Während wir uns küssten, dirigierte Aaron mich ins Schlafzimmer.

Kapitel 11

Ein eiskalter Windhauch strich über meine nackte Haut. Bibbernd öffnete ich die Augen. Das Fenster stand offen. Von Aaron fehlte jede Spur. Wahrscheinlich war er ins Bad gegangen. Aber warum öffnete er das Fenster, wollte er mich auf diese Weise wecken? Das war ihm gelungen.

Schläfrig rutschte ich aus dem Bett, um das Fenster zu schließen, als ein Hechelgeräusch mich einfrieren ließ. Nackte Furcht strich mit glitschigen Fingern über meinen Rücken. Ein Schauder durchfuhr mich. Etwas war hier im Raum. Ich hielt die Luft an, drehte den Kopf. Ein riesiger Wolf stand vor mir, schwärzer als die Nacht, und er besaß keinen Eigengeruch. Im Zimmer nahm ich nur Aarons Duft wahr. Hatte dieses Vieh das Paar im Park zerfleischt? Kam es nun, um mich zu töten, mich, die unfreiwillige Augenzeugin?

Ganz langsam machte ich einen Schritt zurück, dann einen nächsten. Der Wolf senkte den Kopf und folgte mir ebenso langsam. Hastig blickte ich mich um, suchte nach Schutz. Das Bad war hinter mir. Die Schlafzimmertür, die leicht offen stand, befand sich schon in Reichweite. In Zeitlupe tastete ich nach dem Griff, meinen Blick fest auf den Wolf gerichtet.

Endlich fühlte ich den Knauf, riss die Tür auf, rannte hinaus und warf sie zu. Ich flüchtete mich ins Bad, knallte die Tür ebenfalls zu, hörte davor lautes Atmen. Dann kratzte etwas über das Holz. Mein Herz hämmerte gegen den Kehlkopf, ich starrte panisch auf den Schlüssel im Schloss. Verflucht, ich hatte nicht zugesperrt. Ein Wolf würde doch keine Tür öffnen können. Aber er hatte ja schon das Fenster aufbekommen und war vorher die Feuerleiter hochgeklettert. Die Tür schnappte auf. Mir wurde schlecht, der Raum drehte sich, meine Beine gaben nach und ich knallte mit der Stirn auf den Wannenrand. Im nächsten Augenblick wurde alles schwarz.

»Jetzt noch mal laut. Sie werden misstrauisch«, sagte Rachel.

Ich öffnete die Augen, der Platz neben mir war leer, der Wecker zeigte sechs Uhr morgens. Sofort betastete ich meine Stirn. Es war keine Verletzung zu spüren. Heute Nacht hatte ich wohl doch wieder einen beschissenen Albtraum gehabt. Verflucht noch eins.

»Die sollen sich um ihren Kram kümmern«, brauste Aaron auf. Er schien wütend zu sein. Obwohl es unhöflich war, musste ich einfach lauschen.

»Sean und Riley haben den Beweis mitgebracht, dass Kane mit seiner Vermutung richtig gelegen hatte.«

»Diese Arschlöcher. Ich werde ihnen die Herzen rausreißen.« Ein Krach folgte, als hätte Aaron mit der Faust auf den Esstisch gehauen.

»Idiot, beherrsch dich endlich. Jetzt hab ich Kaffee auf der Hose. Hör auf, hier Amok zu laufen, und fang an, dein Hirn einzuschalten, auch wenn es dir im Moment schwerfällt. Dad will sich nun selbst darum kümmern. Ich werde dir auf jeden Fall den Rücken decken. Denn ich finde es falsch, was er vorhat.« Rachel seufzte. »Ganz ehrlich, du hättest loslassen sollen. Das wäre besser gewesen.«

»Ray, ich konnte es nicht.« Aaron klang verzweifelt.

»Ich weiß, Bruder, ich weiß«, antwortete Rachel sanft.

»Sie geben dir bis mittags Zeit. Also, mach was draus. Ich muss jetzt gehen.«

Schritte folgten, dann wurde die Wohnungstür auf- und wieder zugemacht, während Aaron das Schlafzimmer betrat. Ich kniff die Augen zusammen, stellte mich schlafend, spürte, wie Aarons Gewicht die Matratze hinunterdrückte.

»Hey, Schlafmütze.« Seine Lippen berührten meine, und ich konnte nicht anders, als seinen zarten Kuss zu erwidern. Ich schlang die Arme um seinen Hals, um ihn zu mir zu ziehen. Dabei bemerkte ich, dass er angezogen war, und öffnete die Augen.

Mit sanfter Gewalt löste er sich von mir. »Ich wusste doch, dass du nicht mehr schläfst.«

»Willst du weg?«, fragte ich.

»Muss etwas erledigen. Bin, so schnell es geht, wieder da«, erklärte er und hauchte mir einen Kuss auf die Stirn. »Ehrlich gesagt würde ich lieber zu dir unter die Decke krabbeln.« Er grinste, sah so unverschämt attraktiv aus. »Nein, Mister Walker, du musst bestimmt zur Arbeit. Geh, sonst hassen deine Kollegen mich noch mehr. Ab jetzt!«, befahl ich streng und deutete zur Tür.

Aaron betrachtete mich mit einem Hundeblick, der Herzen schmelzen konnte, stand aber auf.

»Ich beeile mich.« Damit verließ er das Schlafzimmer und wenig später die Wohnung.

Ich rutschte zum Bettrand, stand auf. Im Schlafzimmer war es verdammt kalt, und ich dachte an meinem Albtraum, in dem das Fenster offen gestanden hatte. Daher rüttelte ich daran rum, aber es bewegte sich keinen Millimeter, blieb fest verschlossen. Schnell griff ich mir frische Sachen und ging ins Bad. Dort lief die Heizung auf Hochtouren, sodass es kuschelig warm war.

Nach dem Anziehen stattete ich der Küche einen Besuch ab. Zu meiner Freude wartete Kaffee auf mich, der noch heiß war. Ich genehmigte mir eine Tasse, die ich auf den Couchtisch abstellte. Anschließend holte ich das Handy, nahm auf dem Sofa Platz und googelte ein wenig herum, unterstützt von dem dampfenden Wachmacher. Zuerst erkundigte ich mich, wie das Wetter werden würde: Sonne mit weißen Federwolken! Dann überflog ich die aktuellen Nachrichten, bis ich irgendwann *Wölfe in New York* eintippte. Tatsächlich erschienen Bilder, verwackelte Aufnahmen von Schatten und ein paar YouTube-Filmchen.

Mein Handy vibrierte. Die Nummer des Anrufers war unbekannt. Aber da ich nur zwei Kontakte abgespeichert hatte, nämlich Rachels und Majas, war das jetzt auch keineswegs überraschend. Vielleicht war es ja Aaron.

Mit einem fröhlichen Hallo nahm ich den Anruf entgegen. »Sind Sie Olivia Müller?«, fragte mich ein Mann, dessen Stimme mir völlig unbekannt war.

»Jaaaa«, sagte ich gedehnt, erwartete jetzt einen dieser nervigen Werbeanrufe.

»Sie kennen mich nicht und müssen mir keinesfalls glauben, aber ich habe Informationen über Ihren Vater«, meinte der Fremde, und ich schluckte.

»Sind Sie dieser Bekannte von Aaron, der alles und jeden findet? Hat er Sie mit der Suche nach meinem Vater beauftragt?« Meine Stimme war ganz rau, ich räusperte mich.

»Am Telefon möchte ich nur ungern weitersprechen. Ich bin ganz in Ihrer Nähe. Hier an der Ecke ist ein Café, The Good Stuff, die haben auch einen hervorragenden Brunch. Kennen Sie es?«

»Ja«, erwiderte ich heiser.

»Dort erwarte ich Sie. Wenn Sie in den nächsten fünfzehn Minuten nicht auftauchen, verschwinde ich. Aber glauben Sie mir, was ich zu berichten habe, werden Sie wissen wollen.« Der Mann beendete das Gespräch. Mein Rückruf wurde weggedrückt.

»Wie soll ich dich erkennen, du Idiot?«, fuhr ich das Smartphone an. Minutenlang starrte ich auf das Display, hoffte darauf, dass der Kerl sich noch mal meldete, aber das Handy schwieg. Dummerweise kannte ich Aarons Nummer nicht, um ihn nach seinem Bekannten zu fragen. Ob er ihn tatsächlich beauftragt hatte? Zuzutrauen wäre es ihm. Er hatte ja auch diesen Typen in San Francisco ohne mein Wissen hinzugezogen.

Mir kam eine Idee. Aaron hatte mich doch auf diesem Handy angerufen, als ich auf dem Weg zum Flughafen gewesen war. Ich scrollte durch die äußerst kurze Liste der verpassten Anrufe und fand eine unbekannte Nummer. Drückte die Wahlwiederholung und wurde auf Aarons Mailbox weitergeleitet. So ein Mist, er ging nicht ran. Was sollte ich tun? Jetzt blieben mir nur noch zehn Minuten.

»Hi, Aaron. Mich hat so ein Typ angerufen, der etwas über meinen Dad weiß. Der Kerl tat sehr geheimnisvoll, aber es wird wohl der Mann sein, den du mit der Suche nach meinem Vater beauftragen wolltest. Wie es aussieht, hast du das auch getan. Das nächste Mal solltest du mich über so was informieren. Ich treffe ihn gleich in dem Café an der Ecke. Das mit den leckeren Muffins.«

Ein Piepen signalisierte, dass die Redezeit zu Ende war. Hastig zog ich die Schuhe an, schnappte mir meine Jacke, die ich mir im Gehen überstreifte. Es war ein Treffen in einem öffentlichen Café mit vielen Menschen um uns herum, was konnte da schon passieren?

Ich rannte die Straße hinunter. Heute war es wieder so richtig eisig. Es waren nur wenige Menschen unterwegs, was mich nicht allzu sehr wunderte, denn bei den Temperaturen gingen die meisten nur vor die Tür, wenn sie unbedingt mussten. Als ich vor dem Café ankam, holte ich ein paar Mal tief Luft, damit sich meine Atmung wieder normalisierte. Suchend blickte ich durch das große Fenster ins Innere, hielt nach einem Tisch Ausschau, an dem ein einzelner Mann saß. In dem Café befand sich zum Glück eine übersichtliche Anzahl von Gästen. Ein Kerl, der aussah, wie ich mir einen Privatdetektiv vorstellte, tippte auf dem Smartphone herum. Vielleicht war er das? Mit wackeligen Knien ging ich zur Tür an der Ecke, blieb davor stehen.

»Du schaffst das«, machte ich mir Mut.

Aus dem Augenwinkel bekam ich mit, dass ein schwarzer Van neben mir hielt. Bestimmt wollte der Fahrer etwas anliefern, und ich würde im Weg stehen. Die Seitentür des Wagens wurde aufgeschoben.

Gerade als ich an den Türgriff langen wollte, griffen mehrere Hände nach mir.

»Was soll das?«, schrie ich. Mein Puls schnellte hoch. Ich trat kreischend um mich. Aber meine Angreifer waren stärker. Am Geruch erkannte ich, dass es Männer waren, und einen der Kerle hatte ich schon mal gerochen. Finger bedeckten meinen Mund, ich biss zu, jemand brüllte. Einen anderen kratzte ich. Trotz meiner verzweifelten Gegenwehr zerrten die Mistkerle mich in den Van. Tief aus meinem Inneren kam ein animalisches Knurren, das mich selbst erschreckte.

»Stellt sie ruhig, sonst wandelt sie sich«, befahl einer. Verflucht die Stimme kannte ich. Aber woher? Bevor ich weiter darüber nachdenken konnte, spürte ich einen

Stich am Hals. Dann verschwamm alles. Meine Gliedmaßen wurden schlaff, und ich verlor das Bewusstsein.

Meine Lider waren aus Blei, nur langsam gelang es mir, sie zu heben. Als meine Augen halbwegs offen waren, sah ich immer noch alles wie durch einen Schleier, und es roch seltsam nach altem Gebäude. Die Schläfen pochten, als hätte ich zu viel getrunken. Was war passiert?

»Aaron bist du da?«, fragte ich, vermochte kaum zu sprechen, denn die Zunge klebte mir am ausgetrockneten Gaumen fest. Er antwortet nicht. »Aaron?«, wiederholte ich heiser. Benommen setzte ich mich auf, spürte Metall unter meinen Fingern. Allmählich kam meine Sicht zurück. Aber was ich dann von meiner Umgebung erkannte, wollte ich gar nicht sehen. Denn ich saß auf einem Stahlbett in einer Zelle. Durch massive Gitterstäbe erkannte ich einen Mann, der neben einer Tür offensichtlich Wache stand.

»Bin ich verhaftet?«, fragte ich ihn, obwohl er eigentlich nicht wie ein Polizist aussah. Aber wer sollte mich sonst in eine Zelle stecken? Ich stand auf, der Raum begann zu wanken. Auf zittrigen Beinen torkelte ich zum Gitter, umfasste die Stäbe. »Was wird mir vorgeworfen?« Der Mann sah an mir vorbei. Die winzige Lampe über ihm war die einzige Lichtquelle. »He, ich spreche mit Ihnen. Aus dem Fernsehen weiß ich, dass ich das Recht auf einen Anwalt habe. Davon mache ich jetzt Gebrauch.« Ich bemühte mich, möglichst tough aufzutreten, obwohl ich kurz davorstand loszuheulen. Das hier wirkte nicht wie eine Polizeistation. Natürlich hatte ich noch nie eine von innen gesehen, ob zu Hause oder in den USA. Aber das hier hatte etwas von Burgverlies und verstieß wahrscheinlich gegen sämtliche Menschenrechtskonventionen. Wofür der Eimer in der Ecke war, wollte ich erst gar nicht wissen. Ich suchte in den Jackentaschen nach Handy und Geldbeutel, doch die Sachen fehlten natürlich.

»Anrufen darf ich auch jemanden«, redete ich weiter.

Der verdammte Typ blickte starr geradeaus. Die Tür ging auf, und zwei Männer betraten den Raum zwischen den Gittern und der Tür. Das Gesicht des einen Kerls zierte eine Narbe. Fassungslos wankte ich zurück. Das war dieser entsetzliche Angreifer von meinem ersten Abend. Das Arschloch, das mich fast zu Tode gewürgt hatte.

»Was geht hier vor?« Ich wischte mit dem Jackenärmel die Tränen weg.

»Schön, dass wir uns endlich kennenlernen. Mein Name ist Drake Walker.« Der Mann um die fünfzig hatte Aarons Augen, er lächelte mich kalt an.

»Walker?«, wiederholte ich. »Wie Aaron Walker?«

»Schlaues kleines Ding. Das ist mein Sohn. Er hielt dich für eine Streunerin, doch das bist du nicht. Das rieche ich ganz deutlich. Jungwölfe kennen euch Katzen nicht so gut wie ich. Auf jeden Fall hatte Aaron seinen Spaß mit dir.«

»Wie ... warum?« Meine Beine wollten mein Gewicht nicht mehr tragen, ich kam ins Straucheln, hielt mich mit letzter Kraft an der rauen Wand fest. Katzen, Wölfe – waren das Codewörter. Doch wofür? War das hier ein Menschenhändlerring? In was war ich da hineingeraten?

»Was wollen Sie von mir?«, flüsterte ich mit angststickter Stimme, obwohl ich nicht sicher war, ob ich die Antwort hören wollte. Menschenhändler arbeiteten meist mit attraktiven Lockvögeln, die ihre Opfer gefügig machen sollten.

»Du bist ein ausgesprochen wertvolles Druckmittel und wirst uns einen riesen Vorsprung verschaffen«, antwortete Aarons Dad. Irritiert starrte ich ihn an. Diese Antwort kam unerwartet.

»Erpressung? Ich bin ein Nichts, hab keine reichen Eltern oder Verwandten. Wen sollte mein Verschwinden interessieren?« Ich machte einen zögerlichen Schritt auf ihn zu.

»Du bist also wirklich vollkommen ahnungslos?« Walker trat an das Gitter. »Wie amüsant. Kane, wir lassen sie erst einmal über alles nachdenken«, sagte er an seinen Begleiter gewandt, der mich mit verschränkten Armen fixierte. Dann gingen die beiden.

»Inwiefern ahnungslos? Bitte reden Sie doch mit mir«, brüllte ich hinterher. Aber die Männer kehrten nicht zurück. Ich setzte mich auf die Pritsche, meine Gedanken kreisten so sehr, dass mir schwindlig wurde.

Ein Druckmittel? Für was oder wen zur Hölle war ich ein Druckmittel?

Eine gefühlte Ewigkeit kauerte ich mit angewinkelten Beinen auf der Pritsche und fixierte meinen Wächter, der mich bemüht ignorierte. Immer wenn er dachte, dass ich nicht hinschaute, musterte er mich neugierig. Meine Jacke hatte ich zusammengeknüllt, benutzte sie als Kissen, polsterte damit Rücken und Kopf, da die Mauer, an der ich lehnte, unangenehm rau und hart war. Plötzlich hörte ich draußen Stimmen. Es gab wohl einen Streit zwischen zwei Leuten. Dann wurde die Tür aufgerissen, und Aaron stürmte herein.

»Lass uns allein!«, fuhr er meinen Aufpasser an.

»Ich kann meinen Posten auf keinen Fall verlassen«, widersprach der Mann.

Aarons Augen leuchteten seltsam auf. Hatte ich das eben richtig gesehen?

»Lass. Uns. Allein!«, wiederholte er ganz langsam, was bedrohlicher wirkte, als wenn er es gebrüllt hätte.

»Nein«, sagte der Wächter. Der junge Mann bemühte sich, entschlossen zu wirken, aber sein ängstlicher Blick machte den Versuch zunichte. Blitzschnell war Aaron bei ihm und presste ihn gegen die Wand. In diesem Moment wurde die Tür geöffnet, Aaron ließ von dem Wächter ab und straffte die Schultern. Sein Vater trat ein, gefolgt von diesem Kane, meinem neuen besten Freund, der mich umgarnt hatte, bis mir die Luft weggeblieben war.

»Da bist du ja, Sohn.«

»Was ist hier los?«

»Wir haben die kleine Katze eingeladen, etwas Zeit mit deiner Familie zu verbringen.« Drake Walker verzog amüsiert die Lippen. Er sah Aaron unglaublich ähnlich.

»Mal ehrlich, du hattest deinen Spaß mit ihr und ich hab dir diese Zeit wirklich gegönnt, Junge. Sie ist ein hübsches Ding. Bei so einem Kätzchen kann der stärkste Wolf schwach werden, das passiert. Wäre sie eine Wölfin, dann ... Warum nicht?« Walker grinste mich an.

Ich kam mir so schmutzig vor, hatte das Gefühl, in Säure baden zu müssen. »Aber jetzt ist es Zeit für die geschäftlichen Dinge. Du hast dich offensichtlich geirrt, mein Sohn. Ich hoffe zumindest, es war nur ein Irrtum. Die Kleine ist keine einfache Streunerin, sondern die Erbin der Katzen, wie Kane es vermutet hatte. Junge, das ist ein großer Fang«, sagte Walker voller Begeisterung und umfasste Aarons Schulter. »Die Katzen werden wegen der Sicherheit ihrer Erbin bestimmt große Zugeständnisse machen.« Walker ließ seinen Sohn los und trat zu mir ans Gitter. »Du musst wissen, wir Wolfswandler und die Katzen haben nicht das beste Verhältnis zueinander, und bei den letzten Verhandlungen mussten wir ihnen um einiges zu viel überlassen.«

»Wolfwandler? Katze? Erbin?« Ich rutschte von der Pritsche. »Ja, Kleine. Du bist die Erbin des Katzenclans. Aus jeder deiner Poren strömt Jonathans Geruch. Diese Snobs denken, sie seien etwas Besseres als wir Wölfe. Tja, jetzt ist es an der Zeit, sie in ihre Schranken zu verweisen.«

»Ich glaube, Sie verwechseln mich. Bitte, Aaron, sag ihm doch, dass ich auf keinen Fall diese Erbin sein kann. Ich wurde ja nicht einmal hier geboren.«

Ich blieb vor Aaron stehen. Völlig emotionslos musterte er mich. Es war, als würde mir das Herz herausgerissen werden. Tränen liefen über meine Wange, trübten meinen Blick.

»Bitte hilf mir doch!«, hauchte ich, aber seine Miene blieb versteinert. Benommen torkelte ich zurück.

»Das hier ist doch dein Vater?« Drake Walker zeigte das Bild, auf dem mein vermeintlicher Dad vor dem orangen Mustang stand.

»Woher haben Sie das?«, zischte ich, sah zu Aaron. »Du Dreckskerl hast in meinen Sachen herumgewühlt.« Kochende Wut brodelte in meinen Eingeweiden.

»Dann haben wir noch das hier«, sagte Walker und hob den Brief meines Vaters hoch.

»Geben Sie ihn her!« In zwei Schritten überwand ich den Abstand, streckte einen Arm durch die Gitter. Walker sprang zurück.

»Ziemlich temperamentvoll für eine Katze. Wenn sie im Bett genauso leidenschaftlich ist, dann verstehe ich dich, Junge.« Er blickte zu Aaron, der nur laut schnaubte und schwieg.

»Das ist mein Brief, zum Teufel«, schrie ich. »Sie haben nicht das Recht, ihn mir wegzunehmen.« Zorn, wie ich ihn niemals zuvor erlebt hatte, schoss durch meine Adern. Obwohl es sinnlos war, griff ich nach dem Brief. Walker lachte über meine kläglichen Versuche, ihn zu erwischen.

»Wirklich, Sohn, die Kleine hat Feuer.«

»Du verdammtes Arschloch, gibt mir den Brief.« Meine Stimme wurde zu einem Knurren. In diesem Moment erstarrte ich und sah erschrocken auf meine Hand: Fell wuchs aus jeder Pore. Ich blickte auf meine Finger, die keine Finger mehr waren, hatte das Gefühl, den Boden unter den Füßen zu verlieren. Das musste ein verfluchter Albtraum sein. Wenn ich mich zwickte, würde ich sicher aufwachen. Mit der menschlichen Hand kniff ich in meinen Arm. Schmerz brannte, alles Zwicken half nichts. Anstelle einer Hand war da etwas, das einem Tier gehörte. Zur Hölle, ich war kein Tier. Tränen liefen über meine Wangen. Mir wurde schwindlig, Galle brannte in meiner Kehle. Hastig kniete ich mich vor den Eimer und musste mich übergeben. Keuchend blieb ich am Boden sitzen. Das war kein Albtraum.

»Jetzt hast du gesehen, was du bist. Eine Gestaltwandlerin aus den Reihen der Katzen. Wie dein Vater. Der Bastard hat dich einfach allein gelassen. Eigentlich hätte er deine Menschenmutter loswerden müssen, als sie schwanger geworden war. Du hättest niemals geboren werden sollen. Doch dazu war er zu doof – zu blöd, einen Mischling zu verhindern. Aber er hätte dich wenigstens auf dieses Leben vorbereiten müssen. Das wäre seine Aufgabe gewesen. Aber so sind die Katzen. Sie besteigen alles, was nicht bei drei auf den Bäumen ist. Diese selbstsüchtigen Missgeburten.«

Walker warf das Foto in die Zelle – den Brief behielt er – und verließ den Raum. Aaron betrachtete mich, sein

Blick wurde für einen winzigen Moment weich, dann folgte er seinem Vater.

Was war das eben gewesen? Mitleid? Bei Gott, ich brauchte sein verfluchtes Mitleid nicht. Er sollte sich zum Teufel scheren. Ich nahm das Foto und betrachtete es, hatte so unglaublich viel Fragen. Nachdenklich hob ich meinen Arm, drehte ihn hin und her. Drake Walker, Kane, Aaron, jeder, der vorhin anwesend gewesen war, hatte gesehen, wie er sich in eine Tierklaue verwandelt hatte. Darüber nachzugrübeln, wie verrückt das Ganze war, und eine logische Erklärung für alles zu finden war ein sinnlos Unterfangen. Denn es besaß einfach keine Logik, dass ich mich in ein Tier verwandeln konnte. Doch ich spürte die Katze ganz deutlich, so, wie ich meinen Herzschlag fühlte. Sie war ein untrennbarer Teil von mir, den ich zum ersten Mal bewusst wahrnahm. Nicht nur körperlich veränderte ich mich. Die Kreatur, die unter meiner Haut lauerte, begierig darauf, an die Oberfläche zu kommen, war selbstbewusst, stolz und vorlaut – das ganze Gegenteil von mir. Sie wollte hier raus, um jeden Preis, denn sie hasste es, eingesperrt zu sein. Endlich ergab der Brief meines Vaters einen Sinn. All diese Menschen hier bestätigten, dass er die Wahrheit geschrieben hatte. Die Feinde, die er erwähnt hatte, existierten. Was hatte der alte Walker damit gemeint, dass mein Vater Mom hätte loswerden müssen, als sie mit mir schwanger geworden war? Wieso hätte ich niemals geboren werden sollen? War ich der Grund, warum er uns verlassen hatte?

Eines stand fest, wenn ich das hier überleben wollte, musste ich die Tatsachen akzeptieren. Entweder ich konnte mich wirklich in eine Katze verwandeln oder ich wurde verrückt und halluzinierte. Ich hatte auch nicht das Gefühl, unter Drogen zu stehen, ich war ganz klar.

Die Gedanken kreisten, mir tat langsam der Kopf weh. Ehrlich, die Aussicht, wahnsinnig zu werden, gefiel mir ganz und gar nicht, daher entschied ich, dass die Wandlersache stimmen musste. Frei nach Sherlock Holmes: Wenn man das Unmögliche ausgeschlossen hatte, musste das, was übrig blieb, die Wahrheit sein, so unwahrscheinlich sie auch klingen mochte. Dass ich eine Wandlerin vom Clan der Katzen war, klang megaunwahrscheinlich, doch wenn ich Halluzinationen, Drogen und Irrsinn ausschloss, dann blieb nur diese Wahrheit übrig.

Kapitel 12

Als hätte mich eine Parade von Panzern überrollt, erwachte ich. Stunden hatte ich damit verbracht, diese Wandlung noch mal herbeizuführen, bis ich irgendwann eingeschlafen war. Hatte Sprüche von »Abrakadabra« bis »Sesam wandle dich« ausprobiert, aber ich war ein Mensch geblieben.

Ich rappelte mich auf, entdeckte einen anderen Wächter, den ich sogar schon kannte. Mit den Fingern fuhr ich durch mein Haar, um die Knoten zu lösen.

»Du bist Sean? Na, wirst du öfter wie ein Püppchen durch die Gegend geschleudert wie neulich von Aaron im Park?«

»Halt die Klappe, Schlampe«, fauchte der mich an.

»Das war jetzt nicht besonders nett, Sean. So behandelt man doch keinen Gast.« Ich betrachtete interessiert meine Haarspitzen. »Könnte mal wieder eine Kur vertragen. Würdest du mir eine besorgen? Dazu eine Gesichtspackung? Wenn ich schon hier rumsitzen muss, möchte ich gern etwas für mein Äußeres tun.« Der Kreatur in mir bereitete es einen Heidenspaß, den dämlichen Wolf zu reizen. Instinktiv erkannte sie seinen Rang. Er war kein Alphatier, nicht einmal ein Beta, nur ein kleiner unterwürfiger Mitläufer. Natürlich konnten Mitläufer auch beißen. Aber wie hatte mich Walker so schön genannt: ein ausgesprochen wertvolles Druckmittel! Und so einem »ausgesprochen wertvollem Druckmittel« durfte mit Sicherheit kein Haar gekrümmt werden.

»Ich bin nicht dein verdammter Diener«, brauste

Sean auf. Er sah aus, als würde er mir den Kopf abreißen wollen, und ich war froh, dass Gitter zwischen uns waren, trotzdem gab die Katze in mir nicht nach.

»Du siehst aber wie ein Diener aus.« Ich widmete mich wieder meinem Haar, doch aus dem Augenwinkel beobachtete ich ihn. Im Bruchteil einer Sekunde stand er am Gitter. »Wenn ich könnte, dann würde ich dir deinen dürren Hals umdrehen. Ich weiß gar nicht, wie Aaron überhaupt mit dir schlafen konnte. Es musste ihn echt viel Überwindung gekostet haben, dich anzufassen, Katzenabschaum. Schon die Vorstellung ist widerlich«, schrie Sean hasserfüllt.

Ich drehte mich von ihm weg, denn seine Worte hatten eine klaffende Wunde in mein Herz gerissen. War es für Aaron wirklich so widerlich gewesen?

»Jetzt heult das Kätzchen«, spottete Sean.

»Halt die Klappe.«

»Dachtest du wirklich, Aaron hätte sich in dich verliebt? Ein Wolf und ein Katzenvieh … wie absurd. Für diese Vorstellung hat er wahrlich einen Oscar verdient.« Sean bog sich vor Lachen.

»Sei ruhig, sonst …«

»Was *sonst*? Sprengst du die Gitter?«, fiel er mir ins Wort. Wieder spürte ich diesen animalischen Zorn, der von mir regelrecht Besitz ergriff. Meine Finger wurden zu Klauen. Blitzschnell war ich bei ihm und schlug nach Sean. Meine Krallen trafen auf Fleisch, Blut spritzte. Er schrie vor Schmerz. Hastig trat ich zurück, sah auf meine Pranke, die wieder zur menschlichen Hand wurde.

»Du Miststück«, brüllte er.

»Was ist hier los?« Kane betrat die Zelle.

»Sieh dir das an!« Sean zeigte ihm seine klaffenden Wunden. »Sag mal, wie dämlich kann man sein? Sie ist hinter Gittern und konnte dich trotzdem verletzten. Idiot! Und hör auf zu jammern. Es heilt ja bereits.«

Ich näherte mich den beiden. Wirklich, die Kratzer begannen zu verschwinden, wurden allmählich zu dünnen Linien. Wie war das möglich?

»Liam übernimmt deine Schicht. Geh raus und schick ihn rein«, befahl Kane.

Sean nickte und verschwand. Kane drehte sich zu mir. Da standen wir nun. Wortlos funkelte er mich an, und ich wich zurück. Er war ein anderes Kaliber als Sean, das wusste auch die Kreatur unter meiner Haut. Dieser Typ vor mir war ein ausgewachsener Beta. Was das genau zu bedeuten hatte, wusste ich nicht, aber diesen Wolf sollte ich auf keinen Fall reizen. Mit zusammengezogenen Augenbrauen starrte Kane auf meinen Hals. Ich hatte das Gefühl, Hände würden sich um meine Kehle legen und sie zerquetschen. Ob er bereute, dass er es damals nicht zu Ende hatte bringen können? Denn ich war die Erbin seiner Feinde, und seinem hasserfüllten Blick nach zu urteilen, verabscheute er Katzen wirklich aufs Äußerste. Auf jeden Fall war alles nur Show gewesen. Der Angriff, die Rettung durch Aaron. Ich musste Sean recht geben, das war eine oscarreife Leistung gewesen. Kraftlos sank ich auf die Pritsche, schlang die Arme um meinen Körper, konnte kaum atmen. Als würde eine eiserne Kette meinen Brustkorb zerquetschen.

Was war ich dumm gewesen, so unglaublich blöd. Bestimmt fand Aaron das Ganze wahnsinnig lustig, prahlte vor den anderen damit, dass er so etwas Dummes wie mich ins Bett bekommen hatte.

Leise schluchzte ich, drehte mich zur Wand, damit Kane meine Tränen nicht sah. Jemand kam rein, wahrscheinlich Liam, der neue Wachposten. Ich ignorierte die

Männer, wollte nichts mehr sehen oder hören. Niemals wieder würde ich jemandem vertrauen können.

Irgendwann, keine Ahnung ob Tag oder Nacht, brachte Aaron ein Tablett mit Essen.

»Liam, schließ auf!«, wies er den Wachposten an, der sofort reagierte und die Gittertür öffnete.

Ich lehnte mit verschränkten Armen an der Mauer. Aarons Sandelholzaroma durchdrang den Raum. Auch nach allem, was geschehen war, besaß es noch immer diese fast magische Anziehungskraft. Der Versuch, meine Nase mit der Hand zu bedecken, um es nicht mehr zu riechen, war sinnlos.

»Das sind gebratene Nudel mit Gemüse, die magst du doch so gern«, sagte Aaron sanft.

»Hab keinen Hunger, nimm das Zeug wieder mit.«

»Du musst etwas essen. Seit du hier bist, hast du nichts angerührt.« Aaron stellte das Tablett auf der Pritsche ab und kam zu mir. »Trink wenigstens etwas Wasser.« Eine halbe Armlänge trennte uns voneinander.

»Besorgt, dass eure Geisel verhungern könnte?«, fragte ich sarkastisch.

»Wir brauchen dich bei bester Gesundheit«, erwiderte er und hob die Hand. Kurz vor meinem Gesicht stoppte er, als wäre ihm klar geworden, was er da gerade tat. Unsere Blicke trafen sich, und ich vermochte Aarons nicht zu deuten. War das Bedauern oder Reue? Einen Wimpernschlag später schlug mir Kälte entgegen.

»Iss was!«, befahl er ruppig.

»Ja natürlich, Meister, wenn es dich glücklich macht«, sagte ich spöttisch, hob stolz das Kinn. *Er* würde mich auf keinen Fall kleinkriegen.

Ich lag auf der Pritsche, summte ein Kinderlied und

starrte zur Decke. Riley hatte das Vergnügen, auf mich aufzupassen. Wie lange war ich bereits hier? Drei oder vier Tage, schätzte ich, vielleicht auch länger. Ich fühlte mich total ekelig. In diesem fensterlosen Bunker gab es keine Dusche. Zwar brachten sie mir Wasser, wenn ich es brauchte, aber es reichte nur für das Nötigste. Wenn ich hier rauskam, würde ich einen Brief an Amnesty International schreiben. Die Tür wurde geöffnet, ich nahm einen vertrauten Geruch wahr, dazu den Duft der nächsten Gefängnismahlzeit. Nichts davon schenkte ich Beachtung.

»Dein heutiges Menü ist Pasta mit Käsesoße, dazu eine Plastikflasche exquisiten Wassers. Alles wurde von mir höchstpersönlich zubereitet, bis auf das Wasser natürlich«, sagte Rachel grinsend und ich setzte mich auf.

Riley öffnete Aarons Schwester die Gittertür.

»Wie geht's dir?«, fragte sie besorgt.

»Interessiert dich das wirklich?«, erwiderte ich tonlos.

»Natürlich. Ehrlich, ich finde das wirklich übel, was die hier mit dir machen.« Sie schaute zur Decke. »Ihr habt richtig gehört, ihr Idioten. Hier sind Kameras und Mikros«, erklärte sie mir.

Darüber hatte ich mir bisher keine Gedanken gemacht. Aber klar, es war ja auch ein Gefängnis. Was soll's, sie hatten mich bereits seit Tagen gefilmt und abgehört, meine Würde war eh kaum noch vorhanden. Sich jetzt darüber aufzuregen, war vergeudete Energie.

»Kann ich etwas für dich tun?« Rachel stellte das Tablett am Bettende ab und nahm neben mir Platz.

»Mich freilassen, da besteht wohl keine Chance?«

»Ich fürchte, nein.«

»Dann würde ich unheimlich gern duschen«, erwiderte ich. »Mal sehen, was ich für dich tun kann.« Rachel nahm meine Hand. »Bitte, iss was. Tue es nicht für diese

Bande von Ignoranten, sondern für mich. Außerdem habe ich mir mit dem Kochen total viel Mühe gegeben, das muss unbedingt gewürdigt werden.« Sie schenkte mir ein Lächeln.

Ich versuchte, es zu erwidern, aber mir war eher nach Heulen zumute.

»Gute Nachrichten«, schwungvoll betrat Rachel den Raum. »Sie lassen dich duschen. Wir werden dich hinbringen.« Zwei weitere Männer kamen herein. Liam und einer, dessen Name ich nicht kannte.

»So viel Eskorte für ein kleines Mädchen. Ich komm mir fast vor wie Hannibal Lecter.« Ich erhob mich von der Pritsche und ging zur Tür, die Riley öffnete.

»Hände ausstrecken.« Liam trat zu mir.

»Auch noch Handschellen. Du magst es hart, Liam«, scherzte ich, während er mir die Metallbänder um die Handgelenke legte.

Der junge Wolf wurde rot. Er sah richtig niedlich aus. Die Katze in mir strotzte nur so vor Selbstvertrauen, und sie war tough, verflucht tough sogar, nahm kein Blatt vor dem Mund. Seit ich sie bewusst spürte, hatte ich das Gefühl, endlich ich selbst zu sein. Außerdem half das Kätzchen mir mit seinem Galgenhumor damit, alles erträglicher zu machen.

Sie führten mich in einen Gang, dem wir folgten. Auch hier gab es keine Fenster, wir mussten uns unter der Erde befinden, vielleicht in einem Bunker oder Keller? Wir passierten eine metallene Flügeltür und gelangten in einen Raum mit weiteren Türen und einer Treppe. Es standen Autoteile herum sowie große Holzkisten, die teilweise aufeinandergestapelt worden waren. Rachel machte eine Tür auf.

»Hier geht's zu den Duschen.« Sie ließ mich vorbei,

ich betrat die Umkleide. An den Wänden standen Spinte, in der Mitte gab es eine Bank, dahinter kamen die Gemeinschaftsduschen. Rachel schloss die Tür.

»Ich nehm dir die Handschellen ab.« Sie zückte einen Schlüssel und öffnete sie. »Sie geben dir fünfzehn Minuten, das müsse reichen. Was wissen die schon? Männer eben.« Rachel verdrehte die Augen. »Hier liegen frische Handtücher.« Sie deutete auf das Regal neben den Spinten, dann ging sie zur Tür, umfasste den Knauf.

»Rachel«, sagte ich schnell.

»Brauchst du noch etwas?« Sie hielt inne, sah zu mir.

»Danke«, flüsterte ich.

»Hab ich gern gemacht, ich wünschte, ich könnte mehr für dich tun.« Rachel ließ den Griff los. »Ich mag dich wirklich. Die Feindschaft zwischen unseren Rassen ist so uralt, dass sich keiner mehr erinnern kann, wann und warum das überhaupt angefangen hat. Man hasst den anderen einfach, weil er ist, wer er ist. Das ist doch dumm. Keine Seite geht auf die andere zu, obwohl wir so viel gemeinsam haben. Einige junge Wölfe denken ebenso. Liv, ich konnte dich kennenlernen, und was ich kennengelernt habe, hat mir gefallen. Du bist so anders als all die Katzen, denen ich begegnet bin. In einer anderen Welt könnten wir wirklich die besten Freundinnen sein. Meiner Meinung nach ist es schon lange an der Zeit, diesen elenden Krieg zu beenden.« Sie seufzte.

»Und Aaron? Wie sieht Aaron das?«, fragte ich leise.

»Er war schon immer Dads loyaler Soldat.« Rachel kam zu mir, nahm meine Hände. »Hab Vertrauen!«, las ich von ihren Lippen, dann ging sie.

Nach dem Ausziehen stellte ich mich in Gedanken versunken unter die Dusche. Warum war Rachel so freundlich zu mir? Was meinte sie damit, ich sollte Vertrauen haben?

Wem gegenüber? Aaron?

Warmes Wasser rann über meinen Körper. Es tat so gut. Aber ich hatte ja nur fünfzehn Minuten. Also holte ich mir ein Handtuch, trocknete mich ab, dann wickelte ich es um meinen Leib. Vor dem Spiegel blieb ich stehen.

»Eine Bürste wäre nicht schlecht«, sagte ich zu meinem Gegenüber, bemühte mich, das nasse Haar mit den Fingern zu kämmen.

»He, bist du jetzt endlich fertig.« Riley hämmerte an die Tür.

»Verflucht, ich hab noch ein paar Minuten«, brüllte ich zurück, in der Hoffnung, dass ich wirklich noch ein paar Minuten hatte.

»Gnädigste, deine Zelle wartet.« Der Wolf trommelte lauter gegen das Türblatt.

»Hast du heute noch was vor? Ich jedenfalls nicht!« Das Blut begann zu sieden. Was bildete sich dieser Kerl überhaupt ein? Meine Hände umkrampften den Waschbeckenrand so stark, dass die Knöchel weiß hervortraten.

»Ich zähl jetzt runter, wenn du bei null nicht vor der Tür stehst, komm ich rein. Fünf, vier ...«

»Dann komm doch rein, du Bastard.« Mein Schreien wurde zu einem Grollen, die Pupillen wurden zu Schlitzen. Fell wuchs auf meinen Körper. Die Hände begannen, sich zu verwandeln, der Mund verformte sich zu einer Schnauze. Mein Herz trommelte schneller als das Solo eines Speedmetal-Drummers. Knochen brachen und setzten sich neu zusammen. Stöhnend sank ich zu Boden, krümmte mich vor Schmerzen, hatte das Gefühl, jeder Nerv in meinem Körper würde brennen.

Was zur Hölle passierte mit mir?

Dann war es plötzlich vorbei. Ich blickte an mir herab, meine Hände waren zu Pfoten geworden. Aus meinem Mund kamen keine Worte mehr, sondern ein tiefes Knurren. Die Katze wollte endlich hier raus.

»Was ist hier los?« Die Tür flog auf. »Oh Scheiße.« Riley stand wie erstarrt vor mir.

Ich sprang, der Mann hechtete zur Seite, sodass der Weg frei war. Schon befand ich mich im Lagerraum. Das war ja ein Kinderspiel!

»Mistvieh, hier ist die Flucht zu Ende.« Der Wächter, dessen Namen ich nicht kannte, versperrte mir den Zugang zur Treppe. Liam schlich von der Seite an mich heran.

»Tut ihr nicht weh!«, rief Rachel.

Ich duckte mich, war zum Angriff bereit, peitschte mit meinem Schwanz. Alles war intensiver. Die Gerüche von Schmieröl und Benzin so stark, als hätte man sie mir direkt in die Nasenlöcher gestrichen. Die Sicht so fokussiert wie noch nie. Mein Blick fiel auf einen Kistenstapel, von dort aus konnte ich die Treppe leicht erreichen.

»Bleib stehen!«, befahl Riley hinter mir.

Die Männer hatten mich eingekreist, ein typisches Verhalten für Wölfe. Ganz langsam schlich ich rückwärts, tat so, als würde ich aufgeben. Bevor die Männer wussten, was geschah, war ich mit einem Satz auf der obersten Kiste knapp unter der Decke.

»Von da aus hat sie es bald zur Treppe geschafft«, rief Riley.

»Verdammt«, fluchte Liam. Mit einem eleganten Sprung überwand ich den Abstand zu weiteren Kisten, der nächste brachte mich auf die Treppe.

Die Freiheit war zum Greifen nah, ich roch bereits die Straße, als Kane über mir mit einem Gewehr im Anschlag auftauchte. Er schoss, etwas bohrte sich in mein Fleisch. Sofort wankte der Raum. Nein, ich wollte nicht aufgeben, sammelte meine Kräfte und nahm die nächste

Stufe, hechelte, als würde ich den Mount Everest ohne Sauerstoffmaske besteigen.

»Das hat dir wohl noch nicht gereicht.« Kane lud nach, feuerte ein zweites Mal, und meine Beine gaben nach. Ich verlor den Halt, und bevor ich auf dem Boden aufschlug, gingen mir die Lichter aus.

Wieder einmal erwachte ich mit pochenden Schläfen, wieder einmal war ich narkotisiert worden. Kane, dieser Bastard, hatte mit Betäubungspfeilen auf mich geschossen.

Fluchend rappelte ich mich auf, bemerkte erst, als die Decke hinunterrutschte, dass ich vollkommen nackt war. Hastig zog ich sie hoch, schielte zum Wachmann. Diesen Kerl hatte ich noch nie gesehen. Offensichtlich war Riley abgezogen worden. Verschwommene Bilder tauchten auf. Fell bedeckte meinen Körper, und ich sprang mit einem Satz in Höhen, die ich sonst nicht einmal mit einer Leiter erklimmen würde. Hatte ich mich wirklich in eine Raubkatze verwandelt und einen Fluchtversuch unternommen?

Ich holte das Foto meines Dads unter der Matratze hervor. Warum war er nie mehr zu Mama und mir zurückgekommen? Er hätte mich auf diese Sache vorbereiten müssen.

Ich wurde aus meinen Gedanken gerissen, als die Tür aufging und Aaron eintrat. Er hatte Kleidung und Schuhe dabei. Schnell schob ich das Bild zurück. Der Wächter öffnete die Zellentür, ich zerrte die Decke noch etwas höher.

»Soll ich mich jetzt geehrt fühlen, dass der Sohn des Anführers mir frische Klamotten bringt. Hast du für solche Arbeiten keine Lakaien?«

»Wie geht es dir?« Er legte die Kleidung neben mir ab. Es waren meine.

»Was kümmert es dich?«

Für einen winzigen Moment blickte Aaron zur Decke, dann wieder zu mir. Dort musste die Kamera hängen. Wir wurden beobachtet und auch belauscht, wie ich von Rachel wusste. »Wo ist deine Schwester?«, wechselte ich das Thema.

»Sie darf sich deiner Zelle nicht mehr nähern.« Aaron verschränkte die Arme, trat zwischen mich und den Wächter, versperrte ihm so die Sicht. »Zieh dich bitte an!«, sagte er.

»Rachel hatte mit meinem Fluchtversuch nichts zu tun.« Ich nahm die Unterwäsche, schaute zu Aaron. Er betrachtet mich mit dem Blick, mit dem er mich immer angesehen hatte, bevor es schmutzig zwischen uns geworden war. Nur ein Fingerschnippen später war seine Miene wieder wie versteinert, als hätte er eine Maske übergezogen.

Während ich in meine Sachen schlüpfte, musterte ich die Decke. War es das? Galten diese hasserfüllten Blicke nicht mir, sondern der Kamera? Ich sah wieder zu Aaron. »Tut die Wandlung immer so furchtbar weh?«

»Meist die erste vollständige, dann wird es besser«, antwortete er, ohne jegliche Regung in der Stimme. Kaum dass ich angezogen war, stand auch schon Kane im Raum.

»Wir brauchen eine Haarprobe.« Durch die Gitter reichte er Aaron ein Messer. Das gefährlich aussehende Ding war weit weg von einem einfachen Küchenmesser, schien etwas Militärisches zu sein, mit einer silbern glänzenden Klinge. Aaron trat zu mir, nahm eine Strähne, die er zwischen seinen Finger hindurchgleiten ließ, als würde er sie streicheln. »Es wird nicht wehtun.« Ein Lächeln huschte über sein Gesicht, und er schnitt ein Stück ab. Zärtlich strich er mein Haar zurück, berührte dabei meine Wange.

Ein Zittern lief durch meinen Körper, und die Katze in mir wäre am liebsten schnurrend um seine Beine geschlichen. Aaron hielt die Faust, in der meine Haarprobe lag, an seine Nase, als roch er daran, dann leuchteten seine Augen kurz auf.

»Komm jetzt, die anderen warten.« Kane stand an der Zellentür, und Aaron ging.

Selbst als er weg war, kribbelte die Stelle noch immer, die er berührt hatte.

Kapitel 13

Normalerweise machte ich mir nicht einmal mehr die Mühe, den Kopf zu drehen oder mich gar zu erheben, wenn jemand mich in meinem Kerker besuchte. Aber das Paar, das gefolgt von Walker und Kane den Raum vor den Gittern betrat, erweckte meine Neugier, und ich setzte mich auf. Sie unterschieden sich komplett von den Wölfen, und ihr Geruch erschien mir vertraut, obwohl ich sie noch niemals in meinem Leben gesehen hatte. Das Haar der beiden war so blond wie meines, vielleicht ein, zwei Nuancen heller.

»Das ist wirklich Jonathans Tochter?«, fragte die Frau mit Hochsteckfrisur sowie adrettem Businesskostüm, auf dessen Etikett wahrscheinlich »Chanel« stand, und sah mich mit ihren bernsteinfarbenen Augen verwundert an.

Hinter ihr wurde die Tür geöffnet, Aaron stellte sich neben seinen Vater und verschränkte die Arme.

»Jade, witterst du es nicht? Aber selbst wenn sie keinerlei Geruch hätte, sie ist Jonathan wie aus dem Gesicht geschnitten, nur um ein Vielfaches hübscher. Dies hier ist seine Tochter, das ist so sicher wie die Tatsache, dass auf die Nacht der Morgen folgt. Einfach unglaublich ... Jonathan hat eine Tochter.« Ihr Begleiter im Armani-Anzug musterte mich. Ein äußerst attraktiver Mitdreißiger, der die dominante Ausstrahlung eines mächtigen CEO besaß.

»Mit einem Menschen. Er hatte allen Grund, das geheim zu halten. Glücklicherweise haben die Wandlergene bei ihr durchgeschlagen«, erwiderte diese Jade.

Wandlergene? Sie sprachen wirklich in Rätseln. Aber ich hatte ja beschlossen, das alles zu glauben. Okay, es gab also Wandlergene. Warum nicht?

»Lasst mich zu ihr.« Der blonde Mann sah zu Walker, der nickte. Kane schloss auf und trat zur Seite. »Du heißt Olivia?«

Der Unbekannte mit dem vertrauten Aroma blieb vor mir stehen.

»Ja, aber alle nennen mich Liv«, erwiderte ich.

»Ich bin Ethan, der Beta des Katzenclans, und das ist Jade, deine Cousine.« Er deutete auf die ausgesprochen schöne Frau, die vielleicht ein paar Jahre älter war als ich.

»Was ist das?« Ethan hob mein Haar hoch, das Aarons Mal verdeckt hatte. »Wer von deinen dreckigen Hunden hat ihr das angetan?« Er wandte sich um, und Walker senior grinste.

»Da hat sie doch ein nettes Andenken«, meinte er.

»Das ist abscheulich.« Ethan schnaubte wütend.

Aarons Mine verfinstere sich.

»Behandeln sie dich gut?«, fragte Ethan mich sanft.

»Ja.« Ich sah in seine Bernsteinaugen. Eine Frage brannte in mir. »Wo ist mein Vater?«

Zärtlich strich Ethan über meine Wange, sein Blick wurde weich. »Du weißt es nicht?«, fragte er. »Dein Vater ist tot, umgebracht von stinkenden Wölfen.«

Tot? Ich konnte Ethan nur anstarren, wusste nicht, was ich fühlen oder sagen sollte. Ich hatte den Mann nicht gekannt, aber er war mein Vater gewesen, und nun hatte ich keine Chance mehr, ihn kennenzulernen. Meine ganze Suche war umsonst gewesen. Nun war ich ganz allein auf der Welt. Hoffnungslosigkeit umklammerte mein Herz wie eine eisige Faust.

»Das ist niemals bewiesen worden«, wandte Walker ein.

»So ein feiges Attentat können nur Wölfe begangen haben«, fuhr Ethan ihn an, worauf Kane leise knurrte.

»Zeig mehr Respekt vor dem Alpha!«, wies er Ethan in seine Schranken.

»Zeigt ihr etwa Respekt vor *unserem* Alpha?«, stellte der die Gegenfrage und deutete auf mich.

»Noch ist sie es nicht. Sie war eine Streunerin, und es ist unsere Pflicht, clanlose Wandler von der Straße zu holen. Vor allem, da die Morde im Inwood Hill Park geschehen sind. Nur durch Zufall stellten wir fest, wer sie wirklich ist, und nun möchten wir nur eine kleine Aufwandsentschädigung für unsere Umstände.« Walkers Grinsen wurde breiter. »Aufwandsentschädigung? Ich nenne das Erpressung«, brauste Ethan auf.

»Jetzt beruhig dich. Sie sind im Moment am Drücker. Dad wird alles Weitere veranlassen, wenn er wieder in der Stadt ist«, ergriff Jade das Wort. »Ethan, lass uns gehen. Wir können hier nichts mehr ausrichten.« Sie sah zu mir und lächelte freundlich. »Liv, willkommen in der Familie.«

»Wir werden dich so schnell wie möglich hier rausholen.« Ethan strich noch mal über mein Gesicht, als müsste er sich versichern, dass ich real war. »Wenn ihr auch nur ein winziges Haar gekrümmt wird, dann ist der Frieden Geschichte. Ich hoffe, ihr bestraft den räudigen Köter, der für dieses ekelhafte Mal verantwortlich ist«, sagte er zu Aarons Vater, als er an ihm vorbeilief.

Aaron selbst funkelte den Mann wütend an, die Lippen wurden zu einem schmalen Strich.

»Mein Sohn wird euch zu eurer Limousine bringen.

Ruft an, wenn ihr zu weiteren Verhandlungen bereit seid. Wir sind es jederzeit«, erwiderte Walker vergnügt.

Das Ganze schien ihn sehr zu amüsieren. Aaron war es schließlich gewesen, der mir dieses Mal verpasst hatte, über das sich Ethan so aufregte.

»Wie ich sagte, du bist ein ausgesprochen wertvolles Druckmittel.« Er zwinkerte mir zu und ging ebenfalls.

Erneut war es Aaron, der mir mein Essen brachte. Dieses Mal Spargel auf Risotto. Ich saß mit angewinkelten Beinen am Kopfende des Bettes, meine Jacke zur Rückenlehne umfunktioniert, und beobachtete, wie er das Tablett auf dem Fußteil abstellte.

»Sehr subtil, das hatte ich bei unserem Date gegessen«, bemerkte ich sarkastisch. Wobei ich das Wort *Date* besonders betonte. »Na, hat es wenigstens Spaß gemacht, mir das alles vorzuspielen? Hat es dich sehr viel Überwindung gekostet, mich zu vögeln?« Aaron schwieg, während sich mein Bewacher im Hintergrund räusperte und peinlich berührt zur Wand schaute. »Als wir damals Essen waren, wusstest du mit Sicherheit bereits, dass mein Dad tot war. Du wusstest es wahrscheinlich schon zu dem Zeitpunkt, als Kane diesen Fake-Überfall auf mich gestartet hat, damit du den Retter spielen konntest. Sehr clever«, schrie ich ihn an. Dass er meine Anschuldigungen wortlos hinnahm, trieb mir Zornestränen in die Augen. »Sag doch was! Hat es dir die Sprache verschlagen, oder willst du kein Wort an ein ›Katzenmiststück‹ verschwenden?« Ich redete mich in Rage, spürte, wie die Wandlung einsetzte. Schnell sprang ich auf, brachte so viel Abstand wie möglich zwischen mich und Aaron. Ich klammerte mich an der Wand fest, versuchte mit aller Kraft, die Wandlung aufzuhalten. Mein Körper war ein einziger Schmerz.

»Bleib draußen, Jax, ich regle das«, raunte Aaron. Er kam zu mir, hielt mich fest.

»Geh weg! Ich werde dir wehtun.« Meine Stimme wurde zu einem Knurren.

»Die menschliche Seite ist die Dominante, nicht das Tier. Du musst immer die Oberhand behalten«, redete er sanft auf mich ein. Seine Stimme und vor allem sein Geruch beruhigten die Katze, sie zog sich zurück. Schwer atmend lehnte ich mich gegen Aaron, zitterte am ganzen Leib.

»Ich werde dich hier rausholen«, flüsterte er so leise in mein Ohr, dass ich mir nicht sicher war, ob er das wirklich gerade gesagt hatte. Er ließ von mir ab, ging, ohne zurückzublicken, zur Zellentür, die der Wachposten öffnete.

»Das hätten ihr ihre Eltern beibringen sollen«, sagte Aaron verächtlich zu dem Mann.

»Katzenpack!«, erwiderte dieser verächtlich.

»Gute Nachrichten für dich, sie haben die Verhandlungen wieder aufgenommen.« Sean war mein Bewacher des Tages. »Gerade in diesem Moment treffen sie sich außerhalb von New York. Bald kann das Kätzchen nach Hause ins Schickimicki-Penthouse«, sagte er spöttisch. Ich rutschte von der Pritsche und trat ans Gitter.

»Was, zum Teufel, ist dein Problem?«, fragte ich geradeheraus.

Sean kam näher, blieb eine Armlänge entfernt stehen. Er hatte dazugelernt.

»Du willst wissen, was mein Problem ist? Ich werde es dir sagen. Ihr verfluchten Katzen mit euren Limousinen und Luxuswohnungen. Euch quillt der Reichtum aus den Ohren, obwohl ihr euch keinen einzigen eurer manikürten Finger schmutzig machen müsst. *Das* ist mein Problem«, erwiderte er voller Hass.

»Du bist neidisch? Auf mich?« Ich hob die Brauen. »Sehe ich so aus, als hätte ich Geld oder ein Penthouse? Ich wohne in Deutschland in einem Einzimmer-Wohnklo und muss zusehen, wo ich die Miete dafür herbekomme. Wie ich hörte, laufen die Geschäfte eures Clans auch nicht schlecht …«

»Aber wir müssen für das Geld hart arbeiten. Ich würde auch lieber mit einem Drink in der Hand auf meiner Dachterrasse sitzen und mir die Sonne auf den Pelz brennen lassen, als Autos für reiche Schnösel aufzumotzen«, fiel mir Sean ins Wort, und ich seufzte. Er wollte mich einfach hassen, egal was ich sagte.

In diesem Moment erklang *Eye of the Tiger* von Survivor. Sean zog sein Smartphone aus der Hosentasche und sah auf das Display.

»Interessanter Klingelton.« Ich verschränkte die Arme.

»Ja«, nahm er den Anruf an. »Gut, zwanzig Prozent gleich und die komplette Summe, wenn es vorbei ist. Ich verstehe.« Er sah zu mir, seine Augen glühten für einen Wimpernschlag, und mir wurde mulmig zumute. Sean nahm das Handy vom Ohr, das Telefonat war anscheinend beendet.

»Wir machen einen kleinen Spaziergang«, sagte er und schloss auf.

»Ich würde lieber hierbleiben.« Langsam wich ich zurück, doch er packte mich und zerrte mich aus der Zelle. Im Gang angekommen brachte er mich nicht zum Lagerraum, sondern führte mich in die entgegengesetzte Richtung.

»Was ist los? Wurde eine Einigung erzielt? Werde ich jetzt freigelassen?« Hoffnung keimte in mir auf.

Der Wolf öffnete eine Doppeltür, und wir standen in einer Art Trainingsraum. An einer Wand hingen unterschiedliche Hieb- und Stichwaffen. Sean stieß mich vor sich her in die Mitte des Raumes, die von einem Spott ausgeleuchtet wurde. Drei weitere Männer kamen herein. Einen von ihnen kannte ich als Wächter, die beiden anderen hatte ich noch nie gesehen. Sie umkreisten mich.

»Was ist hier los?« Ich hoffte, dass meine Stimme selbstbewusst klang. Denn eisige Angst kroch meine Beine hoch und ließ sie erstarren.

»Es wurde ein Kopfgeld auf dich ausgesetzt«, sagte Sean schmierig grinsend.

»Auf mich? Ich bin doch lebend wertvoller. Wenn ihr mir etwas antut, verliert ihr euer Druckmittel.« Ich versuchte es mit Vernunft, zwang die Tränen zurück, denn ich durfte keine Schwäche zeigen, obwohl sich die Angst gerade in eine ausgewachsene Panik verwandelte.

Sean lachte nur. »Aus unserer Sicht bist du tot wertvoller. Zehn Millionen für den, der dich tötet.« Während Sean sich auszog, setzte seine Wandlung ein. Dunkles Fell wuchs auf seinem Körper, der sich wie im Zeitraffer veränderte – genau wie die Leiber der drei anderen. Dann umkreisten mich vier knurrende Wölfe, die Beute machen wollten.

Verflucht, warum kam die Katze nicht zum Vorschein? Ich drehte mich um die eigene Achse, versuchte, die Wölfe im Blick zu behalten, arbeitete fieberhaft daran, eine Lösung zu finden, aber es gab keine. Nackte Panik raubte mir die Luft zum Atmen, und mir wurde schwindlig. »Bitte, wandle dich!«, flüsterte ich mir zu.

Ich sah auf meine zitternde Hand, schluchzte, denn in meiner menschlichen Form hatte ich null Chancen gegen diese Bestien. Warum funktionierte es nicht? Ich konnte nicht denken, die Angst fror mein Gehirn regelrecht ein. Mein Blick glitt zu der Wand mit Waffen. Aus dem Augenwinkel sah ich einen Schatten auf mich zuhechten. Plötzlich flog die Tür auf, ein schwarzer Wolf stürzte sich auf meinen Angreifer, packte ihn noch in der Luft an der Kehle. Die beiden landeten hart auf dem Boden, und der Schwarze riss dem anderen die Kehle raus. Das tote Tier verwandelte sich in einen Menschen zurück. Der Kopf war fast nicht mehr mit dem Körper verbunden. Mir stockte der Atem, ich wankte zurück, da war so furchtbar viel Blut. Seans leere Augen starrten mich an.

Wie hypnotisiert stand ich da, konnte kaum begreifen, was eben geschehen war.

»Nein! Arschloch!«, brüllte Rachel, riss mich so aus meiner Trance. Sie feuerte aus ihrem Gewehr eine Kugel ab. Der getroffene Wolf brach neben mir zusammen, nahm ebenfalls wieder menschliche Gestalt an. Mein Herz sprang panisch gegen die Rippen. Ich hatte ihn gar nicht bemerkt. Erbarmungslos stürzte sich der schwarze Wolf auf den nächsten Gegner. Bei Gott, das war Aaron. Er musste es sein, denn ich nahm ganz deutlich sein Sandelholzaroma wahr. Laut knurrend verbissen er und sein Gegner sich ineinander.

»Komm her, Liv!«, schrie Rachel, während sie auf die Angreifer zielte. Das musste sie mir kein zweites Mal sagen. Ein tiefes Grollen hinter mir ließ mich erstarren. Meine Beine wollten einfach nicht weiterrennen. Ich drehte mich um, der Wolf fletschte die Zähne.

»Lass sie in Ruhe!«, brüllte Rachel und schoss. Das Tier jaulte auf, wich zurück. Schon war Aaron zur Stelle.

»Liv, komm jetzt!«, drängte Rachel, mein Körper gehorchte mir wieder, ich rannte zu ihr. Ein schmerzerfülltes Quietschen ließ mein Blut in den Adern zu Eis werden.

»Wir müssen hier weg.« Sie packte mein Handgelenk.

»Aber ... Aaron?« Ich schaute zu ihm, er hielt die zwei verbliebenen Wölfe in Schach.

»Der kommt klar.« Energisch zog mich Rachel den Gang entlang durchs Lager zur Treppe. Wir erreichten eine Werkstatt, die wir durchquerten. Im Hof erwartete uns ein ganzer Fuhrpark. Es war eine sternenklare Nacht mit Temperaturen weit unter null. Nur das Adrenalin, das wild durch meine Adern sprudelte, schützte mich vor einem Kälteschock. In der Werkstatt und auch hier hatte ich keinen weiteren Wolf entdeckt – weder in menschlicher noch in tierischer Form.

»Wo sind denn alle?«, wollte ich wissen.

»Sean und sein Pack haben die, die noch hier waren und nicht zu seinem Verschwörertrüppchen gehörten, ausgeknockt. Und der Rest ist auf dem großen Gipfeltreffen«, erwiderte Rachel. Sie ließ meinen Arm los und holte einen Schlüssel aus der Hosentasche. Das Auto neben mir signalisierte durch Piepen, dass es offen war. Es war ein alter Chevy in Schwarz, den man schon fast Oldtimer nennen konnte.

»Rein da!« Rachel eilte zur Fahrerseite, legte das Gewehr auf den Rücksitz.

So schnell ich konnte, kam ich ihrer Aufforderung nach. Kaum dass ich saß, fuhr sie mit quietschenden Reifen los.

»Gipfeltreffen?«, wiederholte ich.

»Ja, deinetwegen. Ein riesen Spektakel. So etwas fand das letzte Mal zu ...« Rachel verstummte.

»Zu was?«, hakte ich nach.

»... nach dem Tod deines Vaters statt.« Sie strich tröstend über meine Hand, die auf meinem Schenkel lag. »Auf jeden Fall war es ein geschickt gewählter Zeitpunkt von Sean, um deine Ermordung zu planen«, sagte Rachel.

Ich schluckte, lehnte mich zurück und sah auf die Straße.

»Wenn er Erfolg gehabt hätte, wäre damit ein neuer Krieg entfacht worden«, fügte sie hinzu.

»Warum waren du und Aaron nicht auf dem Treffen?«

»Na ja, es war keineswegs nur ein geschickter Zeitpunkt für deine Ermordung, sondern auch für deine Befreiung. Es hat Aaron viel gekostet, das Vertrauen unseres Vaters wiederzuerlangen, damit er ihm wieder wichtige Aufgaben übertrug. Denn unser Dad hegte den Verdacht, dass Aaron dich vor ihm verstecken wollte und er schon lange gewusst hatte, wer du wirklich bist. Und dass Aaron wirklich etwas für dich empfindet. Also musste er unseren Dad davon überzeugen, dass er dich hasste, wie Wölfe Katzen eben hassen.« Rachel blickte kurz zu mir.

»War es wirklich mehr für ihn?« Mein Herz stand zwischen Hoffnung und Zerbrechen.

»Das musst du ihn selbst fragen.« Sie riss das Lenkrad herum, schlitterte um eine Kurve. Ich klammerte mich am Sitz fest, mir wurde übel.

»Auf jeden Fall gehörte Aaron von da an wieder zum inneren Kreis. Dad beauftragte ihn damit, während des Gipfeltreffens zur Werkstatt zurückzukehren, um dich, wenn nötig, schnell an die Katzen übergeben zu können oder aber, falls sie sich stur stellten, Maßnahmen einzuleiten, um sie zum Einlenken zu bringen.«

Ich wollte mir lieber nicht ausmalen, was mit »Maßnahmen« gemeint war.

»Auf jeden Fall waren Aaron und ich uns sicher, dass die Katzen und Wölfe sich nicht einigen würden. Dein

Onkel kann ein sehr schwieriger Verhandlungspartner sein, und wenn die Verhandlungen nicht so verlaufen, wie mein Vater es wünscht, dann weiß ich nicht, was er mit dir angestellt hätte. Deswegen war heute Abend *die* Gelegenheit, dich zu befreien. Und wir sind wohl im richtigen Moment gekommen angesichts der Tatsache, dass Sean dich, wie wir jetzt auf die harte Tour erfahren haben, töten wollte. Aaron hatte einfach kein gutes Gefühl, dass du allein mit Sean warst. Niemand hat einen besseren Instinkt als Wölfe.«

Rachel lächelte und gab Gas, mein Magen rebellierte.

Kapitel 14

Unter einer Brücke parkten wir zwischen anderen Wagen.

»Was jetzt?«, fragte ich. Langsam beruhigten sich meine Verdauungsorgane wieder.

»Wir warten auf Aaron.«

Ich schluckte, beobachtete die Autos, die an uns vorbeifuhren. Wie sollte ich ihm gegenübertreten? Diese Lügen konnte ich ihm einfach nicht verzeihen. Bilder von Sean blitzten auf, der mich in seiner Wolfgestalt bedrohte. Aber Aaron hatte mir gerade das Leben gerettet. Mein Verstand war kurz davor zu explodieren. Im Wageninneren wurde es zunehmend kälter, denn als Rachel den Motor ausgemacht hatte, hatte auch die Heizung die Arbeit eingestellt. Meine Jacke lag dummerweise noch in der Zelle. Die Kälte griff nach mir, eine Gänsehaut überzog meinen Körper, die schon fast wehtat. Zitternd formte ich die Hände zu einer Kuhle, pustete Atem hinein, aber das war nur ein warmer Tropfen auf einen Eisberg. Vielleicht würde ich ja erfrieren, und alle Sorgen wären vorbei.

»Meine Güte, du zitterst ja. Sag doch was!« Rachel stieg aus, machte den Kofferraum auf und holte etwas heraus. »Hier, dein Mantel.«

Sie nahm wieder auf dem Fahrersitz Platz. Es war der Mantel, den sie mir für das Date mit Aaron gekauft hatte. Die Angst vor einem Kältetod war stärker als die Erinnerungen, die das Kleidungsstück auslöste, und ich zog es an. Sofort ging es mir besser.

»Verdammt, wo bleibst du, Bruderherz?«, sagte Rachel. Sie schloss die Augen, saß da, als wollte sie meditieren. Mit einem »Mist!« und einem sehr besorgten Gesichtsausdruck hob sie die Lider. Als sie zu mir sah, lächelte sie, doch in ihren Augen lag Furcht. »Bestimmt ist er bald da. Du wirst sehen, alles wird gut.« Es war, als müsste sie sich selbst beruhigen.

»Sofern der Typ, der zehn Millionen für meinen Kopf bezahlt hätte, nicht noch mehr Leute damit beauftragt hat, mich zu töten«, erwiderte ich sarkastisch. Eigentlich war meine Lage verdammt ernst und äußerst bedrohlich, zudem war es ein Wunder, dass ich überhaupt noch lebte. Aber mir reichte es langsam mit dieser verfluchten Stadt, diesem Land, dem ganzen Kontinent. Das alles wurde zu einem niemals endenden Albtraum. Ich hatte es so was von satt, verarscht, eingesperrt oder halb getötet zu werden.

»Kopfgeld?«, fragte Rachel.

»Ja, Sean hatte gesagt, dass derjenige, der mich tötet, zehn Millionen kassiert.«

»Verflucht!« Rachel schlug auf das Lenkrad. »Und ich dachte, Sean wollte dich aus reinem Hass, weil du eine Katze bist, umbringen. Wer hat dieses Kopfgeld ausgesetzt?«

»Keine Ahnung, das hat der gute Jean für sich behalten.« Lautes Motorengeheul ließ mich zusammenfahren. Hinter uns hielt ein Motorrad, sofern ich das durch die beschlagenen Fenster richtig gesehen hatte. Sofort sprang Rachel aus dem Wagen, daher stieg ich ebenfalls aus. Aaron nahm den Helm ab, den er auf dem Autodach abstellte.

»Planänderung. Sean hat zu Liv gesagt, dass ein Kopfgeld auf sie ausgesetzt worden war, sage und schreibe zehn Millionen, und wir wissen nicht, von wem. Sie braucht eine sichere Unterkunft, die keiner kennt ... auch ich nicht.«

»Ich habe eine Idee, wo wir bleiben können.« Aaron sah zu mir, sein intensiver Blick ging mir unter die Haut. Auch nach allem, was passiert war, hatte er seine Anziehung auf mich nicht verloren.

»Okay, mehr brauche ich nicht zu wissen. Nimm den Chevy, er hat kein GPS oder sonst etwas, mit dem man ihn orten könnte. Solange du unter dem Radar fährst und dich von Verkehrskameras fernhältst, ist der nur schwer verfolgbar. Und Liv ...« Rachel sah zu mir. »Deine Sachen sind im Kofferraum. Viel Glück euch beiden! Ich versuche, mehr herauszufinden.« Rachel drückte mich, dann gab sie ihrem Bruder einen Kuss auf die Wange.

»Hier, nimm mein Handy!« Aaron übergab ihr sein Smartphone. »Versuche, so viel Zeit wie möglich für uns herauszuschinden.«

»Geht klar. In weiser Voraussicht habe ich heute eine Hose angezogen.« Mit einem schiefen Grinsen griff Rachel nach dem Helm und dem Smartphone, das sie in ihre Jacke steckte. Dann stieg sie auf das Motorrad.

»Komm, wir müssen verschwinden.« Aaron setzte sich auf den Fahrersitz und ich nahm neben ihm Platz. Der Wagen war so geparkt, dass man vorwärts rausfahren konnte. Aaron gab Gas, driftete um eine Kurve und beschleunigte. Ich legte hastig den Gurt an. Schweigend betrachtete ich Aarons Profil, während er sich auf den Verkehr konzentrierte. Ein Gefühlstornado tobte ihn mir. Einerseits war ich total froh, dass er heil aus dem Kampf herausgekommen war, auf der anderen Seite hätte ich ihn am liebsten angeschrien. Wegen der Zeit, als ich die Gefangene seines Vaters gewesen war.

»Es tut mir leid«, begann er plötzlich.

»Was?«, fragte ich, verschränkte die Arme.

»Alles.«

»Es tut dir leid, und damit ist alles wieder gut?«, schrie ich. »Du hast mich angelogen. Mich nach meinem Vater suchen lassen, obwohl du genau wusstest, dass er tot ist und vor allem, wer er war! Du hast mit mir geschlafen, wahrscheinlich aus Pflichtgefühl deinem Dad gegenüber, um mich bei der Stange zu halten. Du hast mich glauben lassen, ich wäre übergeschnappt. Wie abgebrüht und schäbig ist das denn?« In mir kochte das Blut und die Katze war auf dem Sprung. Die Fingernägel wuchsen zu Krallen.

»Du hast mit vielem recht. Aber geschlafen habe ich mit dir, weil du mir total unter die Haut gehst. Schon von der ersten Sekunde an, als ich dich gerochen habe, wollte ich *dich*, und das hatte rein gar nichts mit meinem Vater zu tun.« Er sah mir direkt in die Augen, schien es ehrlich zu meinen. Ich betrachtete meine Hand, die Krallen zogen sich zurück.

»Da hat Sean etwas anderes behauptet.«

»Du meinst den Sean, der dich töten wollte? Ich hab die Aufzeichnung gesehen und seine Behauptungen gehört. Ich kann dir dazu sagen, er ist ... war ein Arschloch. Ich hätte ihm schon damals im Park die Kehle rausreißen sollen. Durch ihn wurde der ganze Entführungsmist erst losgetreten. Kane hat deine Herkunft in der Nacht gerochen, als er dich angriff. Ich konnte meinen Vater nur dadurch davon abhalten, dich auf der Stelle zu kidnappen, indem ich dich bei mir aufnahm, um dich im Auge zu behalten. Zumindest verkaufte ich ihm das so, versuchte, ihn davon zu überzeugen, dass du nur eine clanlose Streunerin bist und mit den New Yorker Katzen nichts zu tun hast. Was keinesfalls einfach war. Immer wieder hatte ich seine Spione im Nacken, und ich musste bei Ray ständig die Sachen wechseln, wenn ich in die Werkstatt ging, damit er dich nicht an mir roch. Zum Glück sehen meine Klamotten alle ziemlich gleich aus.« Er schenkte mir ein schiefes Lächeln, das mein Herz kitzelte.

Nein, ich würde jetzt auf keinen Fall weich werden. »Und weiter«, sagte ich kalt.

»Fast hatte ich es geschafft: Mein Vater hatte das Interesse an dir verloren. Aber da riss dir Sean im Park ein paar Haare aus, die er meinem Vater übergab.«

»Was war mit diesem fingierten Überfall in meiner ersten Nacht hier in New York?«, fragte ich, ohne die Miene zu verziehen.

»Ich traf mich mit anderen Wölfen im Pub. Kane wollte einen Parkplatz suchen und dann dazustoßen. Als er nicht erschien, ging ich raus, um nach ihm zu sehen. Da roch ich deinen wundervollen Duft, vermischt mit seinem. Mir war sofort klar, das würde keinesfalls gut ausgehen. Also griff ich ein, und er spielte mit. Er hat gemerkt, dass du wirklich ahnungslos warst, was du bist und was wir sind, und dass das Ganze für dich wie ein Raubüberfall aussehen musste. Einem strahlenden Helden würdest du vertrauen. Ich habe dich eingesammelt, und schon warst du in der Gewalt der Wölfe. Kane war ziemlich angepisst, als ich seine Behauptung, er hätte angeblich Jonathan an dir gewittert, vor meinem Dad ins Lächerliche zog. So ... jetzt weißt du alles.«

Aarons Hand zuckte in meine Richtung, doch er hielte inne und legte sie aufs Lenkrad zurück. Ich strich über meinen Hals, hatte das Gefühl, ich spürte wieder Kanes Hände an meiner Kehle.

»Normalerweise ist Kane sehr besonnen. Ich hab ihn noch niemals so ausrasten sehen wie in dieser Nacht«, fügte Aaron hinzu.

»Willst du damit sagen, ich mache Wölfe ... verrückt?«, fragte ich mit einer großen Portion Sarkasmus in der Stimme.

»Mich auf jeden Fall, denn ich bin verrückt *nach dir*«, erwiderte Aaron. Er betrachtete mich mit einem Blick, der Mitschuld am Schmelzen der Polkappen trug und mir direkt in den Magen fuhr. Um keinesfalls schwach zu werden, schaute ich nach vorn. Wir waren schon eine Weile aus der Stadt raus. Es begann zu schneien.

»Also noch kitschiger geht's wohl nicht«, erwiderte ich bissig.

»Du wirst mich noch ewig im Staub herumkriechen lassen, oder?«, meinte Aaron, und ich blieb ihm eine Antwort schuldig.

»Wie kam dein Vater an den Brief meines Dads?«, sagte ich und unterbrach unser Schweigen.

»Er hatte ihn von mir – als Beweis für meine Loyalität. Ich musste einfach etwas tun, denn er wollte mich nicht mehr zu dir lassen. Es war die einzige Möglichkeit, ihn davon zu überzeugen, dass ich nicht gegen ihn arbeitete. Ich weiß, ich habe damit dein Vertrauen auf unentschuldbare Weise missbraucht. Es tut mir unglaublich leid, aber ich habe keinen anderen Ausweg gesehen.«

»Dass es dir leidtut, sagtest du bereits.« Ich verschränkte die Arme und sah aus dem Seitenfenster. Es schneite zunehmend hefiger.

»Ich hätte dich wegfliegen lassen sollen, dann wärst du in Sicherheit gewesen. Aber ich war zu egoistisch. Wenn ein Wolf die zweite Hälfte des Mondes gefunden hat, wird er alles dafür tun, damit der Vollmond nicht mehr auseinanderbricht.«

»Was willst du mir damit sagen?« Ich schaute irritiert zu Aaron.

»Das ist eine alte Legende. Ab dem Tag seiner Geburt

ist ein Wolf auf der Suche nach seiner zweiten Hälfte, denn mit ihr ist er ein Ganzes ... wie der Vollmond. Am Geruch wird er sie erkennen, und hat er sie einmal gefunden, kann er sie niemals wieder loslassen. Das ist der Ruf der Natur. Du musst ihn ebenfalls gehört haben. Würdest du unter normalen Umständen wirklich einem völlig Fremden in dessen Wohnung folgen?« Unsere Blicke trafen sich.

»Zugegeben, das ist eine sehr romantische Legende, aber eben nur eine Legende«, erwiderte ich betont gleichgültig, zuckte mit den Schultern. In meinem Inneren brodelte es. »Wir sind wie Hund und Katz, selbst wenn es so was wie ›Liebe auf den ersten Geruch‹ gibt, wie soll das zwischen uns funktionieren?«

»Keine Ahnung«, gestand Aaron. »Ich habe nicht die geringste Erklärung dafür. Es ist einfach passiert. Vielleicht sind unsere Rassen doch nicht so verschieden, wie wir denken.«

Er sah mich an. Hastig schaute ich zum Fenster, meine Wangen glühten. Aarons Worte gingen mir unter die Haut.

»Wohin fährst du eigentlich?«, lenkte ich ab.

»In die Hütte eines enorm reichen Kunden«, antwortete Aaron. »Aber finden uns dort die anderen nicht, wenn er ein Kunde ist?«, fragte ich entsetzt.

»Nein, keiner ahnt etwas von der Abmachung, die ich mit ihm getroffen habe. Ich darf in den Wintermonaten seine Hütte nutzen, denn um diese Jahreszeit weilt er in wärmeren Gefilden, dafür warte ich die Autos, die er dort untergebracht hat... Der Mann legt extrem viel Wert auf seine Privatsphäre. Daher gibt es überhaupt nur eine Handvoll Menschen, die von dieser Hütte wissen, und die Wölfe gehören nicht dazu. So gern ich in einem Rudel lebe, aber manchmal braucht man einen

Rückzugsort, an dem man vollkommen ungestört ist.« Aaron lächelte. Es war, als träfe mich ein Pfeil Mitten ins Herz. Diesen kleinen knubbeligen Liebesengel sollte ich wirklich mit seinem eigenen Bogen erschlagen.

»Bist du dort immer allein hingefahren? Ach, vergiss es, ich möchte gar nicht wissen, wen du so alles in die Liebeshütte dieses reichen Kunden geschleppt hast.«

»Du bist die Erste«, erwiderte Aaron sanft.

»Ha, du kannst mir jetzt viel erzählen«, grummelte ich und blickte hinaus in die Dunkelheit. So bestand wenigstens nicht die Gefahr, dass ich noch weich wurde.

Die Straßen wurden zunehmend schmaler, bis wir auf einer Art Waldweg entlangfuhren. Wir waren nun über vier Stunden unterwegs und im absoluten Nirgendwo. Es gab keine Häuser, Menschen oder sonst irgendwelche Anzeichen von Zivilisation – nur Bäume. Ich bezweifelte langsam, dass wir auf etwas Bewohnbares treffen würden. Aber da wurde ich eines Besseren belehrt.

Vor uns lag etwas, das ich niemals als Hütte bezeichnen würde, nicht einmal als Haus, sondern eher als Palast, erbaut aus Holz und Glas. Das Gebäude wirkte wie hingegossen, fügte sich perfekt in die Landschaft ein. Hinter dem Haus lag ein See, dessen zugefrorene Oberfläche eine dicke Schneeschicht bedeckte. Aaron stoppte den Wagen vor der ins Gebäude integrierten Garage, deren massives Holztor gut fünf Meter maß, und stieg aus. Ich machte die Tür auf, sibirische Kälte schlug mir entgegen.

»Vorsichtig auf dem Steg«, warnte Aaron, denn eine kleine Brücke führte vom Parkplatz zur gläsernen Haustür, da die Garage auf einen Hügel erbaut worden war, der in Richtung Haus abfiel. Das eigentliche Wohngebäude schmiegte sich auf zwei Ebenen an den Hügel.

Aaron öffnete die Tür, innen gab er einen Sicherheitscode ein, befahl laut »Licht an!«, und das Haus gehorchte.

»Willkommen«, sagte er und hielt mir die Tür auf.

Ich passierte eine Treppe, folgte dem Gang weiter und fand eine gigantische Küche vor. Schon allein die aus Beton gegossene Kücheninsel war beinahe so groß wie meine ganze Wohnung in Deutschland. Fünf bequeme Hocker luden zum Sitzen ein. Ich glitt mit der Hand über die polierte Oberfläche, bestaunte die nicht enden wollende Küchenzeile gegenüber und drehte mich zum Esstisch. Dessen Platte war einst der Stamm einer Red Cedar gewesen und so dick wie mein Handgelenk. Umringt wurde er von acht Ledersesseln. Aber das Highlight war der offene Kamin, vor dem die ausladende Wohnlandschaft stand, die einer ganzen Fußballmannschaft Platz bot. Die modern-rustikale Einrichtung war bis hin zu den Zierkissen perfekt designt. Mein Blick glitt zur bodentiefen Fensterfront. Nein, ich musste mich korrigieren. Mit offenen Mund trat ich an eines der scheunentorgroßen Glasfenster, die man auch wie ein solches zur Seite schieben konnte, und schaute auf den See. Dessen verschneite Oberfläche glitzerte im Licht der Sterne. Diese Aussicht war der Hammer.

»Das ist also die ›Sommerhütte‹ deines Bekannten?« Ich drehte mich zu Aaron, der gerade meine Reisetasche auf dem Esstisch abstellte. »Schon in diese Etage würde meine Wohnung etwa fünfmal reinpassen. Also mindestens. Wie groß ist dann erst das Stadthaus dieses Kerls? Auf jeden Fall hoffe ich, dass die Hütte mehr als ein Schlafzimmer hat.«

»Drei, die Treppe runter«, sagte Aaron. Worauf ich mir meine Reisetasche schnappte und damit nach unten ging. Dort gab es so eine Art Fernsehzimmer sowie besagte Schlafräume.

»Ich nehme das hier.« Damit stellte ich meine Tasche aufs Bett und drehte mich zur Aaron, der in der Tür lehnte.

»Es gibt noch ein größeres«, merkte er an.

»Gegen die Zelle ist das hier ein Schlafsaal. Es reicht mir, und jetzt will ich mich frisch machen.« Ich schob ihn hinaus und schlug ihm die Tür vor der Nase zu. Anschließend knöpfte ich meinem Mantel auf und warf ihn neben die Tasche aufs Bett. Beim Anblick des Badezimmers ging mir das Herz auf. Eine Wanne stand vor bodentiefen Fenstern, die es wie fast in jedem Raum auch hier gab. Man konnte beim Baden direkt in den Wald schauen. Wie genial war das denn? Aus dem Spiegel über dem Marmorwaschtisch blickte mir mein Ebenbild entgegen. Ich trat näher, schob das Haar zur Seite, untersuchte das Mal, das mir Aaron verpasst und das Ethan so aufgeregt hatte. Es war noch genauso rot wie an dem Tag, an dem Aaron mich damit gezeichnet hatte. So, wie es aussah, würde es wohl nie mehr verschwinden. Seufzend fuhr ich über die Stelle, die leicht erhaben war. Schnell verdeckte ich sie mit meinem Haar, das etwas Pflege vertragen konnte. Überhaupt besaß ich im Moment mehr Ähnlichkeiten mit einer Vogelscheuche als mit einem menschlichen Wesen. Ein Bad würde mir bestimmt unglaublich guttun. Ich drehte das Wasser an, ging zurück ins Schlafzimmer und öffnete die Reisetasche. Ein angenehmer Geruch strömte heraus. Irgendjemand hatte meine getragenen Sachen gewaschen. Als ich den Kulturbeutel herauszog, fiel mir das Bild meiner Mom in die Hände. Ich drückte es an meine Brust, war so froh, dass Aaron – oder Rachel? – daran gedacht hatte, es einzupacken. Das Foto meines Vaters hatte ich leider in der Zelle zurücklassen müssen.

»Hier hast du einen schönen Platz«, sagte ich und stellte das Bild auf den Nachttisch aus massivem Holz. Sanft fuhr ich über Moms Gesicht, sie fehlte mir so unglaublich. Meine Augen brannten verräterisch, ich wollte auf keinen Fall weinen und versuchte, mich abzulenken. Schnell griff ich mir den Kulturbeutel, kehrte ins Bad zurück und packte ihn zwischen die zwei im Waschtisch eingelassenen Becken. Ich sah nach, ob alles da war. Wenigstens hatte ich jetzt wieder eine Bürste.

Nach dem Baden warf ich mich aufs Bett und schaltete den Fernseher ein, der über dem Kamin hing. Doch es kam nichts Interessantes, und irgendwie knurrte mein Magen. In meinem Flanellnachthemd im Holzfällerstil und dicken Socken schlich ich die Treppe hinauf. Es war überall dunkel und trotzdem für mich hell genug, um alles zu erkennen. Doch wollte ich nicht im Finsteren herumschleichen wie ein Dieb.

»Licht an!«, befahl ich.

Es sprang sofort eins an, und zwar das, das den gigantischen Weinkühlschrank in Szene setzte. Obwohl ich heute zweimal daran vorbeigelaufen war, nahm ich ihn erst jetzt im beleuchteten Zustand so richtig wahr. Er erinnerte an ein Kaufhausschaufenster, und Flaschen hingen wie Kunstwerke an der Rückwand. Was da eine wohl kostete? Bestimmt mehr, als ich in einem Jahr als Aushilfe verdiente.

»Wenn du ein Glas Wein möchtest, mache ich einen auf«, sagte Aaron hinter mir, und ich fuhr zusammen.

»Nein, das wäre nicht so gut, der würde mir sofort zu Kopf steigen.«

»Ich erinnere mich.« Ein Schmunzeln umspielte Aarons Lippen. Er trug nur seine Jeans, die tief auf den Hüften saß, und er roch so verflucht gut.

Verdammt, verdammt, verdammt ... Ich war so unglaublich schwach.

»Ich glaube, ich gehe jetzt ins Bett.« Damit wollte ich zur Treppe schlendern, doch Aaron versperrte mir den Weg. »Würdest du bitte ...« Ich verschränkte die Arme.

»Es tut weh«, sagte Aaron sanft.

»Was tut weh?«

»Deine Ablehnung.«

»Weißt du, wie unglaublich weh mir dein Verhalten getan hat, als ich einer dieser modrigen Zelle saß.« Tränen brannten in meine Augen, und dieses Mal würde ich sie nicht zurückhalten können.

»Das war das Schwerste, das ich jemals tun musste.« Aaron streckte die Hand aus, kurz vor meinem Gesicht stoppte er, ich konnte seine Wärme spüren. Wie sehr ich sie vermisste. »Ich brauche Zeit«, erwiderte ich, und er trat zur Seite. Hastig rannte ich die Treppe hinunter, Tränen liefen über meine Wangen. Alles war so kompliziert geworden. Meine Gefühle, meine Existenz, meine ganze Welt.

Im Zimmer angekommen, warf ich die Tür zu, lehnte mich dagegen und rutschte schluchzend nach unten. Ich ließ den Tränen freien Lauf. Die ganze Zeit hatte ich versucht, tapfer zu sein und alles zu verdrängen. Jetzt brach es aus mir heraus. Ich vermisste Maja so sehr, bei ihr würde ich Trost finden. Mit ihr konnte ich normalerweise über alles reden, und am liebsten würde ich sie jetzt anrufen. Aber in diese Sache wollte ich sie keinesfalls mit hineinziehen. Ich konnte ja selbst nicht verstehen, was da alles passiert war. Zitternd zog ich mich hoch, krabbelte kraftlos ins Bett. Zusammengerollt weinte ich mich in den Schlaf.

Plötzlich fand ich mich in einem Käfig wieder, den ein Rudel Wölfe umkreiste. Ein Tier schnappte durch die Gitter nach mir. Panisch zog ich den Arm weg. Ein weiteres griff mich an, ich zuckte hastig zurück. Die nächste Attacke kam von hinten. In dem Käfig war so es eng, ich konnte den Beißangriffen kaum ausweichen. Ein Wolf erwischte meine Jacke, zerrte mich zu den Gittern. Der Speichel tropfte seinen Kumpanen aus dem Maul. Verzweifelt versuchte ich, mich in er Mitte des Käfigs zu halten, aber die Reißzähne kamen bedrohlich näher.

Keuchend riss ich die Augen auf, mein Herz raste. Ich setzte mich auf, rieb mir mit zittrigen Fingern über das Gesicht. Die verdammten Albträume waren zurückgekommen.

Kapitel 15

»Hey, ausgeschlafen?« Aaron klopfte an meine Tür. Mir gelang es kaum, die Lider zu heben.

»Hallo, es wird Zeit.« Wieder hämmerte er auf das Holz. »Verschwinde!«, rief ich und zog die Decke über den Kopf. Die ganze Nacht hatte ich mich hin- und hergewälzt und aus Angst, dass die Albträume wiederkamen, keine Ruhe gefunden. Irgendwann war ich vor Erschöpfung in einen traumlosen Schlaf gefallen. Jetzt ging es mir total beschissen.

»Das Training ruft«, sagte Aaron. Nun wurde ich neugierig, kroch unter der Decke hervor.

»Was für ein Training?«, fragte ich und setzte mich an den Bettrand. Die Tür wurde geöffnet, Aaron stand vor mir, so nackt wie am Tag seiner Geburt. Schnell drehte ich den Kopf weg.

»Seit wann bist du prüde? Wir haben uns schon so gesehen, ziemlich oft sogar, wenn du dich daran erinnerst.«

»Da waren wir irgendwie ... zusammen«, sagte ich in Richtung Fenster.

»Wir sind noch immer irgendwie zusammen«, erwiderte Aaron und ich schaute zu ihm.

»Wegen dieser Vollmondsache? Das ist Quatsch.«

»Auch wenn du das nicht glauben willst. Die Katze in dir weiß es besser, und es ist an der Zeit, sie rauszulassen. Wir treffen uns im Wohnzimmer, Kleidung ist nicht erforderlich.« Damit ging Aaron.

»Kleidung ist nicht erforderlich«, äffte ich ihn nach.

»Das habe ich gehört«, rief er.

»Das solltest du auch«, gab ich trotzig zurück, obwohl meine glühenden Wangen etwas anderes sagten. Im Flanellnachthemd stieg ich die Treppen hinauf. Aaron stand vor dem Fenster, sah auf den See. Sein muskulöser Rücken hatte die perfekte V-Form.

»Sich bekleidet zu verwandeln, kann sehr unangenehm sein«, meinte er.

»Ich hatte ja noch nicht einmal Kaffee oder Frühstück.« »Hungrig jagt sich's besser.« Er grinste und ich starrte ihn an, als wäre er von oben bis unten mit rosagrün leuchtenden Punkten bedeckt.

»Jagen ... also ... ein Tier ... töten?«, stammelte ich. »Niemals, hörst du. Das widerspricht all meinen Überzeugungen.« Ich hob entschlossen das Kinn.

»Tja, das sieht das Tier in dir anders. Wenn du es nicht regelmäßig jagen lässt, kann das extrem gefährlich werden. Unter Wandlern gibt es eine Krankheit, wenn die dich befällt, verlierst du allmählich deine Menschlichkeit, und die tierische Seite übernimmt die Kontrolle. Daher ist es wichtig, eine Ausgewogenheit zwischen beiden Seiten zu schaffen. Denn der menschliche Teil muss immer die Oberhand behalten.« Aaron kam zu mir und knöpfte langsam mein Hemd auf. »Normalerweise lernen Kinder dies alles von ihren Eltern. Sie werden ihr Leben lang darauf vorbereitet, bis die Transformation einsetzt. Aber du hattest diese Anleitung nicht. Daher ist das Training notwendig, denn deine Wandlung wurde bisher nur von Wut ausgelöst.«

»Wie ...«

»Ich habe die Aufnahmen aus der Zelle gesehen.« Er streifte das Hemd von meinen Schultern und ich ließ es auf den Boden gleiten. In Aarons Augen lag Verlangen.

Die Erinnerungen an unsere Liebesspiele prickelten zwischen meinen Beinen.

»Dein ... Slip muss auch noch weg.« Seine Stimme war so dunkel, dass sie mir direkt in den Unterleib fuhr.

»Hast du mich in der Zelle beobachtet?«, fragte ich, während ich den Slip auszog.

»So oft es ging, übernahm ich die Wache im Aufzeichnungsraum. Wenn ich dort allein war, konnte ich dir nahe sein.« Aaron spielte mit einer Haarsträhne von mir.

»Ich würde dir das so gern glauben«, flüsterte ich.

»Lass uns beginnen.« Er trat zurück. »Bei der Wandlung ist es wichtig loszulassen. Nicht Gefühle dürfen die Transformation einleiten, sondern der Wille. Du musst in der Lage sein, dich in eine Katze und wieder zum Menschen zurückzuverwandeln, wenn *du* dies möchtest und keinesfalls das Tier in dir«, erklärte er.

»Als ich von Sean und seinem Pack umkreist wurde, schaffte ich es nicht, obwohl ich es so sehr wollte.« Ich hob die Brauen.

»Weil die Angst dich gelähmt hat. Furcht kann ein Auslöser sein, aber auch die Wandlung verhindern. Zudem gehen die ersten Transformationen oft holprig vonstatten, weil man seine menschliche Gestalt nicht loslässt. In diesem Fall ist man während der Wandlung leichter angreifbar. Wenn sie zu langsam geschieht, dann kann das über Leben und Tod in einem Kampf entscheiden. Das wusste die Katze in dir instinktiv.«

Aaron begann, sich zu wandeln. Fell wuchs auf seiner Haut, die Hände wurden zu Pfoten. Er sank auf alle viere, das Gesicht verformte sich, und innerhalb von Sekunden stand ein Wolf vor mir. Ein schwarzer Wolf, genau genommen der, dem ich damals im Schlafzimmer begegnet war, wie mir jetzt erst so richtig bewusst wurde.

»Du bist der Wolf, der mich in dieser Nacht zu Tode erschreckt hat.« Ich stemmte die Hände in die Hüften, und Aaron fiepte leise, sah mich mit einer herzerweichend schuldbewussten Miene an. Fast hätte ich ihn geknuddelt und ihm den Bauch gekrault. Bevor ich auch nur »Transformation« sagen konnte, wurde er wieder zum Menschen.

»Das ist damals dumm gelaufen. In der tierischen Gestalt sind die Sinne erheblich schärfer. Nach dem Vorfall im Park wollte ich die Umgebung sondieren, war besorgt, dass die Geschichte noch ein Nachspiel haben würde. Als du aufgewacht bist, war ich kurz davor, wieder menschliche Gestalt anzunehmen. Dann hast du vor mir gestanden, und es war schlecht möglich. Du bist ja schon in Ohnmacht gefallen, nur weil du mich als Wolf gesehen hast. Was wäre wohl passiert, wenn ich mich dann noch vor deinen Augen verwandelt hätte?« »In Ohnmacht gefallen. Nein, mein Herr.« Mit wenigen Schritten überwand ich den Abstand zwischen uns, tippte mit dem Zeigefinger gegen seine Brust. »Ich bin vor Schreck gegen die Wanne geknallt und bewusstlos geworden. Das tat verflucht weh.«

»Auch das tut mir leid.« Er nahm meine Hand und hielt sie fest.

»Die Platte kenne ich schon«, erwiderte ich sarkastisch. »Eigentlich hätte ich eine dicke Platzwunde haben müssen, du kannst froh sein, dass ich keine Narbe davongetragen habe. Ganz zu schweigen von meiner Angst, den Verstand zu verlieren.«

»Deine Selbstheilungskräfte sind bereits aktiv«, sagte Aaron und verschränkte seine Finger mit meinen. Ich betrachtete unsere verbundenen Hände, es fühlte sich so richtig an. »Nun solltest du es versuchen.« Er gab mich frei. »Erlaube der Katze, deinen Körper zu übernehmen.«

Ich konzentrierte mich, starrte auf meine Hand, die jedoch menschlich blieb.

»Es klappt nicht.« Verzweifelt sah ich zu Aaron, der zu mir trat, über meine Oberarme strich.

»Stell dir die Katze vor«, sagte er sanft, und ich schloss die Augen, erinnerte mich daran, wie ich mich in den Duschräumen vor dem Spiegel verwandelt hatte. Mich durchfuhr ein Schmerz, als würde mir jemand das Fleisch von den Knochen schaben. Jeder Nerv schien zu brennen. Unter der Haut begannen Muskeln damit, sich umzuformen. Schreiend sank ich auf die Knie. Wollte ich das wirklich? Es tat so unglaublich weh. Was, wenn ich das nicht unter Kontrolle hatte?

»Nein ich will das nicht«, brüllte ich panisch.

»Hab keine Angst, lass los, Liv, und entspann dich, sonst wird es immer schmerzhafter. Nimm die Katze an!« Er strich über meinen Rücken. Seine Berührung wie auch sein Sandelholzduft beruhigten mich, der Schmerz wurde erträglicher. »Die Katze ist nicht dein Feind, sondern ein Teil von dir. Wehr dich nicht, Baby!«

Er hatte mich Baby genannt, als wäre ich seine Freundin. Der Gedanke machte mich glücklich. Ich sah zu ihm auf und ließ die menschliche Hülle los. Fell wuchs, die Hände wurden zu Pfoten und ich zur Katze. Durch die Scheibe hörte ich einen Vogel, der über die Terrasse flatterte, roch zig Aromen, die ich vorher nicht wahrgenommen hatte. Es war alles so intensiv. Aber am stärksten war Aarons Geruch. Er zog mich fast magisch an. Deutlich hörte ich sein Herz schlagen.

»Jetzt lass uns rausgehen.« Aaron schob eines der Fenster auf. Langsam schlich ich zu der großen Glasscheibe, betrachtete mein Spiegelbild. Ich besaß Ähnlichkeit mit einem Leoparden. Nur war ich doppelt so groß, und das blonde Fell wies keine Flecken auf. Vorsichtig trat ich ins Freie. Aaron folgte mir in menschlicher Gestalt. Er zog das Fenster wieder zu und verwandelte sich ebenfalls. Die Bäume rauschten so laut, als würde ein Orkan durch den Wald fegen. Es roch nach Harz und Holz, vermodertem Laub. Sogar der Schnee besaß einen Geruch. Vor Kurzem musste ein Fuchs durch den Garten gelaufen sein, ich witterte seine Spur ganz deutlich, und eine Brise trug das Aroma von Hirschen zu mir. Aaron hatte die Treppe bereits genommen, die von der Terrasse zu einer weiteren führte. Bedacht lief ich über die Stufen. Denn ich war noch nie auf vier Pfoten eine Treppe hinuntergegangen, blieb bei jedem ungewöhnlichen Laut stehen und lauschte.

Aaron knurrte ungeduldig. Kaum war ich unten angekommen, sprintete er los in den Wald. Ich rannte hinterher. Ein Windstoß streifte mein Fell, aber ich fror kein bisschen. Ich fühlte mich so frei, so wild, so vollständig. Wir lieferten uns ein Wettrennen, sprangen über umgestürzte Bäume. Ein Geruch ließ mich abrupt stoppen. Ich folgte ihm, Adrenalin flutet meinen Körper. Geduckt pirschte ich durchs Unterholz, entdeckte einen Hasen, der in einer Mulde kauerte. Wie erstarrt blieb ich stehen, beobachtete das Tier, meine Muskeln zitterten vor Erregung. Vielleicht konnte ich ihm noch näher kommen? In Zeitlupe schlich ich weiter. Das wurde dem Hasen doch zu brenzlig, er sprang auf und rannte davon. Aus einem Instinkt heraus nahm ich die Verfolgung auf.

Das Tier wurde zunehmend schneller, schlug Haken, aber ich war ihm dicht auf den Fersen. Es gab nur noch mich und diesen Hasen. Mit einem Hechtsprung packte ich ihn am Genick. Er zappelte, sein Herz hämmerte lauter als ein Schlagbohrer. Wenn ich jetzt zubiss, schlug es gar nicht mehr. Das wollte ich nicht und gab das Tier frei. Mein Blick folgte ihm, als es zwischen den Bäumen verschwand. Aaron erschien, schüttelte sich. Ich schritt geschmeidig an ihm vorbei. Vielleicht musste ich jagen, aber ich würde keinesfalls töten.

Wir erreichten wieder das Haus. Auf der Terrasse nahm Aaron menschliche Gestalt an und öffnete die Tür. Ich schlüpfte hinein. Im Wohnzimmer stellte ich mir mein menschliches Äußeres vor, ließ mich auf die Rückwandlung vollkommen ein, und dieses Mal ging sie fast ohne Schmerzen vonstatten.

»Der Hase wäre eine gute Beute gewesen, du hättest ihn nicht laufen lassen sollen.« Aaron zog die Tür zu.

»Das ist meine Sache«, erwiderte ich, griff nach meinem Flanellnachthemd, das dort lag, wo ich es zurückgelassen hatte, und schlüpfte hinein.

»Irgendwann wirst du töten müssen, um deine Triebe unter Kontrolle zu halten.« Aaron trat zu mir, seine Finger schwebten über meinem Gesicht. Obwohl wir Stunden draußen in der Kälte verbracht hatten, strahlte er eine enorme Hitze aus, während mir jetzt doch ziemlich kalt war. Alles in mir wünschte sich so sehr, dass er mich berührte. Doch die Erinnerungen, wie eisig er mich angesehen hatte, als ich in der Zelle gesessen war, ließen mich zurückzucken.

»Ich werde mich jetzt anziehen, das ist das Einzige, das ich im Moment wirklich tun *muss*.« Schnell schnappte ich mir meinen Slip und ging.

»Ich bin weg und hole ein paar Lebensmittel. Brauchst du was?«, fragte Aaron, als ich auf der Treppe war, doch ich antwortete nicht.

Eingewickelt in eine Decke saß ich im Fernsehzimmer, von dem aus man direkt zur unteren Terrasse gelangte, und ließ meinen Blick über die Landschaft schweifen. Die Sonne ging unter und veranstaltete dabei ein herrliches Spektakel. Es sah wundervoll aus, wie sie den See in goldrotes Licht tauchte. Eine Tasse dampfenden Tees wärmte meine Hände. Den hatte ich entdeckt, als ich in der Küche nach etwas Essbarem gesucht hatte. Friedlich ruhte der See unter seiner Decke aus Schnee. Ob man darauf Schlittschuh laufen konnte? Mir kam die Nacht im Central Park in den Sinn. Da hatte alles angefangen. Dort waren wir Sean begegnet, und am nächsten Tag war ich entführt worden. Schon wenn ich daran dachte, schnellte mein Puls in die Höhe, und ich schluckte schwer. Hastig nippte ich an meinem Tee, wollte mich nicht daran erinnern, dass ich wie ein Tier eingesperrt worden war – auch an die Lügen wollte ich nicht denken. Von der ersten Sekunde an hatte Aaron mich belogen. Eine Tatsache, die ich nur schwer vergessen konnte.

Der Duft von Essen erfüllte den Raum. Trotzdem blieb ich sitzen. Der Geruch wurde zunehmend intensiver. Es roch wirklich gut, und mein Magen knurrte immer lauter. Ich ging nach oben, stellte die Tasse auf der Kochinsel ab. Aaron stand in der Küche am Herd.

»Es werden nur Käsemakkaroni«, sagte er. »Mir wäre ein Stück saftiges Fleisch lieber gewesen.« Er sah zu mir. Neben ihm auf der Arbeitsfläche standen weitere Lebensmittel, die er besorgt hatte.

»Ich halte dich nicht auf«, erwiderte ich und setzte mich auf einer der Hocker an die Kücheninsel. Von dort aus konnte ich ihm zusehen.

Nach ein paar Minuten war Aaron fertig. Er füllte zwei Teller mit Nudeln, die er zum Tisch brachte. Einen stellte er auf den freien Platz ihm gegenüber, den anderen vor sich. Anschließend besorgte er noch Besteck und Wasser. Ich sprang vom Hocker und wechselte auf den Stuhl am Esstisch. Die dampfenden Makkaroni dufteten herrlich. Während Aaron ebenfalls Platz nahm, schob er eine Flasche Wasser zu mir. »Lass es dir schmecken!«

Ich murmelte ein »Danke«, und mein Magen jubilierte. Er hatte schon gar nicht mehr gewusst, wie Essen sich überhaupt anfühlte.

»Wie soll es nun weitergehen?«, fragte ich Aaron.

»Vorerst bleiben wir hier. Ich hoffe, dass Ray etwas über den, der das Kopfgeld ausgesetzt hat, in Erfahrung bringen kann.«

»Was wäre, als ihr mich befreien wolltet, eigentlich Plan A gewesen?« Ich spießte Nudeln auf die Gabel.

»Ich wollte dich zu den Katzen bringen. Aber ich fürchte, du bist im Moment nirgends sicher. Zehn Millionen ist schon eine Hausnummer.« Aaron schraubte sein Wasser auf und trank einen Schluck.

»Vielleicht sollte ich nach Hause fliegen«, erwiderte ich leise.

»Glaub mir, für zehn Millionen verfolgen die dich bis nach Deutschland.«

Die Vorstellung, nirgends auf der Welt wirklich sicher zu sein, verdarb mir den Appetit, und ich legte die Gabel auf den Teller. Mir wurde bei dem Gedanken regelrecht schlecht. »Schmeckt es dir nicht?« Aaron hob die Brauen.

»Mir ist etwas übel. Ich lege mich ins Bett«, erwiderte ich knapp und ließ ihn allein zurück.

Als er etwas später meine Zimmertür öffnete, um nach mir zu sehen, stellte ich mich tot.

Irgendwann musste der Schlaf mich dann tatsächlich in seine Fänge genommen haben.

Schwerfällig öffnete ich die Augen. »Endlich ist das Zeug aus deinem Blut raus. Wir haben viel zu erledigen«, sagte ein Mann, den ich nur als Schatten wahrnahm, da mein Blick völlig verschwommen war. Es war auf jeden Fall nicht Aarons Stimme. Meine Gliedmaßen fühlten sich tonnenschwer an, der Verstand arbeite nur träge, und ich konnte die Hände nicht bewegen. Jemand hatte sie fixiert. Wo zum Teufel war ich? Panisch rüttelte ich an den Fesseln. Hatten sie mich wieder entführt? Wo war Aaron? Ich bekam kein Wort raus.

»Beruhig dich, du wirst dich noch verletzen«, redete der Mann sanft auf mich ein. »Du hast eine Aufgabe. Wir müssen sie finden.« Der Unbekannte hielt mir ein Handy vor das Gesicht, das eine Frau zeigte. Ich schnappte nach Luft. Diese Frau war ich.

Keuchend saß ich im Bett, zitterte am ganzen Leib. Was für ein abgefahrener Traum war das gewesen? Nein, so konnte das keinesfalls weitergehen. Ich sprang aus dem Bett, rannte aus dem Zimmer. Bei Aaron angekommen öffnete ich, ohne anzuklopfen, die Tür.

»Was ist los?«, wollte er wissen.

»Ich möchte endlich mal wieder durchschlafen«, antwortete ich, während ich in sein Bett krabbelte und mich an ihn schmiegte. Er legte die Arme um mich. Ich hatte das Gefühl, absolut sicher zu sein.

»Das ändert zwischen uns rein gar nichts«, sagte ich. »Natürlich nicht«, murmelte er an meinen Kopf und hauchte einen Kuss auf mein Haar.

Kapitel 16

Als ich dieses Mal die Lider öffnete, fühlte ich mich unglaublich ausgeruht, denn den Rest der Nacht hatte ich durchgeschlafen. Der Albtraum war nicht wiedergekommen. Ich inhalierte Aarons Aroma, legte die Hand auf seine Brust. Natürlich trug er wieder kein Shirt. Bei diesen Bauchmuskeln musste er das auch nicht. Er strich sanft über meine Finger. Die Decke verrutschte und etwas Kariertes kam zum Vorschein. »Eine neue Pyjamahose?«, fragte ich.

»Aus dem Store ein paar Meilen von hier. Dort habe ich die Lebensmittel eingekauft. Die Flucht war ja Plan B, und ich hatte keine Sachen dabei. Da hab ich mir von dort was zum Wechseln mitgenommen. Passt doch zu deinem Hemd.« Er setzte ein schiefes Grinsen auf und ich fuhr durch sein verstrubbeltes Haar. Ich wollte ihn so gern küssen.

»Bitte tu das nicht!« Seine Miene wurde ernst.

»Was?«, fragte ich leise.

»Sieh mich nicht so an. Mit diesem Verlangen, denn dann kann ich für nichts garantieren.« Seine Stimme war rau und der Blick hungrig.

»Ich glaube, ich stehe jetzt auf.« Damit rutschte ich aus dem Bett, ging zur Tür, öffnete sie.

Blitzschnell war Aaron beim mir, drückte sie wieder zu, legte die Hände neben meinem Kopf auf das Türblatt.

»Stoß mich nicht von dir!« Seine dunkle Stimme strich über meine Haut wie ein warmer Sommerwind.

Ich sah ihm in die Augen, die so dunkel waren wie das Meer an einem stürmischen Tag. Er senkte den Kopf, seine Lippen fanden meine, und ich ließ es zu. Zuerst war sein Kuss sanft, wurde zunehmend leidenschaftlicher, bis er mit der Zunge meine Lippen teilte. Die Katze in mir schnurrte erregt. Mein Leib bebte. Ganz deutlich spürte ich, dass auch noch andere seiner Körperregionen mehr als bereit waren. Aber ich war es noch nicht, und ich schob Aaron von mir.

»Lass es uns langsam angehen«, sagte ich heiser.

»Kein Problem.« Er strich durch mein Haar. »Vielleicht sollten wir diese sexuelle Energie zwischen uns anders abreagieren. Mit einem Wettrennen durch den Wald«, schlug er vor.

»Welche sexuelle Energie?«, fragte ich unschuldig.

»Du hast die Funken zwischen uns auch gespürt, da bin ich mir ganz sicher.« Aaron verschränkte die Arme.

»Bei dir hat es Funken gesprüht? Wie interessant. Bei mir nicht.« Ich sah gelangweilt auf meine Fingernägel, obwohl meine Knie noch immer zitterten. Strafe musste sein.

»Wir treffen uns in fünf Minuten an der Terrassentür – nackt. Ein Wettrennen, der Sieger darf von dem Gewinner verlangen, was er möchte.«

»Diese Herausforderung nehme ich an ... Mister«, erwiderte ich entschlossen.

Wie vereinbart trafen wir uns im Wohnzimmer.

»Dann los!«, meinte Aaron und schob die Tür auf. Ein eisiger Luftzug streifte über meine nackte Haut. Ich entspannte mich, stellte mir vor, wie ich meine Katzengestalt annahm, ließ mich darauf ein, wie es Aaron geraten hatte. Zuerst lief die Wandlung auch gut, fast schmerzlos. Es zog nur ein wenig, als meine Muskeln sich neu sortierten. Doch aus einem unerfindlichen

Grund übermannt mich plötzlich Angst, die Wandlung stockte, mein Körper begann zu brennen. Mit Tränen in den Augen biss ich die Zähne zusammen, wollte die Wandlung mit Gewalt herbeiführen.

»Baby, entspann dich!« Aaron nahm mich in den Arm, sein Duft umhüllte mich, und ich wurde ruhig. Als er mich losließ, war der Schmerz nur noch ein leichtes Pochen, und ich wurde zur Katze. Die Rückverwandlung in einen Menschen war bei Weitem angenehmer gewesen.

Nur zehn Minuten später hetzte ich durch den Wald. Leise knirschte der Schnee unter meinen Pfoten, wenn sie den Boden berührten. Ich hatte mir einen Vorsprung erarbeitet. Aaron war jedoch nicht weit hinter mir. Zweige peitschten gegen meinen Körper, aber es tat nicht weh, denn mein dicker Pelz dämpfte sie. Das Laufen war so unglaublich befreiend ... wie der Wind über mein Fell strich ... Alles fiel von mir ab. Hier draußen gab es nur Aaron und mich. Die Albträume, die Entführung, dieser schwelende Krieg zwischen den Wandlerrassen – alles schien so weit weg zu sein.

Aarons Aroma wurde intensiver. Er holte auf. Ich zog das Tempo an, denn die Aussicht, ihn heute herumkommandieren zu können, verlieh mir Flügel. Ein schmerzerfülltes Jaulen ließ mich aufhorchen.

Aaron!

Sofort änderte ich die Richtung, folgte seinem Geruch, unter den sich ein zweiter mischte. Verdammt, ich witterte einen Menschen, vielleicht auch mehrere. Dann war ich ganz nahe. Vorsichtig pirschte ich durch das Gebüsch, den Leib geduckt, sodass ich mit dem Schnee verschmolz. Als ich Aaron entdeckte, setzte mein Herz kurzzeitig aus. Etwa zehn Schritte von ihm entfernt stand ein Mann mit einem Gewehr im Anschlag und nahm ihn ins Visier, während Aarons Vorderpfote in einer Bärenfalle steckte.

»Du bist ja ein Riesenvieh. Hey, Karl, komm her, ein gigantischer schwarzer Wolf ist uns ins Netz gegangen. Karl, hörst du mich?«, rief der Typ.

Ich witterte auch diesen Karl, aber er war um einiges weiter entfernt, als sein Kumpan dachte.

Aaron fletschte die Zähne, knurrte bedrohlich, während er sich zu befreien versuchte.

»Karl, wenn du nicht gleich hier bist, verpasst du den Spaß. Das Fell kommt auf jeden Fall vor *meinen* Kamin.« Der Jäger sah sich um, es kam keine Antwort. Ich war starr vor Angst, wusste nicht, was ich tun sollte, aber die Katze ergriff die Initiative. Lautlos schlich ich näher, bis ich nur noch einen Sprung weit von ihm entfernt war. Meine Muskeln zitterten vor Anspannung.

»Bist ein Einzelgänger, hm?«, sagte der Jäger zu Aaron, spuckte in den Schnee und lud das Gewehr durch. Ich sprang.

»Nein, das ist er nicht«, schrie ich, was für menschliche Ohren wie ein Fauchen klang, und riss den Mann mit meinem Gewicht von den Beinen. Dessen Kopf schlug gegen einen Baumstamm. Ein Schuss löste sich, der sein Ziel verfehlte. Bewusstlos blieb der Jäger auf dem Boden liegen. Ich hetzte zu Aaron, der menschliche Gestalt angenommen hatte, um die Falle aufzubekommen. Was mit nur einer Hand schwierig war. Die metallenen Zähne schnitten in sein Fleisch. Der Schnee war rot. Ich verwandelte mich ebenfalls und zog das beschissene Ding auseinander. Aarons Hand sah fürchterlich aus. Sie war voller Blut, und mir drehte sich der Magen um. Vor lauter Adrenalin spürte ich die Kälte kaum.

Dieser Karl war im Anmarsch. In meiner menschlichen Form konnte ich Gerüche zwar besser als normale Menschen wahrnehmen, aber nicht so gut wie die Katze. Das hieß, Karl würde gleich da sein.

»Wir müssen hier weg«, sagte Aaron, der ihn mit Sicherheit ebenfalls witterte, und verwandelte sich. Bei mir tat sich dagegen nichts. Panik umklammerte mich, zerdrückte mir den Brustkorb. Hastig rang ich nach Luft. Mit einem Mal war es so furchtbar kalt, meine Gliedmaßen wurden taub. Der Menschengeruch war ganz nahe. Aaron wurde wieder zum Menschen.

»Was ist los?«, fragte er, strich über mein Gesicht.

»Ich kann mich nicht verwandeln«, erwiderte ich verzweifelt. »Das ist die Angst. Du warst gerade so tapfer, sei es jetzt wieder.« Aaron küsste mich sanft, und ich begann, mich zu verwandeln.

In diesen Augenblick tauchte der Mensch auf.

»Was auch immer passiert, renn nach Hause«, zischte Aaron mir zu und wurde zum Wolf. Er griff den Jäger an, lenkte ihn so von mir ab. So schnell ich konnte, sprintete ich durchs Unterholz.

Ein Schuss ließ mich Zusammenzucken.

Oh, mein Gott, Aaron. Ich rannte im Kreis, wollte zurück, doch ich war schon so nah an der Hütte. Aaron würde bestimmt gleich eintreffen. Denn er war schnell und der Jäger nur ein Mensch. Verzweifelt schickte ich ein Stoßgebet zum Himmel, dass ich recht behielt. Ich wollte mir die Alternative gar nicht vorstellen. Ich sprintete durch den Garten, stürmte die Treppe hoch. Auf der Terrasse nahm ich meine menschliche Form an, schob die Tür auf.

»Aaron«, rief ich, rannte durchs Haus. Er war nicht da. Was, wenn ihn dieser Bastard erschossen hatte? Der Gedanke presste mir die Luft aus der Lunge, mir wurde schwindelig. Im Wohnzimmer sank ich schluchzend auf die Knie.

»Was ist denn los?« Aaron trat ein und ich fiel ihm um den Hals.

»Dir geht es gut.« Ich heulte vor Erleichterung.

»Wieso sollte es mir nicht gut gehen?«

»Ich hörte einen Knall und dachte, dieser Kerl hätte auf dich geschossen«, erwiderte ich, lachte und weinte zugleich. »Was ist mir deinem Arm?« Ich untersuchte ihn, aber er hatte nicht den kleinsten Kratzer. Alles war verheilt.

»Solange es kein Silber ist, überleben wir fast alles. Außer, man schneidet uns den Kopf ab, das wäre ebenfalls ziemlich ungesund«, scherzte Aaron.

Ich schmiegte mich an ihn, wollte ihn nie wieder loslassen.

»Da muss man nur einmal dem Tode geweiht sein, und schon wirst du zur Schmusekatze.« Aaron lachte leise.

»Das ist kein Spaß!« Ich boxte ihn, worauf er mich wieder in seine Arme zog und küsste.

»Brauchst du immer noch … Zeit?«, flüsterte er an meinen Mund.

Als Antwort glitt meine Hand zu seiner Körpermitte, zärtlich berührte ich die pralle Männlichkeit. Aaron hatte sich auf diesen Jäger gestürzt, um mich zu retten. Nein, ich brauchte keine Zeit mehr. Ich hatte schon viel zu viel Zeit damit verschwendet, auf ihn wütend zu sein.

»Dein Schweigen ist Antwort genug.« Er hob mich hoch.

Lachend schlang ich die Arme um seinen Hals. Aaron setzte mich auf der Kochinsel ab, nahm auf dem Hocker zwischen meinen Beinen Platz und drückte sie auseinander. Sanft strich seine Zunge über meine empfindlichste Stelle, und ich erschauderte. Er genoss mich wie die Vorspeise eines Spitzenmenüs. Stöhnend lehnte ich mich nach hinten, stützte mich auf die Unterarme. Heißer Atem streifte mein Lustzentrum, während seine Zunge in mich eindrang. Das lustvolle Prickeln zwischen meinen Beinen schwoll zu einem ekstatischen Pochen an. Nur noch ein Zungenschlag, dann würde ich kommen. Aber Aaron hörte auf, erhob sich und packte mich an den Hüften.

»Bitte, mach weiter«, bettelte ich. Er platzierte mich auf dem Hocker. »Du hast kein Kondom.« So weit konnte mein von Lust benebeltes Hirn noch denken.

»Unsere Selbstheilungskräfte schützen uns vor Krankheiten. Was das andere anbelangt: Katze und Wolf sind nicht kompatibel, wenn es um Nachwuchs geht.« Er liebkoste die Stelle, auf der er das Mal an meinem Hals hinterlassen hatte.

»Warum hast du dann immer eins benutzt?«, wollte ich wissen, obwohl mich seine Lippen auf der empfindlichen Haut fast verrückt machten.

Aaron richtete sich auf. »Hättest du sonst mit mir geschlafen?«, stellte er die Gegenfrage.

»Nein, das hätte ich nicht«, antwortete ich heiser, betrachtete ihn durch meine gesenkten Wimpern. Er hielt mein Becken fest und glitt in mich. Keuchend warf ich den Kopf nach hinten. Gemächlich zog er sich zurück, um sich wieder in mich zu versenken, während seine Lippen die meinen fanden. Zart strich ich über Aarons Rücken, spürte, wie seine Muskeln sich bewegten. Das quälend langsame Tempo trieb mich zu höchsten Wonnen, und ein Taifun kündigte sich an. Ich klammerte mich an Aaron, mein Stöhnen wurde zu einem Schreien. Aaron verlor die Kontrolle, immer heftiger stieß er in mich, und ich kam zeitgleich mit ihm. Wieder und wieder brannte eine Woge reiner Wollust über mich hinweg. Schwer atmend lehnte ich die Stirn gegen seine Brust, lauscht seinem Herzen, das wie meines raste. Noch immer pulsierte mein Unterleib. Aaron nahm meinen Kopf mit beiden Händen und küsste mich.

»Das war unglaublich. Doch ich bin noch lange nicht fertig mit dir«, sagte er.

Erschöpft schmiegte ich mich an Aaron, mein Kopf ruhte an seiner Schulter. Wir hatten uns durchs Haus gevögelt, bis wir schlussendlich im Bett gelandet waren.

»Rachel hat noch nichts herausgefunden«, sagte Aaron, und ich hob den Kopf.

»Woher weißt du das. Hast du mit ihr telefoniert? In dem Store?«

»Gestaltwandlergeschwister haben mitunter eine sehr enge Verbindung. Rachel und ich können telepathisch kommunizieren. Natürlich nur, wenn wir beide es zulassen. Allerdings: Ich möchte meine Schwester wirklich nicht im Kopf haben, während ich dich gerade vernasche.« Seine Hand wanderte über meine Hüfte, war auf dem Weg zu meiner empfindlichsten Stelle. Ich hielt sie fest, denn ich wollte mehr wissen.

»Ihr tauscht euch mittels Gedanken aus?«, fragte ich ungläubig. »Können das unter Wandlern alle Geschwister?« »Die Verbindungen sind vielfältig. Rachels und meine ist besonders intensiv, weil wir Zwillinge sind.«

»Funktioniert das immer und überall?« Ich rutschte hoch, um auf Augenhöhe mit ihm zu sein.

»Wenn wir zu weit entfernt voneinander sind oder wenn einer ohne Besinnung ist, kann die Verbindung abbrechen.« Sanft fuhr er mit dem Fingerknöchel über mein Gesicht.

»Das ist wirklich abgefahren und auch ein wenig ... schräg.« Ich strich über seine Brust, seufzte.

»Was ist?«, wollte er wissen.

»Ach, mir fällt gerade auf, dass ich noch so unglaublich viel über Wandler zu lernen habe. Was hat es zum Beispiel mit Silber auf sich? Du hast davon gesprochen. Ist es für uns wirklich tödlich? Ich habe schon Silberschmuck getragen, hatte aber niemals Probleme damit.«

»Äußerlich ist es auch unproblematisch. Wir können sogar mit Silberbesteck essen. Aber schießt oder sticht man es uns in den Körper, reagiert es mit dem Blut, das dadurch toxisch wird. Solange das Gift unser Herz nicht erreicht, können es die Selbstheilungskräfte noch unschädlich machen. Gelangt es aber direkt ins Herz, ist alles zu spät. Es hört sofort auf zu schlagen. Aber das ist kein schönes Thema, wir sollten vielleicht mit unseren Aktivitäten fortfahren.« Aaron kam näher, um mich zu küssen. Ich hielt die Hand zwischen unsere Lippen, stoppte damit sein Vorhaben.

»Darum führte Kane dieses Messer mit sich. Mit dem du mein Haar abgeschnitten hast. Die Klinge war aus Silber«, schlussfolgerte ich.

»Lass uns jetzt nicht über Kane sprechen.« Aaron umgriff meine Handgelenke, zwang mich mit sanfter Gewalt auf den Rücken und hielt mich fest. »Im Übrigen hätte ich dieses Rennen gewonnen und kann jetzt von dir verlangen, was ich möchte.« Seine Augen glühten auf.

»Soweit ich mich erinnere, warst *du* hinter mir, und ich kann dich herumkommandieren.« Ich entwand mich ihm. »Also, Wolfsjunge, ich hab Hunger, ab in die Küche. Du brauchst dir auch nichts anzuziehen.«

»Wolfsjunge?«, wiederholte Aaron. »Heiße ich Mogli und lebe im Dschungel?«

Er packte mich. Mir brannten noch Fragen unter den Nägeln, aber kaum berührten seine Lippen die meinen, war mein Kopf wie leer gefegt.

Kapitel 17

Ziellos streifte ich durch die Nacht auf der Suche nach Beute. Sirenen heulten, Autos hupten. Der Geruch von Abgasen wehte zu mir. Es roch nach New York. Der gefrorene Schnee knirschte unter meinen Pfoten. Ein süßes Aroma, das die Sinne explodieren ließ, umspielte meine Nase und ich nahm Witterung auf. Die Gier nach Blut trieb mich an, die Quelle dieser Verheißung zu finden. Ich wollte die Reißzähne in weiches Fleisch graben, den warmen Lebenssaft kosten.

»Danny, was wollen wir im Park, es ist verflucht kalt? Lass uns nach Hause gehen«, sagte ein Mädchen.

»Brook, so leer, wie jetzt, wird es im Central Park nie wieder sein«, hörte ich eine männliche Stimme rufen, dann knallte etwas mit einem dumpfen Schlag gegen einen Körper. »Hör auf, mit Schneebällen zu werfen. Es treibt sich hier außer uns kein weiterer Verrückter herum, weil es heute kälter ist als in einer Gefriertruhe«, schimpfte das Mädchen.

»Das sind alles Weicheier. Verteidige dich!« Ihr Begleiter lachte.

Geschmeidig schlängelte ich mich durch die Büsche, zitterte vor Erregung. Meine Beute war direkt vor mir. Dann sah ich sie. Ein junger Mann schleuderte Schneebälle auf ein Mädchen um die zwanzig, das kichernd selbst einen formte.

»Vergiss nicht, ich bin die beste Pitcherin im Team.« Sie holte aus.

Lautlos pirschte ich näher, war zum Zerreißen angespannt, konnte das Fleisch bereits schmecken. Nur noch ein kleines Stück.

»Hörst du was?« Das Mädchen hielt inne, und ich versteinerte. Es kostete mich enorme Kraft, still auszuharren, um kein verräterisches Geräusch zu machen.

»Was soll ich hören?« Ihr Freund warf den nächsten Ball aus Schnee.

Den Tod, erwiderte ich in Gedanken und sprang.

Ein panischer sSchrei durchschnitt die Nacht.

Hellwach saß ich im Bett, schnappte nach Luft, mein Leib bebte. Bisher hatte ich an Aarons Seite meist Ruhe gefunden, aber jetzt war ich nicht einmal mehr bei ihm vor diesen widerlichen Träumen sicher.

»Was ist los?«, wollte Aaron wissen, und ich sank in seine Arme.

»Es ist dumm, sich so aufzuregen. Ich habe nur schlecht geträumt«, antwortete ich aufgewühlt, während er mich festhielt.

»Was war das für ein Traum?«

»Ich war auf der Jagd im Central Park und tötete einen jungen Mann. Einen ähnlichen Traum hatte ich, bevor das junge Paar im Inwood Hill Park gefunden wurde. Es ist verrückt, ich weiß. Haben Wandler vielleicht auch hellseherische Fähigkeiten?«, sagte ich und versuchte, dem Ganzen etwas Witziges abzugewinnen, obwohl es von witzig weit entfernt war.

Aaron antwortete nicht, sondern verließ das Bett, ging zum Fenster und sah hinaus.

»Was ist los?« Ich rutschte zum Bettrand und stand ebenfalls auf. Als ich zu ihm trat, musterte er mich mit einem seltsamen Blick.

»Bist du irgendwie sauer?«, fragte ich verunsichert.

»Das hättest du mir früher erzählen sollen. Ich fürchte, das sind keine Träume, das hört sich nach einer ... Verbindung an.« Er strich mein Haar zurück.

»Du meinst, wie du und Rachel eine habt ... so eine Verbindung? Das würde ja heißen, ich hätte Bruder oder Schwester.« Ich blickte Aaron in die Augen.

»Es gibt da so eine Geschichte, dein Vater hätte einen Sohn gehabt, der dieser Wandlerkrankheit zum Opfer fiel. Ich dachte immer, er sei tot, doch das war offensichtlich falsch.«

»Aber warum jetzt? Er scheint ja bisher nicht aktiv ...« Ich stockte, erinnerte mich an die vergangenen Träume.

»Was ist?« Aaron umfasste meine Schultern.

»Bei meinem ersten Kontakt, wenn man das so nennen will, hatte ich das Gefühl, aus einer Art Betäubung zu erwachen, und der Unbekannte meinte, er hätte mich nach Hause geholt«, erwiderte ich.

»Welcher Unbekannte?«

»Ich konnte sein Gesicht nicht richtig erkennen, denn meine Sinne waren wie benebelt. Aber ich hörte seine Stimme. Er hat meinen Bruder in die Stadt gebracht. Warum?«

»Du sagtest, er jagte im Central Park?« Aarons Miene wurde düster.

»Ja.« Ich schluckte.

»Das könnte einen Krieg auslösen. Der Central Park ist eine neutrale Zone. Bisher war ich der Annahme, ein clanloser Streuner hätte die Morde im Inwood Hill Park begangen, aber es war wohl ein Test, und jetzt wird's ernst.« Aaron ließ mich los und begann damit, sich anzuziehen.

»Was hast du vor?«, wollte ich wissen.

»Ich fahre nach New York zurück. Ich muss deinen Bruder finden, bevor er noch mehr Menschen tötet.«

»Ich komm mit.« Ich stürmte aus der Tür, steuerte mein Zimmer an, denn dort stand noch die Reisetasche mit meinen Sachen. Aaron packte meinen Ellenbogen und stoppte mich. »Du wirst schön hierbleiben«, sagte er im Befehlston.

»Nein, ich werde mit dir fahren.« Entschlossen funkelte ich ihn an.

»Du hast keine Wahl, ich verhandle nicht.« Ein solches Maß an Dominanz machte mich fast sprachlos. Vor mir stand der Sohn des Alphas, der dazu bestimmt war, selbst ein Alpha zu werden.

»Und du hast mir nichts zu befehlen«, schoss ich zurück.

»Bitte, Baby, es ist nur zu deinem Besten. Ich will dich in Sicherheit wissen.«

»Aha, der Herr ändert seine Taktik. Interessant.« Ich verschränkte die Arme. »Wenn du mich nicht mitnimmst, werde ich mich wandeln und als Katze nach New York laufen. Wie auch immer, ich werde dorthin gelangen – mit dir oder ohne dich.« Trotzig reckte ich mein Kinn vor, und Aaron seufzte.

»Also gut, aber du wirst dich keiner unnötigen Gefahr aussetzen. Hast du mich verstanden?«

»Ja, Sir.« Ich tippte zackig mit der flachen Hand gegen die Stirn, deutete einen militärischen Gruß an. Aaron ging in Richtung seines Zimmers, nach zwei Schritten drehte er sich wieder zu mir. »Du wirst auf mich hören. Schwöre es mir!« »Ich schwöre es.« Ich hob zwei Finger, während ich hinter meinem Rücken die der anderen Hand kreuzte.

Aaron brummte »Da bin ich ja gespannt« und setzte seinen Weg fort. Er kannte mich nach dieser kurzen Zeit schon erschreckend gut.

Als wir losfuhren, begann es zu schneien. Auf dem Waldweg lag so viel Schnee, dass ich Angst hatte, wir würden jeden Moment stehen bleiben, aber der Chevy kämpfte sich tapfer durch die weißen Massen. Mächtig angespannt saß ich neben Aaron und war mir meiner Sache gar nicht mehr so sicher wie im Haus. Zehn Millionen waren auf mich ausgesetzt worden, dafür würde ich mich sogar selbst ausliefern.

»Bei den Straßenverhältnissen werden wir nur langsam vorankommen«, meinte Aaron, und er behielt recht.

Fünf Stunden später erreichten wir New York. Mir wurde etwas schlecht. Diese Stadt hatte mir bisher nicht viel Glück gebracht, und jetzt wollte ich einen durchgeknallten Katzenwandler jagen, der noch dazu mein Bruder war.

»New York – heute Morgen wurden die entstellten Leichen von Brooklyn Mayfair und Danny Garcia im Central Park gefunden. Näheres zu den Todesursachen wird die Polizei erst nach der Obduktion bekannt geben.« Ich drehte das Radio leiser. »Brooklyn und Danny, so hießen die beiden.«

Mein Blick glitt zu Aaron. Es war wirklich passiert, ich hatte gesehen, wie vier Menschen ermordet wurden. Ich zitterte am ganzen Leib, konnte es nicht fassen. Nackte Angst fraß sich durch meine Seele. Unter der Haut begann es zu brodeln. Die Katze drängte an die Oberfläche. Aaron nahm meine Hand, führte sie zu seinem Mund und hauchte einen Kuss darauf.

»Du musst unbedingt Ruhe bewahren«, sagte er sanft, und ich klammerte mich an seine Hand wie an einen Rettungsring. In der Stadt standen wir im Stau. Ich hatte ständig das Gefühl, beobachtet zu werden. Jeder Fußgänger oder Autofahrer, der mich zu lange ansah, war verdächtig für mich, denn zehn Millionen warteten auf denjenigen, der mich tötete. Es war definitiv eine bescheuerte Idee gewesen, Aaron zu begleiten. Nach einer gefühlten Ewigkeit von Stop and Go floss der Verkehr endlich wieder. Ein paar Blogs weiter bog Aaron ab und hielt vor einem Tor, das in eine Tiefgarage führte. Ein Schlüssel, den man in ein Kästchen stecken musste, das in Fensterhöhe angebracht war, ließ das Gitter hochfahren. Auf Ebene zwei parkte Aaron den Wagen, und wir stiegen aus. Ein Motor heulte auf. Erschrocken zuckte ich zusammen.

»Komm mit!« Er nahm meine Hand, der Körperkontakt mit ihm beruhigte umgehend.

»Wer wohnt hier?«, fragte ich.

»Rachel. Bei ihr können wir untertauchen. Sie ist die Einzige, der ich vertraue.« Ein Aufzug brachte uns in die zehnte Etage. Wenig später klopfte Aaron an die Tür von Apartment 1023, und Rachel öffnete. »Da seid ihr ja.« Freudestrahlend zog sie mich in ihre Arme. »Ist er auch nett zu dir?«, flüsterte sie in mein Ohr und gab mich wieder frei.

»*Er* steht neben dir«, sagte Aaron bissig.

»Manchmal ist er etwas herrisch, aber im Großen und Ganzen gebe ich ihm in Betragen ein A«, erwiderte ich.

»Sein herrisches Getue nervt total, oder?« Rachel zwinkerte mir zu und trat zur Seite, um uns reinzulassen.

Ich stolperte fast über eine Küchenzeile in Nussbaum. Die Wand gegenüber war orange gestrichen, das ganze Gegenteil von Aarons bevorzugter Farbe Weiß.

»Wenn du dich frisch machen möchtest. Hier geht's zum Badezimmer.« Rachel deutete auf eine mit Tafelfarbe lackierte Tür, auf die mittels Kreide rote Herzchen gemalt worden waren. Wir passierten den Stehtisch und steuerten das Wohnzimmer am Ende des Raumes an. Die nächste Tür stand offen, so konnte ich einen Blick in das wirklich gemütliche Schlafzimmer erhaschen. Überall stand Schnickschnack herum, der ein Zuhause einfach wohnlich machte. Das war definitiv das Apartment einer Frau.

Ich zog meinen Mantel aus, den mir Rachel abnahm, und setzte mich auf das rote Sofa am Fenster. Aaron warf seine Jacke über die Armlehne, nahm dann neben mir Platz.

»Es ist einiges passiert, seit ihr abgehauen seid. *Dich* habe ich ja auf dem Laufenden gehalten. Obwohl du mich in letzter Zeit sehr oft blockiert hast.« Rachel sah zu ihrem Bruder und grinste ihn vielsagend an. Sie wusste genau, warum er sie nicht in seinen Kopf gelassen hatte.

Mir stieg die Schamesröte in die Wangen.

Doch Rachel wurde wieder ernst. »Als ich zu dem Gipfeltreffen zurückkehrte, erzählte ich, dass ich nur eine leere Zelle vorgefunden hätte und du verschwunden wärst. Die Clans beschuldigten sich daraufhin gegenseitig. Die Wölfe denken, die Katzen hätten dich heimlich befreit, die Katzen behaupten, Dad hätte dich woanders hinschaffen lassen, um den Druck zu erhöhen. Sie belauern sich wie Geier ein sterbendes Tier. Ein kleiner Funke wird das Pulverfass zum Explodieren bringen.« Sie sah zu mir.

»Wundert sich euer Dad kein bisschen darüber, dass Aaron verschwunden ist?«, wollte ich wissen.

»Er denkt, dass er auf der Suche nach dir ist. Ich sagte unserem Vater, Aaron würde ihm erst wieder unter die Augen treten, wenn er dich gefunden hätte.«

»Wie habt ihr das mit Sean erklärt?«

»Da brauchte ich nicht viel zu erklären. Vater sah die

Aufnahmen, wie Sean dich aus der Zelle geholt hatte, und schlussfolgerte von allein, dass er ein Verräter gewesen war, der den Katzen geholfen hatte. Ob's stimmt, keine Ahnung. Ich konnte noch nicht in Erfahrung bringen, für wen dieser Bastard tatsächlich gearbeitet hat. Ich versuchte herauszufinden, wer hinter der Anzahlung für das Kopfgeld steckte. Aber leider endete die Suche immer in einer Sackgasse. Aber ich habe Dad in dem Glauben gelassen, sagte ihm jedoch, dass wir keine konkreten Beweise dafür hätten. Das ich auch der Grund, warum er noch nicht gegen die Katzen vorgegangen ist. Außerdem erzählte ich ihm, Aaron hätte Sean und die anderen getötet, um sie aufzuhalten, was ja stimmte ... und das einer mit dir, Liv, entkam.«

Alle tot? Ich betrachtete Aaron. Er hatte in dieser Nacht drei Wölfe getötet und saß völlig ungerührt da, als redeten wir über Strickmuster. Erst in diesem Augenblick wurde mir so richtig bewusst, dass er brandgefährlich war, wenn es darauf ankam. Das verstärkte einerseits das Gefühl, bei ihm vollkommen sicher zu sein, auf der anderen Seite machte es mir auch mächtig Angst. Aber wie könnte ich ihm vorwerfen, mein Leben gerettet zu haben? Diese Typen hatten es darauf angelegt gehabt, mich zu zerfleischen. Es hieß, sie oder ich, und wenn sie überlebt hätten, würden sie mich noch immer jagen.

»Was ist?«, fragte Aaron mich, zeichnete zart meine Lippe nach. Rachel räusperte sich, woraufhin er seine Hand zurückzog.

»Jetzt ist diese Sache im Central Park passiert«, fuhr sie fort, während sie ins Schlafzimmer ging, um mit einem Laptop unter dem Arm zurückzukommen. Sie stellte ihn auf den Tisch, setzte sich auf dem Sessel uns gegenüber und startete den Computer. Ihre Finger flogen über die Tastatur. »Das habe ich von Liam.« Rachel drehte den Laptop zu uns. Darauf war der Central Park aus der Vogelperspektive zu sehen, offensichtlich von einer Drohne aufgenommen. Beim Anblick der Bilder nahm ich Aarons Hand. Zwei blutige Körper lagen im Schnee. Polizisten sicherten den Tatort und hielten Schaulustige fern.

»Siehst du den Typ da hinten … im feinen Zwirn?«, fragte Rachel und erhob sich. Sie beugte sich über den Bildschirm, deutete auf einen blonden Mann, der in der oberen Ecke stand.

»Den kenne ich. Das ist der Beta der Katzen«, erwiderte ich, ohne den Blick vom Bildschirm zu nehmen.

»Das ist er, höchstpersönlich. Sie haben das offensichtlich zur Chefsache gemacht und nicht nur einen Beobachter gesandt wie wir Liam. Sieh dir das nur an, der Kater von heute trägt Kaschmir. Du bist wirklich aus der Art geschlagen«, sagte Rachel mit Blick auf meine Cargohose.

»Ray, bleib bei der Sache. Ist seither noch etwas im Park vorgefallen?«, erkundigte sich Aaron.

»Nein, es wurde auch keine Raubtiersichtung gemeldet. Mittlerweile warnt die Polizei vor einem entlaufenen Kampfhund, der Menschen anfällt. Die Leute sind also wachsam. Ich denke, der Kater hat sich mit Sicherheit irgendwo verkrochen und verdaut das letzte Mahl. Er wird erst wieder rauskommen, wenn im Park weniger los ist. Wahrscheinlich heute Nacht. Wir müssen etwas tun. Noch mehr solcher Morde, und New York wird brennen – und das im wahrsten Sinne des Wortes. Der große Brand 1906 in San Francisco wurde auch nicht wirklich von einem Erdbeben ausgelöst.« Sie nahm wieder Platz, schaute von mir zu Aaron.

»Wir müssen Livs Bruder stoppen«, erwiderte er entschlossen. »Wie?«, fragte ich.

»Ich lege mich heute Nacht auf die Lauer. Das Gewehr mit den Silberkugeln ist im Kofferraum.«

»Nein, Aaron, wir dürfen ihn nicht töten. Er ist doch krank. Das hast du mir selbst erzählt.« Ich nahm seine Hand.

»Aber er bringt Menschen um. Wenn wir ihn nicht aufhalten, wird er noch mehr zerfleischen und damit alle Wandler in Gefahr bringen. Wir leben unter dem Radar der Menschen, und so soll es auch bleiben«, wandte er ein.

»Ich besorge das Betäubungsgewehr, so könnten wir ihn außer Gefecht setzen«, mischte sich Rachel ein.

»Gut, wir versuchen unser Glück. Aber wenn es nicht hinhaut, dann die Silberkugeln. Denn das Leben der Menschen zu schützen ist wichtiger als das eine durchgeknallten Wandlers.« Aaron musterte mich.

Ich stimmte mit einem zaghaften Nicken zu und ließ seine Hand los.

»Da haben wir doch einen Plan.« Rachels Augen leuchteten auf.

Kapitel 18

Im Kühlschrank ist noch Pasta und was zu trinken, ihr könnt euch bedienen. Aaron, du kennst dich ja aus«, sagte Rachel und schlüpfte in ihre Jacke. »Bin, so schnell ich kann, wieder hier. Tut nichts, was ich nicht auch tun würde.« Sie schloss die Tür hinter sich.

»Was sie wohl damit gemeint hat?« Aaron beugte sich zu mir, seine Lippen berührten meine, aber ich reagierte nicht. Er stutzte, zog sich dann zurück. »Was ist los?« Aaron strich mein Haar zurück.

»Sean und diese Männer, die mich angegriffen haben, sind wirklich alle tot, und du hast …« Ich konnte die Frage nicht beenden, die Worte lagen bleischwer auf meiner Zunge.

»Dafür werde ich mich keinesfalls rechtfertigen. Sie haben dich angefasst, wollten dich töten. Ich würde es jederzeit wieder tun.« Aarons Augen wurden dunkel.

»Ich möchte nicht, dass du meinetwegen tötest«, sagte ich leise.

»Denkst du, du trägst die Schuld an ihrem Tod?«, fragt Aaron sanft, und ich nickte. Er umrahmte mein Gesicht mit seinen Händen. »Sie haben das Rudel verraten, und Verrat hat Konsequenzen. Es war meine Aufgabe als Erbe des Alphas, ihnen diese aufzuzeigen. So funktioniert die Welt der Wandler, die Welt, in der du jetzt lebst.«

»Wenn dein Vater rausbekäme, dass du es warst, der mich befreit hat, würden dir auch …«, ich schluckte schwer, »Konsequenzen drohen?«

»Ich glaube, die Antwort willst du nicht hören.« Aaron lehnte sich zurück und seufzte.

»Das würde es«, beantwortete ich meine Frage selbst. »Du hast meinetwegen dein Leben aufs Spiel gesetzt. Das hättest du auf keinen Fall tun dürfen. Im Prinzip bin ich eine Fremde für dich.«

»Schon ab dem Zeitpunkt, als ich aus dem Pub kam und deine Witterung aufgenommen habe, warst du keine Fremde mehr. Du vervollständigst mich, zusammen sind wir ganz. Ich wollte es zuerst selbst nicht glauben, habe mich dagegen gewehrt. Aber ich hatte keine andere Wahl. Du ziehst mich an, wie Insekten vom Licht angezogen werden, auch wenn sie sich daran verbrennen.« Er sah zu mir.

»Man hat immer eine Wahl.« Ich strich ihm die langen Strähnen aus der Stirn.

»Menschen vielleicht, aber Wölfe nicht. Das ist der Ruf der Natur, und wir folgen ihm. Unser Vater lernte unsere Mom auf dem College kennen. Er erzählte Rachel und mir immer, dass er sich allein aufgrund ihres Duftes in sie verliebt hätte, bevor er sie überhaupt gesehen hatte.«

»Deine Mom? Du hast bisher niemals über sie geredet. Wo ist sie?«

»Sie ist tot«, erwiderte Aaron. Er legte einen Kopf auf die Sofalehne und schloss die Augen. »Ray und ich waren etwa fünf Jahre alt, als sie zunehmend aggressiver wurde. Vorher war sie die Sanftmut in Person, die beste Mom, die man sich vorstellen konnte. Irgendwann verlor sie die Kontrolle über das Tier, sie griff Ray und mich an. Mein Vater hat sie erschossen.«

»Vor euren Augen?«, fragte ich, mein Mund war ganz trocken. »Auch er hatte keine andere Wahl, sie hätte uns getötet.« Aaron hob die Lider, sah mich an. In seinem Blick lag weder Trauer oder Wut, als ließ ihn der Tod seiner Mutter vollkommen kalt.

»Das tut mir schrecklich leid.« Ich dachte an den fünfjähren Aaron, der dabei zusehen musste, wie sein Vater die Mutter tötete. Ich vermochte es nicht, die Tränen aufzuhalten. »Hey, das ist doch schon fast zwanzig Jahre her.« Mit den Fingerspitzen fuhr er über meine nasse Wange. »Du trägst so viel Herz in dir, vielleicht bist du deshalb meine fehlende Hälfte.«

»Ist das eine Umschreibung für Heulsuse«, fragte ich schniefend.

»Das ist eine Umschreibung für warmherziger und mitfühlender Mensch«, erwiderte Aaron und zog mich in die Arme. Ich legte den Kopf auf seine Brust, lauschte dem gleichmäßigen Schlag seines Herzens.

»Hast du den Tod deiner Mom schon immer so rational gesehen?«, fragte ich, und sein Herz schlug schneller. Er hatte doch nicht alles unter Kontrolle.

»Ich war eine lange Zeit sehr wütend, genau genommen meine ganze Kindheit und Pubertät über. Zum Glück für alle war ich schmächtig und konnte mich noch nicht wandeln. Ich wäre wirklich gemeingefährlich gewesen. Ich war ja schon in meinem schwächlichen Zustand unberechenbar und neigte zu Ausrastern, die mich unzählige Male in den Schularrest brachten. Die ungeschönte Wahrheit ist: Annie brach mir damals die Nase, weil ich ihre kleine Schwester geschubst und diese sich übel das Knie aufgeschlagen hatte. Es war wahrscheinlich kein guter Einfall gewesen, mich mit der jüngeren Schwester derjenigen anzulegen, die genauso aggressiv war wie ich. Das gehört der Vergangenheit an. Jetzt, als Erwachsener, verstehe ich, warum mein Vater das tun musste.« Er strich über meinen Arm.

»Sie litt an dieser Krankheit, die Wandler befällt? Die auch mein Bruder hat? Kann man etwas dagegen tun?«

»Soweit ich weiß, wurde bisher noch immer kein Heilmittel dagegen gefunden. Entweder man tötet diese Wandler, oder sie werden zu Monstern«, antwortete Aaron.

»Trotzdem versuchen wir es erst mit dem Betäubungsgewehr?« Ich richtete mich auf.

»Du hast mein Wort«, erwiderte er sanft. »Spürst du ihn vielleicht und kannst sagen, wo er sich aufhält?«

»Bisher hatte ich nur eine Verbindung, wenn ich geschlafen habe. Tut mir leid.«

»Weil dein Geist da mit Sicherheit leichter für ihn zu erreichen war. Wahrscheinlich ist ihm nicht einmal bewusst, mit wem er da kommuniziert oder wer du überhaupt bist, du befindest dich einfach nur in seiner Reichweite. Bei dieser Krankheit handeln die Betroffenen nur noch instinktiv und können die Verbindung nicht mehr kontrolliert steuern. Es ist normalerweise ein No-Go, in den Kopf einzudringen, wenn jemand schläft. Ich werde ihn finden, keine Sorge«, sagte Aaron.

»Was heißt hier *ich*. Du glaubst doch nicht, dass ich hierbleibe, während du da draußen nach einem verwilderten Wandler suchst?«, fuhr ich ihn an.

»Wir hatten eine Abmachung, und du wirst dich daran halten«, erwiderte er in einem Ton, der keinen Widerspruch duldete. »Welche U-Bahn hält noch mal beim Central Park?«, erkundigte ich mich trotzig.

»Du bleibst im Auto«, brummte Aaron genervt, und wieder hatte ich gesiegt.

Aaron parkte den Wagen in der 59. Straße direkt vor einer Statue, die auf einem großen Granitsockel stand und einem gewissen José Martí gewidmet war.

»Hast du eine Verbindung?«, fragte Aaron, und ich schloss die Augen, wie Rachel es unter der Brücke getan hatte. Doch ich spürte nichts und hatte keine Ahnung, wie ich eine Verbindung zu meinem Bruder aufbauen konnte. Denn *er* war es immer gewesen, der in meine Träume eingedrungen war. Frustriert hob ich die Lider. Die ganze Zeit hatten mich diese Albträume verfolgt, aber jetzt, wenn ich einen brauchte, war alles still in mir. »Vielleicht ist er weitergezogen. Du sagtest doch, dass die Verbindung bei zu großer Entfernung abbricht.«

»Das wäre übel. Er könnte eine Spur von Toten hinter sich herziehen. Hoffen wir, dass er noch im Park ist. Dann jagen wir ihn eben auf die altmodische Art«, sagte Aaron entschlossen.

Plötzlich erfasste mich ein Schwindelgefühl. Im nächsten Moment fand ich mich im Park wieder und schlich auf Suche nach Beute einen hohen Eisenzaun entlang. Ich kannte diesen Zaun, dahinter lag die Eisbahn, auf der ich mit Aaron Schlittschuh gelaufen war.

Einen Wimpernschlag später saß ich wieder neben Aaron im Wagen.

»Ich glaube, ich war gerade im Kopf meines Bruders, und er ist an der Eislaufbahn.«

»Das ist ganz in der Nähe.« Aaron öffnete die Tür. Ich verließ ebenfalls den Wagen. »Haben wir nicht gesagt, dass du im Auto bleibst?« Aaron öffnete den Kofferraum. Neben uns hielt ein Wagen, es war Rachel.

Sie stieg aus. »Ist das heute verflucht kalt. Vielleicht sollten wir einfach warten, bis der Kerl erfroren ist.«

Kleine Dampfwölkchen stiegen aus ihrem Mund, sie öffnete die hintere Tür, holte das Betäubungsgewehr heraus, während Aaron das mit den Silberkugeln aus dem Kofferraum nahm.

»Ray und ich werden das regeln, du setzt dich jetzt

wieder in den Wagen.« Aaron schob mich in Richtung Beifahrertür. »Auf keinen Fall«, erwiderte ich entschlossen.

»Sind wir im 19. Jahrhundert und das Weibchen wartet brav im Planwagen?« Rachel lud das Gewehr mit einem Betäubungspfeil. »Hier, das nimmst du, da sind Ersatzpfeile drin. Bleib bei mir, vielleicht muss ich nachladen.« Sie übergab mir eine kleine Tasche.

»Ray, sie ist auf so was nicht vorbereitet«, fuhr Aaron seine Schwester an.

»Sie soll die Alpha des Katzenclans werden. Hör auf, sie in Watte zu packen. Liv schafft das schon«, schoss Rachel zurück.

Aaron knurrte leise, sagte aber nichts, und wir betraten den Park. Es war totenstill. Auf den Straßen fuhren heute Nacht kaum Autos. Als hätte der Big Apple in einen vergifteten Apfel gebissen und wäre in einen tiefen Schlaf gefallen. Wahrscheinlich hatten die Menschen Angst und blieben lieber zu Hause. Was eine sehr kluge Entscheidung war, im Gegensatz zu der, im Park nach einem hungrigen Katzenwandler zu suchen. Ich versuchte, erneut Verbindung aufzunehmen, doch es gelang nicht.

»Ich wittere eine Spur«, sagte Aaron leise.

»Dito«, bestätigte Rachel und deutete mit dem Kopf nach rechts. Jetzt roch ich es auch. Der Geruch war vertraut, erinnerte an den meiner Cousine. Aaron zeigte nach links, und Rachel nickte, schlich in diese Richtung, während er die andere nahm. Ich blieb bei Rachel. Mein Herz schlug immer lauter, mein Bruder hörte das mit Sicherheit, und in mir wuchs das Gefühl, ein lebender Köder zu sein. So musste sich eine Ziege fühlen, die man in der Steppe an einem Baum band, um den Löwen anzulocken. Ein Schatten huschte zu einem Strauch. Rachel riss das Gewehr hoch, ihr Blick glitt die Büsche entlang. Wir standen auf dem Weg, um uns herum Rasenflächen, die unter einer dicken Schneeschicht begraben waren. Wir standen hier wie auf dem Präsentierteller. Mein Bruder beobachtae uns, das spürte ich mit jeder Faser meines Körpers, den von den Zehen bis zum Kopf eine Gänsehaut überzog. Ein Zweig knackte, ich fuhr zusammen. Mein Herz hämmerte panisch gegen den Rippenkäfig, als wollte es die Flucht antreten. Sämtliche Nackenhärchen richteten sich auf. Hinter mir war etwas. Ich drehte mich blitzschnell um, ein Schatten sprang direkt auf mich zu, als ein lauter Schuss durch den Park hallte. Die Raubkatze krachte unsanft auf den Boden, rutschte mir vor die Füße. Sie kämpfte fauchend gegen die Ohnmacht an, doch der Betäubungspfeil saß fest. Als sie die Besinnung verlor, setzte die Rückverwandlung ein und vor mir lag mein nackter Bruder. Wir hatten fast die gleiche Haarfarbe, in seinem Gesicht erkannte ich mich wieder.

Mein großer Bruder!

Die unterschiedlichsten Gefühle stürmten auf mich ein. Freude, endlich einen Bruder zu haben, wie ich es mir als Kind immer gewünscht hatte, und Angst, meinen Bruder wegen der Krankheit niemals richtig kennenlernen zu können. Schnell zog ich den Mantel aus, kniete mich neben ihn und umhüllte seinen Leib damit. »Wir brauchen eine Decke«, sagte ich zu Rachel.

Aaron tauchte neben ihr auf. »Wir müssen hier ganz dringend weg.«

»Ich kann ihn doch hier nicht so liegen lassen.« Ich sah zu Aaron, während ich meinem Bruder über die Stirn strich. »Er ist ganz heiß«, stellte ich fest.

»Das ist die Krankheit«, sagte jemand.

Die Stimme kannte ich. Es war Ethan und sein Gefolge aus Männern und Frauen in Soldatenkluft, das uns langsam einkreiste. Aaron zielte mit dem Gewehr auf ihn.

»Das ist neutraler Boden, nimm die Waffe runter, verfluchter Bastard.« Ethan verschränkte die Arme.

»Deine Männer sollen sich zurückziehen. Wir haben nur einen Streuner gestoppt«, erwiderte Aaron, behielt ihn im Visier.

»Das ist der Sohn des Alphas, damit hast du das Rudel direkt angegriffen, und das auf neutralem Boden.«

»Wir haben nur eure Arbeit erledigt.«

»Beruhigt euch bitte! Wir wollten ihn nur aufhalten.« Ich stand auf, trat zwischen die beiden.

»Geh zur Seite, Liv«, befahl Aaron.

»Wie redest du mit der Erbin, Köter?«, donnerte Ethan.

»Wie es sich für einen angehenden Alpha gebührt.« Das war Aarons Vater, der wie aus dem Nichts mit seinen Männern aus der entgegengesetzten Richtung kam.

»Verfluchte Scheiße«, zischte Rachel.

»Ich ergebe mich«, sagte Aaron plötzlich, nahm das Gewehr runter und ging zu den Katzen. Schnell nahm ihm ein Mann die Waffe ab, während ein zweiter ihn auf die Knie zwang. Ich hatte das Gefühl, mein Herz würde aus der Brust gerissen werden. Da packte mich eine Frau an der Hüfte und zerrte mich zu Ethan.

»Wir werden über deinen Sohn gerecht richten.« Ethan hob stolz das Kinn und fixierte Aarons Vater, der die Hände zu Fäusten ballte, dabei aussah, als würde er jeden Moment auf den Beta der Katzen losgehen wollen. »Dein Sohn hat sich uns freiwillig ausgeliefert und damit die Rechtsverletzung anerkannt. Es war seine Entscheidung. Ein Bruch des Vertrags zwischen den Rassen wäre für beide Seiten fatal. Daher überlege genau, ob du das riskieren willst, Wolf. Greifst du an, wird dein Sohn hier und jetzt sterben, und ein Krieg ist unausweichlich. Es ist damit nichts gewonnen.«

»Rachel, komm her!«, brüllte Walker senior wütend, und sie gehorchte. Die Wölfe zogen ab. Katzenwandler kümmerten sich um meinen Bruder, brachten ihn weg. Zwei andere nahmen Aaron in Gewahrsam.

»Wo gehen sie mit Aaron hin?«, fragte ich Ethan.

»Sorge dich nicht um diesen Wolf. Ich bringe dich endlich nach Hause.« Ethan lächelte mild, umfasste meine Schulter, um mich in Richtung Straße zu dirigieren. Ich sah zurück. Aaron wurde brutal gepackt und abgeführt.

Wieso hatte er das getan?

Kapitel 19

Ethan brachte mich zu einer schwarzen Limousine. Ein Chauffeur hielt die Tür auf, und ich stieg ein.

»Glaub mir, Aaron hat nichts getan. Er hat mir geholfen, meinen Bruder zu stoppen. Ich bitte dich, lasst ihn frei«, versuchte ich, den Beta zu überzeugen, als er neben mir Platz genommen hatte.

»Er war an deiner Entführung beteiligt. Wieso setzt du dich für diesen dreckigen Bastard ein?« Ethans Pupillen wurden zu Schlitzen.

Ich stutzte ein wenig. Taten das meine auch, wenn ich mich aufregte?

»Er hat mich befreit, obwohl er damit gegen sein Rudel gehandelt hat. Ich verdanke ihm mein Leben, das wird doch wohl etwas wert sein?«

»Wir werden sehen«, erwiderte Ethan, seine Pupillen wurden wieder menschlich. Ich sah auf die Straße. Es war vielleicht besser, ihn mit diesem Thema nicht weiter zu reizen, denn sonst ließ er es nur an Aaron aus.

»Wie heißt mein Bruder eigentlich?«, lenkte ich unser Gespräch in eine andere Richtung.

»Steven«, antwortete Ethan knapp. Er schien noch immer wütend zu sein.

Steven. Der Name hallte in meinem Kopf nach, und ich erinnerte mich an den Besuch bei der netten alten Dame, die mir von dem Freund meines Vaters erzählt hatte. Er hatte auch Steven geheißen und war von einem tollwütigen Hund totgebissen worden. Hatte mein Vater seinen Sohn nach seinem Freund benannt gehabt, der mit höchster Wahrscheinlichkeit von einem Wandler getötet worden war?

»Was passiert jetzt mit ihm?«

»Er wird in die Einrichtung gebracht, in der er war, bevor ihn jemand dort rausgeholt hat.« Ethans Stimme wurde weicher. »Dort versetzt man ihn wieder in eine Art künstliches Koma. Die humanste Methode, ihn zu pflegen, bis wir ein Heilmittel gegen die Krankheit gefunden haben«, erklärte er.

»Wer hat ihn denn dort rausgeholt?« Ich hatte so viele Fragen.

»Das wüsste ich selbst zu gern.« Ethans Miene verfinsterte sich wieder.

»Was ist mit seiner Mutter?«

»Sie ist bei Stevens Geburt gestorben. Das ist jetzt sechsundzwanzig Jahre her. Ihr Tod hat deinen Vater damals schwer getroffen.«

»Dann war mein Bruder vier, als Dad meine Mutter kennenlernte. Hat er sich wenigstens um seinen Sohn besser gekümmert als um mich?«, fragte ich.

»Steven ähnelt seiner Mutter sehr, musst du wissen. Dein Dad hielt sich damals viel im Ausland auf. Wie ich jetzt weiß, auch wegen *deiner* Mutter...«, versuchte Ethan, meinen Vater zu entschuldigen.

»Kern deiner Aussage ist, mein Dad ließ auch ihn im Stich«, fiel ich ihm ins Wort, und er senkte den Blick. »Schon gut, das ist Vergangenheit, und mein Vater ist tot.« Ich schaute aus dem Fenster.

»Wie war Steven so?«, fragte ich, während ich zu den Gebäuden blickte, die wir passierten.

»Er sprach sich schon damals dafür aus, den dauerhaften Frieden zwischen den Rassen einzuläuten, obwohl die Wölfe des Attentats auf deinen Vater verdächtigt wurden. Doch er stieß bei diesem Vorhaben auf heftige Kritik. Er wäre ein guter Alpha gewesen ... wie dein Vater. Die beiden ähnelten sich in dieser Hinsicht unglaublich. Steven handelte stets bedacht. Er war es auch, der nach dem Attentat zu Verhandlungen aufrief, um einen Krieg zwischen den Rassen zu verhindern.«

»Steven denkt also nach, bevor er handelt. Damit ist er das klare Gegenteil von mir.« Ich sah zu Ethan. »Den wahren Steven würde ich unglaublich gern kennenlernen.«

»Unsere Forschungsabteilung arbeitet daran«, erwiderte er.

Der Chauffeur lenkte den Wagen in eine Tiefgarage und parkte. Wieder hielt er mir die Tür auf.

Wir mussten nur ein paar Schritte laufen und gelangten zu einem Aufzug, den Ethan mittels seines Handflächenabdrucks aktivierte.

Nach ein paar Sekunden glitten die Türen auseinander, und es ging direkt ins Penthouse.

Oben angekommen betraten wir einen kleinen Vorraum, der vom Boden bis zu den Wänden in beigem Marmor ausgekleidet war. Ethan öffnete die Tür aus dunklem Ebenholz und ließ mir den Vortritt.

Eigentlich dachte ich, dass ich mit dem Blockhaus schon allen Luxus gesehen hatte, aber ich wurde eines Besseren belehrt. Ich betrat ein Foyer, in dem man Basketball hätte spielen können. Auch hier bestimmte der cremefarbene Marmor das Bild. Im polierten Boden spiegelte ich mich sogar. Ein Hauch von Chlor stieg mir in die Nase. Es musste jemand wirklich gründlich geputzt haben.

»Hier ist das Schlafzimmer deines Onkels.« Ethan deutete auf die Tür, vor der wir standen.

»Ist er da?«, fragte ich.

»Nein, er musste dringend aus geschäftlichen Gründen nach Singapur. Er wird in ein paar Tagen wieder hier sein«, erwiderte Ethan und bog in einen Flur, den in regelmäßigen Abständen abstrakte Bilder schmückten. Schon eines dieser Kunstwerke hätte ausgereicht, um mir mein Traumhaus bauen zu können ... und es wäre immer noch Geld übrig gewesen. Zwischen den Bildern gab es noch in die Wand integrierte Vitrinen, in denen wertvolle Exponate ausgestellt wurden. Indirekte Beleuchtung setzte alles wirkungsvoll in Szene. Wenn ich die Erbin von all dem war, besaß ich jetzt meine eigene Kunstgalerie. Ein netter Gedanke.

»Ethan, wie schön, endlich bringst du sie nach Hause.« Meine Cousine kam uns in einem spektakulären Abendkleid entgegen. Es schmiegte sich perfekt an ihre schmale Silhouette, ohne billig zu wirken. Sie zog mich in die Arme.

»Herzlich willkommen in der Familie, Liv. Ich darf doch Liv sagen? Es gefällt mir besser als Olivia.« Sie machte einen Schritt zurück, ein mildes Lächeln umspielte ihre rot geschminkten Lippen.

»Liv ist okay«, erwiderte ich zurückhaltend. Früher hatte es nur meine Mom und mich gegeben. Jetzt hatte ich einen Onkel, eine Cousine, dazu Ethan. »Du bist Jade, nicht wahr?«

»Genau, und ich hoffe, wir können mehr als nur Cousinen sein. Meine Güte, du siehst total erschöpft aus.« Jade legte mitfühlend ihre Hand auf mein Gesicht. »Kein Wunder, dieser Kerker, in dem sie dich festgehalten haben, war ja scheußlich.«

»Wo gehst du jetzt noch hin?«, fragte Ethan und verschränkte die Arme.

»Ach, Ethan, jetzt sei doch nicht so spießig. Wir leben hier in New York. Da fangen die Partys erst nach Mitternacht an.« Sie tippte gegen seine Nasenspitzen.

»Liv, noch mal willkommen, und zur nächsten Party nehme ich dich mit.« Jade strich über meinen Arm, setzte dann ihren Weg fort.

»Gib mir einen Moment, bitte«, sagte Ethan zu mir und begleitete meine Cousine zum Aufzug. Aus dem Wandschrank, der hinter der Spiegelwand versteckt war, holte er einen Mantel und half Jade galant hinein. »Pass bitte auf dich auf«, sagte er.

»Du weißt schon, dass du zu jung bist, um mein Ersatzdaddy zu sein«, erwiderte Jade lachend.

»Solange er nicht da ist, trage ich die Verantwortung.« Ethan machte einen Schritt zurück, wartete, bis Jade aus der Tür war, bevor er zu mir zurückkam.

Wir setzten die Penthousebegehung fort. Als ich das Wohnzimmer – oder wie immer man den gigantischen Saal nennen konnte – betrat, blieb mir im wahrsten Sinne die Luft weg. Vor mir lag eine um die fünfundzwanzig Meter breite und deckenhohe Fensterfront. Mit angehaltenem Atmen passierte ich die ausladende Couchlandschaft und blickte auf die Skyline New Yorks. Die umstehenden Gebäude waren alle um ein Vielfaches niedriger. So etwas Beeindruckendes hatte ich noch nie zuvor in meinem Leben gesehen. Ich hätte stundenlang hier stehen können, ohne mich zu langweilen. Und irgendwo dort unten hielten die Katzen Aaron fest. Mein Herz flatterte vor Sorge. Ethans Konterfei spiegelte sich neben meinem im Glas.

»Möchtest du etwas essen?«, fragte er.

»Nein«, lehnte ich ab. »Wir müssen noch einmal über Aaron Walker sprechen.« Ich wandte mich ihm zu.

»Das liegt nicht in meiner Hand. Du musst warten, bis dein Onkel zurückkommt. Aber ich versichere dir, ihm geht es gut. Ich zeige dir jetzt dein Zimmer.«

Mit einem Grummeln – wie Tausende Spinnen – im

Magen blickte ich ihm nach. Er sah aus wie ein Mann, der sein Wort hielt. Aber ich konnte mich auch täuschen, ich kannte ihn ja kaum. Der Marmorboden zog sich hier nahtlos weiter, die Wände waren in neutralem Eierschalenweiß gestrichen worden. Mehr brauchte es auch nicht, denn die wertvollen Gemälde waren Hingucker genug. Es gab nur wenig Mobiliar, das aber unglaublich teuer wirkte und es wahrscheinlich auch war. Wie die gigantische gläserne Tafel, an der ausladende Ledersessel Spalier standen. Beeindruckt drehte ich mich im Kreis, entdeckte sogar einen Flügel. Mit Sicherheit konnte Ethan Klavier spielen. Im Geiste sah ich vor mir, wie sich eine Schönheit auf dem Flügel rekelte, während er etwas zum Besten gab. Diese Welt war von meiner so weit entfernt wie der Neptun von der Erde.

Eine gläserne Wand trennte ein Büro von der Wohnlandschaft.

»Hier ist die Küche, falls du doch noch Hunger hast.« Ethan stand in der Mitte des Raumes neben dem Esstisch. Ich schloss zu ihm auf, blickte durch den offenen Durchgang in den Kochtempel, der mit seinen weißen Hochglanzfronten und den Granitarbeitsflächen einen verboten edlen Anblick bot. Er war das Herzstück des Penthouse. Alles war vom Feinsten. Wie auch die lange Bar, die sich an den Durchgang anschloss und den Kochbereich vom Wohnzimmer trennte. Bei den Barhockern musste ich daran denken, was Aaron mit mir auf so einem Teil angestellt hatte, und sofort schoss mir Hitze ins Gesicht. Ethan ging weiter, ich folgte ihm eilig. Am anderen Ende des Raumes gab es eine Treppe und noch eine Sofalandschaft, die vor einer Marmorwand stand, die, wie die Treppe auch, bis in den zweiten Stock reichte.

»Wer wohnt eigentlich noch hier … außer Jade und meinem Onkel?« Ich blickte die Treppe hoch.

»Meine Tochter Abby und ich. Ganz oben ist noch ein Hubschrauberlandeplatz«, sagte er.

»Okay«, erwiderte ich langsam, schüttelte innerlich den Kopf. Was hatte ich erwartet? Dass die Herrschaften weite Strecken mit dem Auto zurücklegten oder gar mit der Bahn?

»Wo ist eigentlich Jades Mom?«, wollte ich wissen.

»Sie weilt bei ihrem Clan in Los Angeles. Sie mag New York nicht sonderlich … ganz besonders im Winter. Dorian und sie haben ein Arrangement getroffen«, erklärte Ethan.

Mein Vater hatte seine erste Frau verloren und Mom verlassen. Mein Onkel lebte von seiner Frau getrennt, und über Aarons Mom wollte ich gar nicht erst nachdenken.

»Alphas scheinen nicht wirklich Glück mit Frauen zu haben«, resümierte ich. Ethan betrachtete mich mit hochgezogenen Brauen. »Nicht so wichtig«, winkte ich ab.

»So, jetzt zu deinem Zimmer. Es ist hier unten.« Wir bogen vor der Treppe ab und gelangten in einen verzweigten Flur. Auch von hier erreichte man die Küche, wir nahmen die andere Richtung, passierten mehrere Türen. Das Zimmer lag ganz am Ende.

»Hier ist gleich dein On-Suite-Bad.« Er machte die Tür auf, vor der wir standen. Das Bad war ungefähr so groß wie mein Wohnzimmer und wesentlich edler eingerichtet. Jetzt kam mir meine Wohnung noch schäbiger vor.

»So … und das wäre nun dein Zimmer.« Ethan bog ab. Der Einbauschrank war so lange wie die Wand, die ich auf fünf Meter schätzte. Das Bett, das an der Wand zum Bad stand, verdiente den Namen Kingsize-Bett.

Mein Blick glitt wieder zum Schrank, der für jede Fashionista ein wahr gewordener Traum war. Leider hatte ich nichts, das ich hineinhängen konnte, denn die Tasche mit meinen Klamotten befand sich noch in Aarons Auto.

Ach, Aaron! Auch wenn Ethan mir versichert hatte, dass es ihm gut ging, wollte ich ihn doch mit eigenen Augen sehen.

»Ich hoffe, dein Zimmer gefällt dir«, sagte Ethan hinter mir. »Jetzt nimm erst einmal ein heißes Bad und ruh dich aus.«

Auch hier gab es eine deckenhohe Fensterfront wie wahrscheinlich in fast jedem Raum, und die Aussicht war spektakulär. Ich trat neben die kleine Sitzgruppe vor dem Fenster, sah hinaus. Wie konnte ich Ethan davon überzeugen, mich zu Aaron zu bringen?

»Ich lass dich mal allein. Im Bad stehen diverse Pflegeartikel wie Zahnpasta und so weiter. Wenn du noch irgendetwas brauchst, gib Bescheid.«

»Danke schön«, erwiderte ich und drehte mich zu ihm, wollte wegen Aaron etwas zu ihm sagen, doch dann schluckte ich nur. Er nickte, zog sich zurück und schloss leise die Tür. Unschlüssig stand ich im Raum. Was konnte ich jetzt tun? Ein Bad zu nehmen war vielleicht keine gar keine so schlechte Idee. Die besten Einfälle hatte ich meist in der Wanne.

Im Bademantel, das einzige Kleidungsstück, das im Wandschrank gehangen hatte, saß ich auf meinem Bett und betrachtete den großen Fernseher, der an der Wand hing. Ich hatte keine Lust auf Filme. Mein Blick glitt zum Fenster gegenüber. Wo hielten die Katzen Aaron fest? Wenn ich mein Handy gehabt hätte, hätte ich Rachel anrufen können. Sie stand bestimmt mit ihm in telepathischem Kontakt. Aber leider war es in der Tasche des

Mantels, mit dem ich meinen Bruder nach seiner Rückverwandlung zugedeckt hatte. Aber da war ja noch das Büro. Mit Sicherheit gab es dort einen Computer. Ich könnte eine Nachricht an Walkers Werkstatt schicken, die nur Rachel verstand. Dank Google würde ich rausfinden können, wie sie hieß, denn ich wusste noch ungefähr, wo der Laden lag, und Werkstätten, die Luxusautos tunten, würde es hier auch nicht wie Sand am Meer geben. Das war zumindest ein Plan.

So leise ich konnte, schlich ich mich ins Wohnzimmer und die Fensterfront entlang bis zum Büro. Öffnete die Glastür und schlüpfte hinein. Mit angehaltenem Atem schloss ich sie wieder. Auf dem großen Glasschreibtisch vor einem Bücherregal, das die ganze Wand einnahm, entdeckte ich tatsächlich einen Laptop. Aufgeregt öffnete ich ihn. Eigentlich war es mir zuwider, in den Sachen anderer herumzuschnüffeln, aber es ging um Aaron. Das Gerät fuhr hoch, dann kam die kalte Dusche: Es forderte ein Passwort. So ein Mist! Ich nahm auf dem schweren Ledersessel Platz, starrte auf den Bildschirm. In diversen Filmen wurde so ein Computer meist im Nu geknackt. Aber ich war kein Superhacker-Genie, und im tatsächlichen Leben liefen die Dinge meist anders. Was für ein Passwort könnte meine Onkel gewählt haben? Vielleicht »Jade«. Viele entschieden sich für Namen von Kindern oder Haustieren. Einen Versuch war es wert. Ich tippte also »Jade« ein und scheiterte.

Verflucht!

Nachdenklich hob ich den Kopf, sah zum Wohnzimmer und erstarrte. Ein kleines Mädchen beobachtete mich. Ich war eine wirklich äußerst talentierte Einbrecherin ... ließ mich von einem Kind erwischen. Hastig klappte ich den Laptop zu, stand auf und ging zu dem Mädchen.

»Du musst Abby sein, Ethans Tochter«, sagte ich, als ich aus dem Büro trat.

»Dort dürfen nur Onkel Dorian und mein Dad rein«, erwiderte das Mädchen ohne Umschweife.

»Und du müsstest im Bett sein«, konterte ich, worauf die Kleine grinste.

»Dann haben wir ein Patt, wie man es beim Schach so schön nennt«, meinte sie altklug.

»So sieht es wohl aus. Was machen wir jetzt?«

»Eis essen natürlich.« Abby marschierte los, ich folgte ihr. In der Küche angekommen machte sie das Licht an und öffnete eine Schublade. Ein Eisfach! Aus einer anderen nahm sie zwei Löffel, stellte den Becher mit Vanillecreme auf die Kücheninsel und zog den Deckel ab. Anschließend schob sie einen Löffel zu mir.

»Die beste Sorte der Welt.« Sie versenkte ihren Löffel in der vanillefarbenen Masse.

»Da gebe ich dir recht.« Ich nahm meinen Löffel, fuhr damit den Rand entlang.

»Du bist Olivia.« Abby schob ihren in den Mund.

»Du kannst mich gern Liv nennen.«

»Ich finde dich echt jung für eine Alpha«, bemerkte Abby und schaufelte sich die nächste Ladung auf den Löffel.

Neben dem Begriff »altklug« war im Duden bestimmt Abbys Bild zu finden. »Ich weiß gar nicht, ob ich eine sein will«, sagte ich nachdenklich.

»Wieso? Jeder muss das machen, was du sagst.« Die Kleine sah mich mit ihren großen Bernsteinaugen an.

»Weil ich keine große Anführerin bin.«

»Das Auftreten ist das Wichtigste. Das habe ich bei Onkel Dorian gesehen. Du darfst auf keinen Fall Schwäche zeigen. Du bist die Alpha und die anderen müssen das sofort sehen.« Abby genoss ihr Eis und ich musterte die Kleine.

»Wie alt bist du eigentlich?«

»Neun«, sagte sie, der nächste Löffel voller Eis verschwand in ihrem Mund.

Ein moschusartiger Geruch kroch in meine Nase. Ethan!

»Dein Dad ist unterwegs«, warnte ich sie und schon stieg er die Treppe hinunter. Schnell versteckte sich Abby hinter der Bar. Als er im Wohnzimmer daran entlanglief, schlich sie geduckt zum anderen Ausgang.

»Ich weiß nicht, ob das wirklich gegen Hunger hilft.« Ethan tippte auf den Eisbecher. »Ach, Abby, Schätzchen, putz bitte noch mal deine Zähne«, rief er.

»Ja, Daddy«, antwortete sie, während sie die Treppe hochstieg, und ich musste grinsen.

»Sie ist ziemlich schlau.« Ich tauchte mein Löffel ins Eis.

»Hochbegabt, sagen ihre Lehrer, was die Erziehung nicht wirklich einfacher macht.«

Er nahm Abbys Löffel. Die sonst so akkurat zurückgekämmten Strähnen hingen ihm ins Gesicht, und das Kinn war unrasiert, was ihm ein verwegenes Aussehen verlieh. Sein enges Shirt, das er zur Pyjamahose trug, zeigte die gut trainierten Muskeln mehr als deutlich. Unter dem Anzug hatte man schon erahnen können, dass er bestens in Form war.

»Wo ist eigentlich ihre Mom?« Schmerz lag in Ethans Blick, er legte den Löffel auf die Arbeitsplatte. »Tut mir leid, das geht mich nichts an«, sagte ich.

»Ich fürchte, es geht dich etwas an. Denn sie starb mit deinem Dad.« Er seufzte.

»Bei diesem Attentat, für das ihr die Wölfe verantwortlich macht? »

»Meine Frau Margie kümmerte sich um die ganzen Wohltätigkeitsprojekte deines Vaters. An dem Abend bekam Abby Fieber und weinte unentwegt. Unsere Nanny Mercedes konnte sie nicht beruhigen, nur in meinen Armen schlief sie ein. Also blieb ich daheim, denn Margie war die Schirmherrin der Gala, die an diesem Abend stattfinden sollte. Wäre ich mitgegangen, hätten wir eine eigene Limousine genommen. Aber so fuhr sie mit deinem Dad und meinem Vater mit, der damals dessen Beta war. Wir mussten diese dumme Gala ja ausgerechnet im Museum ausrichten.« Ethan blickte abwesend in die Ferne. »Fast acht Jahre ist das nun her, und mir kommt es vor, als wäre es gestern gewesen. Die Limousine ist zwei Blocks weit gekommen. Der Lärm war ohrenbetäubend und die Erschütterung der Explosion konnte man sogar hier oben noch spüren.« Er sah zu mir und ich schluckte. In was für eine grausame Welt war ich nur hineingeraten? Walker war gezwungen gewesen, seine Frau vor den Augen seiner Kinder zu erschießen, und Ethans halbe Familie wie auch mein Vater starben bei einem grausamen Attentat.

»Du hast deinen Dad und deine Frau bei diesem Anschlag verloren?«

»Wir sind im Krieg.« Er legte die Hände auf die Arbeitsfläche und senkte den Kopf. Seine blonden Strähnen verdeckte das Gesicht. Der Mann mit Alphatendenzen zeigt sich verletzlich. Noch immer litt er unter dem Verlust, so viel stand fest. Ich kannte den Schmerz, den die Leere auslöste, wenn ein geliebter Mensch starb. Jetzt verstand ich so einiges. Den Sohn des Mannes in der Gewalt zu haben, der seiner Meinung nach die Verantwortung für dieses grausame Verbrechen trug, war für ihn eine sehr persönliche Angelegenheit.

»Aaron ist nicht wie sein Vater. Er möchte diesen

Krieg keinesfalls. Obwohl er von Beginn an wusste, dass ich zum Katzenclan gehöre, war er gut zu mir und hat sogar sein Leben für mich riskiert. Bitte lass ihn nicht für das büßen, was sein Dad getan haben *könnte*. Sein Sohn für deine Frau – das bringt dir Margie auch nicht wieder zurück«, appellierte ich an Ethans Herz.

Der hob den Kopf, seine Pupillen waren zu Schlitzen geworden.

»Wieso zur Hölle setzt du dich für diesen Bastard so ein? Er war an deiner Entführung beteiligt. Schon das Mal an deinem Hals ist eine Beleidigung für unseren ganzen Clan.« Er funkelte mich an.

»Weil er nicht wie sein Vater ist. Er hat mich befreit und in Sicherheit gebracht. Mir gezeigt, was es heißt, eine Wandlerin zu sein. Bitte, Ethan, lass ihn frei oder bring mich wenigstens zu ihm. Ich muss wissen, ob es ihm gut geht«, sagte ich sanft.

»Du willst wissen, ob es ihm gut geht«, fuhr mich Ethan an. »Dann komm mit.« Er packte mich am Arm, zog mich zum Büro. Dort drehte er den Laptop zu uns, öffnete ihn und gab das Passwort ein. Der Beta drückte ein paar Tasten, und auf dem Schirm erschien ein Video, das Aaron zeigte. Er trug etwas, das wie ein grauer Gefängnisoverall aussah, und saß auf einer Pritsche in einer Art Zelle, die gegenüber dem mittelalterlichen Verlies, in das mich die Wölfe gesperrt hatten, geradezu futuristisch wirkte.

»Das ist live. Du siehst, ihm geht es bestens. Es wäre besser, du würdest mit deinen Gefühlen für diesen Wolf mehr hinter dem Berg halten.« Ethans Pupillen wurden rund. Er hatte sich offensichtlich wieder im Griff.

»Ich danke dir«, sagte ich leise, streckte die Finger aus, um über den Bildschirm zu streichen, zog sie aber zurück.

»Ich denke, du solltest jetzt schlafen. Morgen, nein eigentlich heute früh, kommt eine Stylistin«, sagte Ethan.

»Eine was, bitte?«

»Wir geben am Samstag eine Gala, um dich offiziell vorzustellen. Gegen neun Uhr morgens kommt besagte Stylistin, die dich dafür einkleidet. Sie bringt eine Schneiderin mit, damit die Sachen bei Bedarf schnell geändert werden können. Aber wie ich das so sehe, wird das bei deinen Maßen kaum nötig sein.« Ethans Stimme wurde weich.

Er musterte mich, und siedend heiß fiel mir ein, dass ich nur einen Bademantel trug. Hitze schoss in meine Wangen. Sofort zog ich den Knoten meines Gürtels fester. »Wenn ich ganz ehrlich bin, dann stehe ich nur ungern im Mittelpunkt. So eine Gala ist nichts für mich. Ich werde lieber hierbleiben.«

»Ich habe einen Vorschlag. Du gehst mit mir dorthin, und ich werde arrangieren, dass du den Wolf siehst.« Ethan sah mich an, ich musterte sein Gesicht. Er schien es ernst zu meinen.

»Also gut. Deal!« Ich streckte ihm die Hand entgegen, die er nahm. »Jetzt sollte ich aber wirklich ins Bett gehen.«

Der Beta ließ meine Hand los, und ich kehrte in mein Zimmer zurück. Ich würde Aaron sehen, das war schon mal ein Schritt in die richtige Richtung.

Kapitel 20

Klavierklänge weckten mich. Es dauerte, bis ich meine Augen richtig aufbrachte. Immer wieder war ich aus dem Schlaf hochgeschreckt, weil ich von Aaron geträumt hatte und was die Katzen alles mit ihm anstellen würden.

Kaffeeduft umschmeichelte meine Nase. Aber es roch keineswegs nur nach Kaffee, sondern auch nach Personen, die ich nicht zuordnen konnte. Ich zog den Bademantel aus, in dem ich in Ermangelung geeigneter Kleidung geschlafen hatte, und schlüpfte in meine Sachen von gestern. Dann folgte ich der Musik ins Wohnzimmer.

Abby spielte auf dem Flügel *Nessun Dorma*. Ich liebte diese Arie, vor allem die Interpretation von Paul Potts. Ethan saß am Esstisch und las Zeitung. Er hatte natürlich einen Platz gewählt, von dem aus man auf New York schauen konnte, obwohl er die unglaubliche Aussicht keines Blickes würdigte. Heute Morgen war sein Haar akkurat zurückgekämmt, das Kinn rasiert, und der Anzug saß perfekt. Eine Frau um die sechzig trat aus der Küche und schenkte Kaffee in seine Tasse.

»Ich danke dir.« Ethan klappte die Zeitung etwas nach unten, lächelte die dunkelhaarige Frau an. War ja klar, dass es hier Angestellte gab. Sonst könnte man das Penthouse keinesfalls so staubkornfrei halten, und die Vorstellung von Ethan in Schürze und einem Wischmopp in den Händen, war zu drollig. Ich kam mir wie in einer dieser Soaps über Reiche vor und fragte mich, warum ich noch keinen Drink in der Hand hielt?

»Guten Morgen, Liv«, begrüße Ethan mich.

»Möchtest du Kaffee, Schätzchen?« Die Frau in Hausangestellten-Uniform lächelte mich an. So viel hatte ich mittlerweile über Katzenwandler schon mitbekommen. Offensichtlich zeichnete die Katzen blondes Haar, wenn auch in verschiedenen Nuance, aus – und Bernsteinaugen. Mercedes war nicht blond und ihre Augen dunkelbraun. Sie musste folglich ein Mensch sein.

»Danke schön, ich möchte vorher noch gern Abby begrüßen.« Ich blieb vor Ethan stehen. Er legte die Zeitung auf dem Tisch.

»Darf ich dir unsere Perle Mercedes vorstellen. Du kannst mit allem zu ihr kommen, sie hat das Herz am rechten Fleck und immer einen guten Rat parat«, sagte Ethan.

»Du gute Güte, Ethan, verschwende deinen Charme nicht an eine alte Frau.« Mercedes schlug mit der Hand nach ihm, ohne ihn wirklich zu treffen.

»Wenn du nur fünf Jahre jünger wärst.« Ethan zwinkerte ihr zu.

»Sieh, was jetzt passiert ist, ich werde rot. Dabei hab ich den Jungen mit aufgezogen. Das ist wirklich zu viel für meinen Blutdruck«, schimpfte Mercedes. »Er ist einfach unmöglich. Schätzchen, ich hole dir Kaffee, und was möchtest du essen?« Sie sah zu mir.

»Was hättest du denn da?«, fragte ich zaghaft.

»Alles, was du möchtest.«

»Vielleicht etwas Toast mit Marmelade?«

»Du magst es am Morgen süß. Weißt du was, ich mach dir Pancakes«, schlug sie vor.

»Ist das nicht zu viel Arbeit?«

»Unsinn, Schätzchen. In ein paar Minuten wirst du

die besten Pancakes der Stadt essen.« Damit verschwand Mercedes in der Küche.

»Sie übertreibt nicht, es sind mit Abstand die besten«, bestätigte Ethan. »Du kannst wirklich über alles mit Mercedes sprechen, denn sie weiß Bescheid ... im Gegensatz zu den anderen menschlichen Angestellten.«

Mein Blick glitt zu der herzlichen Frau, die Milch aus dem Kühlschrank holte. Dass Menschen eingeweiht waren, wunderte mich.

»Ich geh jetzt mal zu Abby«, sagte ich und setzte meinen Weg fort. Ethan studierte wieder die Zeitung.

»Hallo, Süße, das ist unglaublich schön.« Ich rutschte zu ihr auf die Klavierbank – mit dem Rücken zum Flügel. Ein wundervoller Duft zog durch die Wohnung.

»Ich spiele das für dich«, erwiderte Abby.

»Wer hat dir das Spielen beigebracht?«

»Mein Dad.«

Ha, wusst' ich's doch! Ich sah zu Ethan, der in seine Zeitung vertieft war.

»Rieche ich hier etwa Pancakes?« Jade stieg die Treppe hinunter.

»Du würdest sie sogar riechen, wenn du am anderen Ende der Stadt wärst.« Ethan faltete die Zeitung zusammen.

»Da könnte was dran sein«, gab Jade belustigt zu. Sie nahm ihm gegenüber Platz. Abby hörte auf zu spielen und rutschte herum. Sie musterte Jade mit ernstem Blick.

»Ist was?«, fragte ich sie.

»Nein, alles okay.«

»Kleines, wir müssen los«, sagte Ethan und erhob sich.

»Ich komm schon, Daddy.« Abby sprang auf, gab mir einen Schmatzer auf die Wange und rannte in Richtung Fahrstuhl.

»Wir sehen uns heute Abend, meine Damen. Einen schönen Tag.« Ethan folgte seiner Tochter.

»Werden wir haben. Jeder Tag, an dem man Klamotten shoppen kann, ist ein guter Tag«, rief ihm Jade hinterher.

»Die Kreditkarte hat ein Limit, und Liv braucht neue Sachen, nicht du«, antwortete Ethan, und ich musste kichern.

»Schätzchen, die Pancakes sind fertig.« Mercedes stellte einen Teller vor Jade und den anderen auf den Platz gegenüber.

Das ließ ich mir kein zweites Mal sagen. Sofort durchquerte ich den Raum und nahm den Sessel, auf dem vorher Ethan gesessen hatte. Anschließend brachte Mercedes zwei Tassen Kaffee sowie Besteck. Sie erinnerte mich an meine Mom, die hatte mir immer Trostpfannkuchen gemacht, wenn mich etwas bedrückt hatte.

»Ich danke dir.« Jade lächelte sie an. Ich schnappte mir den Zucker und löffelte ihn in meinen Kaffee.

»Wie kannst du da bloß deine Figur halten? Da hätte ich schon wieder ein Kilo mehr auf den Hüften«, meinte Jade.

»Kaffee muss süß sein«, erwiderte ich mit einem Grinsen.

Die Pancakes duftenden herrlich. Sie waren mit Obstsalat und Ahornsirup garniert. Als ich den ersten Bissen in den Mund schob, hatte ich das Gefühl, ein Stück vom Himmel zu kosten. Mercedes konnte mit Fug und Recht behaupten, dass sie die besten Pancakes der Stadt zubereitete. Allerdings konnte ich das noch nicht wirklich bestätigen, denn ich hatte nirgendwo anders außer hier welche gegessen.

»Tut das eigentlich weh?« Jade deutete mit der Gabel

auf meinen Hals. Ich berührte die Stelle, spürte Aarons Mal unter meinen Fingern.

»Nein«, erwiderte ich heiser.

»Hat man den bestraft, der das getan hat?« Sie schnitt ein Stück von ihrem Pancake ab.

»Äääh ... ich glaube ...«, stotterte ich herum, mein Gesicht begann zu brennen.

»Du wirst ja ganz rot. Hat dir das etwa gefallen?« Jades Augen wurden groß.

»Das Auftreten ist das Wichtigste«, erinnerte ich mich an Abbys Worte.

»Ich würde es vorziehen, nicht darüber zu reden«, sagte ich entschlossen, hob stolz das Kinn.

»Jetzt sag bloß, du hattest etwas mit einem Wolf?« Für einen kurzen Wimpernschlag wurden Jades Augen zu Schlitzen. Sie bohrte weiter, obwohl ich klipp und klar gesagt hatte, dass ich nicht darüber reden wollte. Meine Ich-trete-wie-eine-Alpha-auf-Taktik hatte ja bestens funktioniert.

»Das ist jetzt gerade kein gutes Thema«, erwiderte ich und spürte, wie in meinem Hals ein dicker Kloß wuchs.

»Die haben dich doch nicht gegen deinen Willen angefasst?«, fragte Jade entrüstet.

»Nein, natürlich nicht«, erwiderte ich hastig, verschluckte mich und musste husten, bis mir die Tränen kamen. Schnell trank ich einen Schluck Kaffee.

»Dann hattest du doch etwas mit einem Wolf. Ich kenne keine Katzenwandlerin, die das jemals über sich gebracht hätte.« Jade schob die Gabel in ihren Mund, sah mich an, als wäre ich die Attraktion eines Kuriositätenkabinetts. »War er gut im Bett?«, wollte sie wissen.

In diesem Moment kamen drei Damen in Kitteln die

Treppe hinunter – bewaffnet mit Eimern sowie diversen Putzutensilien.

»Oben wäre alles fertig, Miss Mercedes«, sagte eine der Frauen, und ich blieb Jade die Antwort schuldig.

»Dann beginnt hier unten mit Mister Dorians Schlafzimmer«, trug Mercedes ihnen auf. Die drei verschwanden im Nirgendwo.

»Die Stylistin wäre da«, informierte Mercedes uns.

»Sie soll alles nach oben bringen, hier unten ist zu viel los, wenn das Putzkommando jetzt auch schon anrollt.« Jade erhob sich. »Ich werde mich darum kümmern. Iss in Ruhe auf!«, sagte sie und marschierte zur Treppe. Mercedes ergriff ihren Teller.

»Wie lange arbeitest du schon für die Familie?«, fragte ich sie.

»Fast dreißig Jahre.«

»Dann kanntest du meinen Vater gut?«

»Ja, sehr gut sogar.« Mercedes nahm mir gegenüber Platz. »Ich war für Ethan als Nanny eingestellt worden, als er noch ein Kleinkind war, dann kamen Steven hinzu und Jade. Die erste Wandlung setzte bei Ethan mit knapp siebzehn ein, zu früh also, ich wurde zufällig Zeugin, und dieses Wissen hätte tödlich sein können. Dein Vater stellte mich unter seinen Schutz und ich wurde für ihn sogar zu einer Vertrauensperson, denn ich hatte als Mensch eine andere Sicht auf die Dinge. Glaub mir, er hat dich unglaublich geliebt, Olivia. In seinem Zimmer verwahrte er Fotos von dir, die er immer wieder angesehen hat. Sie sind ganz abgegriffen. Nach seinem Tod habe ich sie an mich genommen.«

»Aber wieso kam er niemals zu meiner Mom und mir zurück?«, fragte ich.

»Weil er diese Welt von dir fernhalten wollte, denn er fürchtete um dein Leben. Diese Welt ist auf dem ersten

Blick glitzernd und prunkvoll, aber unter der glänzenden Oberfläche absolut grausam.« Mercedes beugte sich vor, wurde ernst. »Ich bin mir nicht sicher, ob die Wölfe für den Anschlag verantwortlich waren, bei dem dein Dad starb, oder ob sein Mörder in Wirklichkeit aus den eigenen Reihen kam. Merk dir eines, nichts ist hier, wie es auf den ersten Blick scheint«, sagte sie leise. »Außerdem hat dein Dad dich besucht. Du hast ihn nur nicht gesehen. Er ist über die Jahre oft rübergeflogen, um nach deiner Mom und dir zu schauen. Leider ist er gestorben, bevor sie krank geworden ist. Hätte er von ihrer Erkrankung erfahren, hätte er alles in Bewegung gesetzt, um ihr die bestmöglichen Therapien zukommen zu lassen. Glaub mir, Schätzchen, er liebte euch. Nach dem Tod von Stevens Mutter war deine Mom die erste Frau, für die er wieder so starke Gefühle gehegt hat.«

Sie lehnte sich zurück, musterte mich.

Ich musste erst mal diese ganzen Informationen verdauen. Mein Dad hatte mich heimlich beobachtet? Er war mir so oft so nahe gewesen, ohne dass ich es gemerkt hatte. Und was sagte Mercedes über den Tod meines Vaters? Kam sein Mörder wirklich aus den Reihen der Katzen? Alle waren bisher so freundlich zu mir gewesen. In meinem Magen spürte ich einen unangenehmen Druck.

»Kommst du?« Jade stand auf der Treppe, ich zuckte zusammen. Nein, sie konnte damit nichts zu tun haben. Sie war zum Zeitpunkt des Attentats ja noch ein Teenager gewesen.

»Ach, seht mich nur an, ich sitze hier und schwatze. Dabei hab ich so viel zu tun.« Mercedes war wie ausgewechselt. Sie stand auf und trug die Teller in die Küche, während ich zur Treppe ging.

Mercedes' Worte ließen mich nicht los. »Nichts ist

hier, wie es scheint«, hatte sie gesagt. Oben lagen weitere Zimmer. Ich folgte dem Gang und erreichte einen offenen Wohnraum, dessen Mittelpunkt, gleichzeitig auch Raumtrenner, eine um die vier Meter lange Wand aus schwarzem Marmor war, in die man einen fast genauso langen Kamin integriert hatte – der größte, der mir jemals zu Augen gekommen war. Davor thronte eine Sitzlandschaft. An der Wand gegenüber befand sich eine Bar. Hier oben dominierte eindeutig die Farbe Schwarz.

Jade durchstöberte mit zwei Frauen die Klamotten, die auf fünf Kleiderstangen verteilt waren. Dann standen hier noch große Kofferschränke herum.

»Das ist ja wundervoll.« Meine Cousine zog ein rosa Cocktailkleid heraus. »Was sagst du dazu?« Sie hielt es vor ihren Körper.

»Ist ein wenig zu ... rosa«, erwiderte ich.

»Dann schließen wir diese Farbe einmal aus, obwohl sie Ihnen sehr gut stehen würde«, sagte die Dame neben ihr, deren Etuikleid perfekt auf die Schuhe und den Gürtel abgestimmt war.

»Sie müssen die Stylistin sein«, stellte ich fest.

»So ist es, nennen Sie mich Barb. Und dies hier ist meine Magierin mit Nähmaschine und Nadel, Ally.« Barb nahm meine Hand und schüttelte sie überschwänglich, während Ally mir zunickte. Die Schneiderin trug ein ziemlich extravagantes Fünfzigerjahre-Petticoatkleid. Ich hoffte, dass mir so was erspart blieb.

»Möchten Sie eine Tasse Kaffee?« Mercedes brachte ein Tablett mit Tassen und einer Kanne.

»Oh, sehr gern.« Barb ging gefolgt von Ally zur Bar. Ich nutzte den Moment, um an die Fensterfront zu treten. Dahinter lag eine Dachterrasse, die ihresgleichen suchte. Im Sommer musste es hier wundervoll sein. Jetzt war alles mit Schnee bedeckt, und die Möbel waren winterfest gemacht worden.

»Lassen Sie uns beginnen«, meinte Barb.

Ich drehte mich um, betrachtete die vollen Kleiderstangen und seufzte. Das würde eine Marathonveranstaltung werden.

Kapitel 21

Stunden später nannte ich ein atemberaubendes und sündhaft teures Ballkleid mein Eigen. Zudem hatte Jade noch dafür gesorgt, dass mein Kleiderschrank aufgefüllte worden war. Nun besaß ich Designer-Jeans, Designer-Shirts, Designer-Unterwäsche. Hauptsache, die Klamotten trugen einen berühmten Namen. Jade durchstöberte zum x-ten Mal die Kleiderstangen. Ich blickte zum Fenster. Etwas frische Luft würde mir guttun.

»Ich gehe auf die Terrasse«, informierte ich die Damen, durchquerte den Raum und schob die Tür auf. Die Luft war klirrend kalt, fuhr unerbittlich unter meinen Pullover, trotzdem ging ich raus und stellte mich an die Brüstung. Die Aussicht war unglaublich. Die Menschen auf der Straße sahen wie Ameisen aus. Eine im Boden eingelassene Glasscheibe erregte meine Aufmerksamkeit. Das Oberlicht war begehbar und auch beheizt, es lag kein Schnee darauf. Ich schaute nach unten und blickte auf einen Swimmingpool. Das war … unfassbar.

»Liv, komm wieder rein! Du holst dir da draußen noch den Tod«, rief Jade, und ich kehrte ins Penthouse zurück.

»Haben Sie auch Badesachen im Angebot?«, wollte ich wissen, und Barb lächelte.

»Natürlich.«

Sie zog die Schublade eines Schrankkoffers auf, und Bikinis in allen möglichen Farben kamen zum Vorschein.

»Vielleicht sollten wir deine neue Garderobe heute ausführen«, schlug Jade vor, während ich die Bikinis begutachtete. Eigentlich wäre ich gern mit ihr ausgegangen. Doch der Gedanke, einen draufzumachen, während Aaron in dieser Zelle verrottete, war mir zuwider. Außerdem trug ich noch immer eine riesige Zielscheibe auf dem Rücken. Mein Instinkt riet mir, lieber im Penthouse zu bleiben. Was natürlich auch ein Fehler sein konnte. Ich kannte die Katzen erst seit gestern. Der einzige Mensch, dem ich wirklich vertraute, saß in einer Zelle.

»Ich bin total fertig. Verschieben wir das auf ein anderes Mal«, sagte ich entschuldigend.

»Weißt du, was, dann machen wir heute hier einen Mädelsabend. Wir schauen Filme, essen Pizza. Das wird nett«, schlug Jade vor.

»Du musst dich keineswegs verpflichtet fühlen, mit mir zu Hause rumzusitzen.«

»Ach, Unsinn, das wird ein Spaß«, sagte sie, schien von ihrer Idee echt begeistert zu sein.

Die Couchlandschaft vor dem Büro zeichnete sich nicht nur durch einen gigantischen Fernseher aus, der aus einem Sideboard gefahren kam, wenn man etwas schauen wollte, sondern es gab auch eine Leinwand, die vor dem Fenster von der Decke herabglitt und Kinoformat hatte.

»Ich habe etwas Romantisches ausgesucht«, sagte Jade, als der Film begann. Sie saß im Schneidersitz auf dem Sofa und schnappte sich ein Stück vegetarische Pizza. Es war herzerweichend, dem Paar dabei zuzusehen, wie sie sich kennen und lieben lernten. Es erinnerte mich an mein Zusammentreffen mit Aaron, und mir wurde bewusst, wie sehr ich ihn vermisste.

»Du weinst ja. So traurig ist der Film auch wieder nicht.« Jade legte ihr Pizzastück auf den Teller.

»Es ist nichts«, erwiderte ich mit brüchiger Stimme, fuhr eilig über mein Gesicht.

Doch meine Cousine stand auf und setzte sich neben mich. »Was ist los?«, wollte sie wissen.

»Es gibt da jemanden, der ist im Moment in Schwierigkeiten, und ich weiß nicht, wie ich ihm helfen soll«, erwiderte ich.

»Könnte es dieser Wolf sein, den wir in Gewahrsam haben?«, fragte sie geradeheraus.

»Er ... er ...«, begann ich zu stottern, hatte keine Ahnung, was ich darauf antworten sollte.

»Alles klar, du brauchst nichts weiter zu sagen. Okay, ich werde jetzt etwas für dich tun. Komm mit!« Sie stand auf, zog mich vom Sofa und führte mich ins Büro, ging um den Schreibtisch herum. Ich stellte mich neben sie. Auch sie kannte das Passwort des Laptops und holte das Bild der Kamera, die Aaron überwachte, auf dem Schirm. Er tigerte wie ein eingesperrtes Raubtier in seiner Zelle auf und ab. Wie gebannt starrte ich auf den Bildschirm, während ich auf dem Ledersessel Platz nahm.

»Das ist er also. Er sieht wirklich nicht schlecht aus ... für einen Wolf«, sagte Jade neben mir und verschränkte die Arme. Zart fuhr ich mit den Fingern über den Laptop, schluckte gegen das Gefühl an, keine Luft mehr zu bekommen.

»Ich würde gern zu ihm gehen.« Ich sah zu Jade.

»Das wird um einiges schwieriger werden.« Ihr Blick glitt von mir zum Schirm. »Du weiß schon, dass ihr beide keine Zukunft habt. Selbst wenn er da heil aus der Sache rauskommt.«

»Heil?« Mein Herz schrumpfte zusammen wie eine getrocknete Apfelsine.

»Na, die Anschuldigungen wiegen schwer. Er hat einen der unseren angegriffen.«

»Er hat nur geholfen, versteht das doch endlich!«, brauste ich auf.

»Sag das nicht mir, sondern *ihm*.« Sie deutete mit dem Kinn auf den Laptop. Ethan betrat gerade mit zwei Wachen die Zelle. Jade drücke eine Taste, und wir hörten alles.

»Na, je später der Abend, desto nerviger die Besucher«, sagte Aaron. Er nahm auf der Pritsche Platz.

»Ich möchte dir einen Deal vorschlagen. Du verschwindest aus Livs Leben, und wir lassen dich frei«, begann Ethan ohne Umschweife.

Ich hielt die Luft an.

»Nein«, knurrte Aaron, seine Augen leuchteten.

»Was willst du von ihr? Sie ist eine Katzenartige, du bist ein Wolf. Such dir eine nette Wölfin und mach viele Kinder mit ihr.«

Aaron stand auf. Die Wachen waren sofort in Alarmbereitschaft, doch Ethan hielt sie zurück.

»Du bist scharf auf sie, Ethan, oder? Ist es nicht so? Dann lass dir eines gesagt sein, sie gehört mir. Wie wär's, tragen wir's aus? Mann gegen Mann, Wolf gegen Kater«, erwiderte Aaron. In seiner Stimme war nichts Menschliches mehr, seine Augen glühten.

»Wir werden sehen.« Ethan drehte sich um und ging.

»Ich denke, das reicht.« Jade schaltete den Laptop aus.

Ich starrte auf den schwarzen Bildschirm. War Ethan wirklich an mir interessiert? Aaron wäre freigelassen worden, wenn er auf mich verzichtet hätte. Mein Herz schlug so heftig, dass ich Angst hatte, es würde aus dem Brustkorb springen. Ich wusste nicht, was ich davon halten sollte. Es war so dumm gewesen, das Angebot abzulehnen. Aber es bedeutete, dass er viel mehr für mich empfand, als ich gedacht hatte, und in diesem Moment wurde mir klar, dass ich ihn liebte.

»Den hast du wirklich an der Angel«, sagte Jade mit einem leicht ironischen Unterton. »Komm, lass uns weiterschauen«, forderte sie mich auf.

Am nächsten Tag saß ich allein beim Frühstück, denn ich war sehr spät aufgestanden. Genauer gesagt war es schon fast Mittag. Die ganze Nacht waren mir die Bilder von Aaron nicht aus dem Kopf gegangen. »Sie gehört mir«, hatte er gesagt, und ich wollte ihm gehören.

»Ich hab was für dich.« Mercedes kam aus der Küche und legte Fotos vor mir auf den Tisch. Darauf war ich zu sehen.

Eines zeigte mich im Kindergarten, während ich mit den anderen Fangen gespielt hatte. Ein weiteres, auf dem ich älter war, beim Schaukeln im Park. Mein Dad hatte mich wirklich beobachtet. An all diesen Orten war er mir so nahe gewesen, und ich hatte keine Ahnung gehabt. Die Farbe war an den Rändern abgerieben, als hätte er sie zu oft in die Hand genommen. Ich schaute zu Mercedes.

»Ich danke dir«, sagte ich leise.

»Er liebte dich, Schätzchen.« Sie strich sanft über mein Gesicht.

»Darf ich sie behalten?«

»Aber natürlich.« Mercedes trug mein gebrauchtes Geschirr in die Küche. Ich brachte die Bilder in mein Zimmer, breitete sie auf den Nachtisch aus und setzte mich aufs Bett. Nahm eines der Fotos, legte es wieder weg, ergriff das nächste und seufzte. Hätte mein Dad doch nur ein einziges Mal mit mir Kontakt aufgenommen. Aber es nützte nichts, jetzt noch mit seiner Entscheidung zu hadern. Er hatte gedacht, mich nur so schützen zu können. Diese ganze Grübelei zog mich immens runter. Schon wieder spürte ich dieses verräterische Brennen in den Augen – wie so oft in letzter Zeit. Etwas Bewegung würde mir guttun und mich vielleicht ablenken.

Ich schnappte mir meinen neuen Bikini sowie Handtücher und machte mich auf die Suche nach dem Pool. Es war die Tür neben dem Aufzug. Man musste den Fitnessraum durchqueren, in dem es diverse Foltergeräte gab. Sogar ein Sandsack hing in einer Ecke. Eine Glaswand trennte diesen Bereich vom Pool. Schon hier überdeckte der Chlorgeruch alles andere. Als ich die Glastür öffnete, musste ich erst einmal die Luft anhalten, bis ich mich daran gewöhnt hatte. Dennoch ging ich hinein. In der Halle war es kuschelig warm und auch hier schenkte eine Fensterfront den Blick nach draußen. Ich entdeckte die Umkleide mit Duschen und Sauna sowie ein Regal, in dem sorgfältig gefaltete Handtücher lagen. Da hätte ich meine wohl im Zimmer lassen können. Schnell zog ich die Designersachen aus und die Schwimmsachen an. Dann gehörte er ganze Pool mir.

Es war genial. Es gab keine nervigen Kinder oder seltsame Typen, die einen anstarrten, irgendwelche Teenager, die Wasserschlachten veranstalteten, oder ältere Damen, die einem immer in den Weg schwammen. In aller Ruhe zog ich meine Bahnen. Ganz ehrlich, Reichtum hatte seine Vorzüge. Aber ich würde auf all das verzichten, wenn sie dafür Aaron freiließen. Ich schluckte Wasser, musste husten. Hastig schwamm ich an den Beckenrand, krallte mich fest und atmete tief durch, als ich etwas hörte. Vorsichtige lugte ich über den Rand.

Ethan hatte den Fitnessraum betreten. Er trug nur eine schwarze Stoffhose, wie man sie aus Karatefilmen kannte. Seine Muskeln waren perfekt definiert. Anscheinend hatte er mich nicht bemerkt, das Chlor in der Luft trübte wohl auch seinen Geruchssinn. Ethan legte ein Frottiertuch über die Hantelbank, trat anschließend vor den Sandsack und prügelte mit Händen und Füßen darauf ein. Er wirkte, als wäre er mächtig sauer. Vielleicht wegen gestern Nacht. Wahrscheinlich stellte er sich jemanden vor, auf den er gerade lieber einschlagen wollte, und ich war echt froh, dass er sich am Sandsack ausließ. Hatte Aaron mit seiner Vermutung recht? War Ethan wirklich scharf auf mich?

Fasziniert beobachtete ich, mit welcher Kraft er den Sack bearbeitete. Im Gegensatz zu Aaron, der schon als Mensch etwas Wildes an sich hatte, wirkte Ethan beherrscht, ja, fast schon gezähmt. Doch jetzt erkannte ich, dass er ebenfalls unglaublich gefährlich war.

Schwer atmend trat er von dem Sandsack zurück. Schweiß lief über seine Stirn. Er zog die Hose aus, stand da, wie Gott in geschaffen hatte. Schnell tauchte ich ab, doch dann schob ich meinen Kopf wieder vorsichtig über den Beckenrand. Ethans Hände wurden zu Tatzen, sandfarbenes Fell überzog seine Haut. Während er mit den Vorderpfoten auf den Boden sank, verwandelt sich der restliche Körper. Es war atemberaubend, ihm dabei zuzusehen, obwohl ich mich ein wenig unwohl dabei fühlte, ungefragt in Ethans Privatsphäre einzudringen, denn ich neigte eigentlich nicht zum Voyeurismus. Aber ich konnte die Augen nicht abwenden. Alles ging so unglaublich geschmeidig vonstatten. Wenn ich da an meine erste Wandlung dachte, spürte ich heute noch den furchtbaren Schmerz. Es war so gewaltsam gewesen, als hätte die Katze in mir die Haut in Fetzen gerissen und sie heruntergezerrt, um an die Oberfläche zu kommen. Aber Ethans Wandlung erschien so natürlich. Bisher hatte ich es nur bei Wölfen gesehen. Ethan war der erste

Katzenwandler, den ich in seiner tierischen Gestalt sah. Er erinnerte mich an einen majestätischen und sehr großen Puma. Geschmeidig pirschte er durch den Raum, blieb vor der Glaswand stehen, und ich drückte mich, so lautlos es ging, nach unten, bis mein Kopf unter dem Beckenrand war.

»Ethan, wird Dad bis morgen zurückkommen? Da ist die Gala. Viele wichtige Leute werden dort sein.« Das war Jades Stimme.

»Er versucht, rechtzeitig hier zu sein«, erwiderte Ethan. Er war also wieder verwandelt.

Ich zog mich hoch und sah, wie er sich das Handtuch um die Hüften schlang.

»Er muss Liv ins Gewissen reden. Sie und dieser Wolf, das ist einfach zu schräg.« Jade stemmte die Hände in die Hüften.

»Wem sagst du das.« Seufzend hob Ethan seine Hose auf. Die beiden verließen den Raum. So, wie es aussah, war ich, wenn es um Aaron ging, ganz auf mich allein gestellt. Eigentlich hatte ich nach gestern Abend gedacht, Jade wäre auf meiner Seite, doch auch sie konnte offensichtlich nicht über ihren Schatten springen, was die Wölfe betraf. Wieder kamen mir Mercedes' Worte in den Sinn: »Nichts ist hier, wie es scheint.«

Kapitel 22

Am nächsten Abend stand ich am Fenster meines Zimmers, sah auf das nächtlich New York, fuhr über die eingearbeitete Korsage des bordeauxroten Abendkleides im Meerjungfrauenstil und hoffte, dass sie auch ohne Träger dortblieb, wo sie hingehörte. Eines hatte ich festgesellt: Wenn man das nötige Kleingeld besaß, konnte man sich einfach alles nach Hause liefern lassen wie die Friseurin-Schrägstrich-Visagistin, die mir eine Hochsteckfrisur sowie ein dezentes Make-up gezaubert hatte. Anschließend war ein Juwelier mit edlen Geschmeiden vorbeikommen, sodass Aarons Mal von einem unfassbar teuren brillantenbesetzten Halsband verdeckt wurde. Jade hatte es sich nicht nehmen lassen, sich auch ein paar »Kleinigkeiten« zu gönnen, wie ein Fünfzigtausend-Dollar- Armband.

Äußerlich schien ich für eine Gala bereit zu sein, aber in mir brodelte es. War es wirklich klug, das Penthouse – mit Blick auf das über mir schwebende Kopfgeld – zu verlassen? Wahrscheinlich nicht. Wollte ich allen als zukünftige Alpha vorgestellt werden? Wenn ich ehrlich war, würde ich lieber ins Bett kriechen und mir die Decke über den Kopf ziehen. Schon allein der Gedanke, vor all diesen Fremden wie ein Zirkusäffchen herumgeführt zu werden, sorgte dafür, dass mein Magen rebellierte. Aber das war der Deal. Ich machte dieses Galatheater mit, und Ethan brachte mich zu Aaron.

Es klopfte an der Tür. Ich atmete tief durch und drehte mich. Ethan betrat den Raum. Er sah in seinem Smoking fabelhaft aus. James Bond wäre eifersüchtig geworden. Sekundenlang starrte er mich an.

»Stimmt etwas nicht?«, fragte ich verunsichert.

»Du bist wunderschön.« Ethan kam zu mir, streckte die Finger aus, kurz vor meinem Gesicht stoppte er. »Auf der Gala wirst du jedem Mann den Kopf verdrehen«, sagte er rau.

»Daddy, Liv sieht aus wie eine Prinzessin.« Abby stieß zu uns.

»Solltest du nicht im Wohnzimmer warten?« Ethan blickte zu seiner Tochter. »Wir müssen jetzt gehen, Süße. Hör bitte auf Mercedes.« Er ging vor Abby in die Hocke, und sie gab ihm einen Kuss auf die Wange.

»Liv, wir werden erwartet.« Ethan verließ mein Zimmer.

»Ich muss dir was sagen.« Abby winkte mich zu sich, und ich beugte mich runter. »Vergiss nicht, du bist die Alpha, alle müssen das machen, was du befiehlst«, flüsterte sie mir ins Ohr, gab mir dann ebenfalls einen Schmatzer.

»Ich danke dir«, sagte ich schmunzelnd, während ich mich wieder aufrichtete und über ihr honigblondes Haar strich. Ich schloss zu Ethan auf. Mercedes wartete im Wohnzimmer auf Abby.

»Ihr seid ein wirklich hübsches Paar«, sagte sie, als wir auf sie zuliefen. »Habt einen schönen Abend!«

»Wird sich noch zeigen, ob er schön wird«, erwiderte ich. In meinem Magen krabbelten ausgewachsene Taranteln herum. Ich sollte einem Saal voller Menschen gegenübertreten, die mich alle anstarren würden, denn ich war der Gaststar des Abends. Wir erreichen den Aufzug, und Ethan ließ mich zuerst einsteigen. Er drückte den Knopf zum ersten Stock.

»Der erste Stock?«, fragte ich verwundert, denn ich hatte gedacht, dass wir in die Tiefgarage fahren würden.

»Da sind unsere Firmenräumlichkeiten für Events. Seit den Attentaten nutzen wir lieber diese für sämtliche Veranstaltungen«, erklärte Ethan.

»Die Räumlichkeiten welcher Firma?«

»Der Leon Corporation. Das ganze Gebäude gehört uns, und die verschiedenen Abteilungen sind über mehrere Stockwerke verteilt. Mein Büro liegt direkt unter dem Penthouse.«

»Womit verdient ihr euer Geld?«

»Womit verdienen *wir* unser Geld«, verbesserte er mich.

»Wir investieren in Forschung, Start-ups, innovative Technologien und vieles mehr.«

»So eine Art Risikokapitalgeber?«

»So in der Art«, bestätigte Ethan und lächelte süffisant, was ihm unglaublich gut stand.

»Was ist dabei deine Aufgabe?«, wollte ich wissen.

»Dorian ist der CEO, ich der COO. Ich kümmere mich ums Tagesgeschäft, halte deinem Onkel den Rücken frei.«

Die Fahrstuhltüren glitten auf, Menschen strömten – offensichtlich in Richtung Ballsaal – an uns vorbei.

»Bedeutet das, der Alpha ist automatisch der CEO«, fragte ich, obwohl ich die Antwort fürchtete.

»Das bedeutet es.« Ethan schob mich mit sanfter Gewalt aus dem Fahrstuhl, den ich nur widerwillig verließ.

Mir wurde schlecht. Wenn ich mein Erbe als Alpha annahm, würde ich einen ganzen Konzern leiten müssen. Ich, die ihr Studium abgebrochen hatte … verflucht! Das war übel, also so wirklich übel. Ich sah zu der großen Fensterfront, durch die man aber nicht nach draußen blicken konnten, sondern in ein Atrium, auf dessen anderer Seite mehrere Galerien übereinanderlagen, die sich an die gläserne Außenfront des Gebäudes schmiegten. Ethan dirigierte mich weiter in den Ballsaal. Ein Kellner trug ein Tablett voll mit gefüllten Champagnergläsern an uns vorbei. Ich griff mir eines und leerte es in einem Zug. Nach der Erkenntnis, dass ich als Alpha auch automatisch die CEO war, brauchte ich einen kräftigen Schluck. Ethan sah mich an, ein Schmunzeln umspielte seine Lippen.

»Ich war sehr durstig«, sagte ich und stellte das Glas auf einem der edel gedeckten Tische ab, die im Ballsaal verteilt waren. Das kleine Orchester auf der Bühne spielte leichte Unterhaltungsmusik.

»Ethan, was für ein wundervolles Fest.«

Eine farbige Frau mittleren Alters trat zu uns. Ihre Augen schimmerten in dunklem Bernstein, das millimeterkurze Haar war blond, was ihr ein sehr exotisches Aussehen verlieh.

»Schön, dass du kommen konntest. Darf ich vorstellen, das ist Olivia.« Er legte den Arm um meine Schulter. »Und dies ist die Richterin Nayeli Underwood«, sagte er an mich gewandt.

»Jonathans Tochter ... Wir vermissen deinen Vater so sehr.« Sie nahm meine Hände in ihre. »Du ähnelst deinem Dad wirklich unglaublich.«

»Aber sie ist um ein Vielfaches hübscher«, wandte Ethan ein.

»In der Tat ... sie ist entzückend.« Nayeli lächelte mich freundlich an und ließ meine Hände los.

»Wo ist Dorian?«, erkundigte sich ein Mann um die sechzig.

»Er ist auf Geschäftsreise«, erwiderte Ethan freundlich. »Aber darf ich dir seine wunderschöne Vertretung vorstellen. Dies ist Olivia.«

Bei dem Wort »Vertretung« glühten meine Wangen wie flüssige Lava. Mein Onkel hatte es also nicht geschafft zu kommen. Oder ging er mir vielleicht aus dem Weg, weil ich seine Stimme aus meinen Albträumen wiedererkennen könnte?

»Wir waren sehr überrascht, als wir erfuhren, dass Jonathan noch eine Tochter hat.« Er betrachtete mich aufmerksam mit seinen für Katzenwandler typischen Augen. »Aber wenn ich dich so ansehe, könnte er die Vaterschaft auf keinen Fall verleugnen. Willkommen in der Gemeinschaft. Ich bin der Kongressabgeordnete Maxwell Williams. Falls du irgendetwas brauchst, scheue dich nicht, mich zu kontaktieren«, bot er freundlich an, und ich bedankte mich.

Nach den beiden musste ich noch unzählige Hände schütteln, lernte weitere Politiker, Unternehmer und andere wichtige Leute kennen. Auf der anderen Seite des Saals entdeckte ich Jade, die ein schwarzes paillettenbesetztes Abendkleid trug, das sehr sexy war, aber nicht billig wirkte. Sie schien mit einem der Kellner zu schäkern. Der Mann mit braun gebrannten Teint flüsterte ihr etwas ins Ohr, worauf sie nickte und die Lippen zu einem leicht diabolischen Grinsen verzog. Als hätte er ihr einen schmutzigen Witz erzählt. In diesem Moment beneidete ich sie unglaublich. Sie konnte sich amüsieren, während mir das höfliche Lächeln bereits aufs Gesicht gefroren war.

Irgendwann hatte ich die Parade an Menschen geschafft, die mich hatten kennenlernen wollen. Nicht jeder von ihnen war ein Wandler. Ethan brachte mich zu meinem Platz direkt vor der Tanzfläche, und Jade gesellte sich zu uns an die runde Tafel. Williams setzte sich neben sie. Weitere Menschen, deren Namen ich bereits wieder vergessen hatte und die irgendeine wichtige Position innerhalb der Leon Corporation bekleideten, leisteten uns Gesellschaft. Ethan stellte sich als Meister der Konversation heraus, sodass ich zum Glück nicht allzu viel zu den Gesprächen beitragen musste. Nach dem vorzüglichen Dinner war es natürlich an ihm, eine Rede zu halten, was er sehr eloquent meisterte. Jade tauschte sich leise mit dem Abgeordneten über die schönsten Urlaubsziele aus. Ich begutachtete die Menschen um mich herum. Die meisten waren wohl normale Sterbliche. Als die Leute klatschten, sah ich wieder zu Ethan, der die Bühne freigab. Eine Sängerin, die mich an Janis Joplin erinnerte, trat vor das Orchester, und als sie die ersten Töne von *It's a Man's World* sang, bekam ich von ihrer Wahnsinns-Reibeisenstimme glatt eine Gänsehaut. Eines musste man den Katzen lassen, sie konnten feiern.

»Möchtest du tanzen?« Ethan stand vor mir. Mit wummerndem Herzen sah ich an ihm vorbei. Wir wären die Ersten auf der Fläche. Doch er ließ mir nicht wirklich eine Wahl, sondern zog mich hoch. Würde ich mich jetzt wieder hinsetzen, wäre das noch peinlicher, als mit ihm zu gehen. Also folgte ich ihm auf die Tanzfläche. Er nahm meine Hand, seine andere legte er auf meinen Rücken, während ich Ethans breite Schulter umfasste. Ich drückte mich fest an seinen Körper, und wir begannen, uns im Takt zu bewegen. Er senkte den Kopf, ich spürte seinen heißen Atem auf meiner Schulter und erschauderte. Sein Geruch sprach mich mehr an, als er sollte. Zu sagen, dieser Mann würde mich kaltlassen, wäre gelogen. Er war so ganz anders als Aaron.

Immer mehr Paare folgten unserem Beispiel, und es wurde voll.

»Wann werde ich Aaron sehen?«, fragte ich.

»Bald«, erwiderte Ethan und hob den Kopf. Ich sah ihm in die Augen. Er musterte mich mit einem seltsamen

Blick, den ich nicht interpretieren konnte. Als er sich mit mir drehte, sah ich, wie Jade und Williams sich erhoben. Vielleicht wollten sie auch tanzen. Aber das taten sie nicht, sondern gingen zu einer Marmorwand, dort standen zwei Männer in schwarzen Anzügen, die ich als Wandler identifizierte. Jade wurde ein iPad hingehalten, auf das sie ihre Hand legte, dann sprang eine Tür auf, die im geschlossen Zustand fast nicht zu erkennen gewesen war. Dahinter verschwand Jade. Williams tat es ihr gleich. Immer mehr Wandler verließen den Saal durch diese Tür.

»Wir müssen jetzt gehen«, flüsterte Ethan mir ins Ohr und brachte mich ebenfalls zu dieser geheimnisvollen Tür, legte die Hand auf das Pad, woraufhin sie aufsprang. Nachdem wir in den dahinterliegenden Raum eingetreten waren, schloss sie sich gleich wieder. Die anwesenden Katzenwandler musterten mich aufmerksam. Hier ging die Glaswand mit Blick ins Atrium weiter. Das Licht im Raum war gedimmt worden. Nur die freie Fläche in der Mitte wurde mittels eines Spotts heller beleuchtet. Ethan führte mich durch die Menge, die sich für uns teilte, zu der kreisrunden Fläche, die zwei Stufen tiefer lag. Wie alle anderen Anwesenden blieben auch wir am Rand stehen.

»Liebe Freunde, wir sind hier zusammengekommen, um unsere Angelegenheiten zu regeln. Als ersten Punkt auf unserer Tagesordnung möchte ich euch allen Jonathans Tochter Olivia vorstellen. Heißt sie herzlich in unserer Gemeinschaft willkommen.«

Die umstehenden Wandler klatschten, und ich nickte ihnen verlegen zu.

»Der zweite Punkt ist Aaron Walker, bringt ihn rein«, befahl Ethan, und mein Herz setzte einen Schlag lang aus. Vier Männer, die an Soldaten erinnerten – mit dem

Unterschied, dass die Uniformen tiefschwarz waren – führten Aaron herein. Sie hatten den Raum durch einen zweiten Eingang betreten. Aarons Hände waren mit Handschellen gefesselt, dunkle Stoppeln umrahmten seinen Mund, schwarze Strähnen hingen ihm tief ins Gesicht. Die Katzen hatten ihn anscheinend gut behandelt, denn er machte in keiner Weise den Eindruck, als wäre er misshandelt worden. Ich hoffte inständig, dass dieser Eindruck nicht täuschte. Durch die Menge ging ein Raunen, als er die Mitte des Raumes betrat.

»Was wird das?«, zischte ich Ethan zu.

»Wir werden seine Strafe festlegen.«

»Aber ... Dorian?«

»Er hat mir freie Hand gelassen«, erwiderte Ethan, und ich funkelte ihn an. Den ganzen Abend hatte er mich mit seinem Charme eingewickelt, wohlwissend, dass er noch heute über Aarons Schicksal entscheiden würde. Es tat unglaublich weh, Aaron wie ein Tier in Ketten zu sehen und ihm nicht helfen zu können. Ethan wollte ein Exempel statuieren. Ich hatte keine Ahnung, wie ich Aaron davor bewahren konnte. Tränen brannten in meinen Augen, die ich kaum noch zu halten vermochte, bald würde das teure Make-up Geschichte sein.

»Aaron Walker du wirst beschuldigt, den Vertrag zwischen den Wandlern von 2002 verletzt zu haben, laut dem der Central Park als neutrale Zone gilt ...«

»Komm zum Punkt, Kater, sonst sterbe ich noch an Langeweile«, fiel Aaron Ethan ins Wort. Er sah dabei zu mir. Das Mal begann zu kribbeln, und ich berührte mein Collier an der Stelle, unter der es lag, worauf Aaron grinste. Er nahm das alles offensichtlich nicht wirklich ernst.

Ethans Blick verdunkelte sich. Warum zum Teufel musste Aaron ihn so provozieren? Wut verdrängte die

Tränen. Konnte er nicht einmal dieses Alphagetue unterlassen?

»Du hast einen der unseren angegriffen und auf ihn geschossen.«

»Ihn betäubt«, verbesserte Aaron Ethan, woraufhin dieser die Hände für einen Augenblick so stark ballte, dass die Knöchel weiß hervortraten. »Wir werden nun über dich richten. Oder gibt es jemanden, der für dich spricht?«, fragte Ethan in die Runde.

Die Umstehenden schüttelten die Köpfe.

Auch wenn das Reden vor anderen Menschen für mich auf der Liste der Dinge, die ich hasste, gleich nach einer Badewanne voller Skorpione rangierte, trat ich neben Aaron. Um mich herum wurde es laut. Die Wandler redeten wild durcheinander.

»Du siehst heute wundervoll aus. In meiner Zelle war es so einsam ohne dich. Hast du mich auch ein wenig vermisst?«, raunte Aaron, als wäre das alles nur ein großer Spaß.

»Ist das jetzt dein Ernst?« Ich zog die Brauen hoch, und er grinste. Es war für ihn tatsächlich ein großer Spaß.

»Ich spreche für Aaron Walker«, begann ich. Es wurde auf einem Schlag still im Raum, alle starrten mich an, und die Blicke waren nicht wirklich freundlich. Schon hatte ich mich mächtig unbeliebt gemacht.

»Ich habe als Erbin des Katzenclans Aaron Walker gebeten, mir dabei zu helfen, meinen Bruder außer Gefecht zu setzen, da er Menschen getötet hatte.«

»Walker wusste, dass dies Sache der Katzen war«, wandte Nayeli ein.

»Aber wir mussten schnell handeln, Menschen waren in unmittelbarer Gefahr.«

Ich sah in die Runde, die Gesichter wirkten wie versteinert. Aaron wurde plötzlich unruhig. Ohne Vorwarnung stützte er sich auf mich, Glas zersplitterte. Er warf mich mit seinem Gewicht zu Boden.

»Der Bastard greift die Erbin an«, schrie jemand. Als ich mit dem Rücken voran auf dem Boden krachte, entwich mir sämtliche Luft. Aaron blieb auf mir leblos liegen, ich spürte etwas Feuchtwarmes an der Hand.

»Zieht den verdammten Wolf von Liv runter. Ihr da, auf zur Galerie! Fangt den Bastard ein, der geschossen hat«, brüllte Ethan.

Die Wachen befreiten mich. Ich sah auf meine Hand, die voller Blut war.

»Er ist verletzt.« Panisch krabbelte ich zu Aaron, versuchte, ihn auf den Bauch zu drehen. »Verflucht, hilf mir!« Ich sah zu einem der Wächter, der meiner Aufforderung eilig nachkam. Dunkles, fast schwarzes Blut durchdrang den Stoff von Aarons Overall.

Was war mit ihm los? Tränen perlten von meinen Wangen.

»Lass mich vorbei, ich bin Arzt.« Ein Mann schob sich zwischen den Umstehenden hindurch. Er riss den Overall auf. Das schwarze Blut wanderte in die feinen Adern. Um die Wunde sah es aus, als würde sich ein dunkles Spinnennetz langsam ausbreiten.

»Er wurde von einer Silberkugel ziemlich nah am Herzen getroffen.« Besorgt sah der Arzt zu mir.

»Wird er sterb...« Der Rest des Satzes ging in meinem Schluchzen unter.

»Ich muss die Kugel rausholen. Hat jemand ein Messer?«, fragte Arzt die Anwesenden.

»Etwas Besseres.« Einer der Wächter brachte einen Koffer, der Skalpelle, Verbandszeug und anderes medizinisches Equipment beinhaltete.

»Übrigens, ich bin Blake«, stellte sich der Arzt vor, während er das Skalpell ansetzte.

Er hatte es tatsächlich geschafft, die Kugel zu entfernen. Mit zitternden Händen befreite ich Kompressen aus ihrer Verpackung und drückte sie auf die Wunde.

»Jetzt müssen wir abwarten, ob seine Selbstheilungskräfte das Gift rechtzeitig neutralisieren können. Es wird kämpfen müssen.« Blake sah mich an.

»Wie lange?«, wollte ich wissen.

»Schwer zu sagen.« Er nahm mir die Kompresse ab, wischte damit das Blut weg.

»Zumindest hat sich die Wunde bereits verschlossen. Er wird es schaffen, er ist ein Kämpfer.« Blake lächelte, doch in seinen Augen lag Besorgnis. Noch immer breitete sich das Gift netzartig aus.

»Bringt ihn in die Zelle zurück«, befahl Ethan.

Oh nein! Jetzt war es an der Zeit, die Alpha rauszulassen. Wie sagte Abby so schön: »Sie müssen alle das machen, was du befiehlst.«

»Nein, ihr bringt ihn ins Penthouse. Er hat mir das Leben gerettet, und das zum zweiten Mal. Damit ist er von allen Anschuldigungen freigesprochen«, sagte ich in einem Ton, der keinen Widerspruch duldete.

Die Wachen sahen zu Ethan, der widerwillig nickte. Die Männer hoben Aaron hoch und trugen ihn zu dem Eingang, durch den sie den Raum auch betreten hatten. Ich blieb an Aarons Seite. Einige der Security-Leute schirmten mich mit ihren Körpern ab. Wir folgten den Gängen und erreichten einen Lastenaufzug, der uns ins Penthouse brachte. Als Türen aufgingen, betraten wir zuerst einen Vorraum, der ziemlich einfach gehalten war. Eine weitere Tür führte in die Wohnung. Wir kamen in unmittelbarer Nähe meines Zimmers heraus. Die

Tür war mir bisher nicht aufgefallen. Als einer der Wachen sie wieder schloss, wusste ich, warum. Sie verschmolz förmlich mit der Wand.

»Heilige Mutter Maria.« Mercedes kam aus der Küche.

»Hier entlang, ums Eck.« Ich führte die Männer zu meinem Zimmer. Hastig schlug ich die Decke zurück, und die Wachleute legten Aaron in mein Bett. Sanft strich ich ihm die Strähnen aus der Stirn.

Oh verflucht, er glühte ja förmlich.

Kaltes Wasser half zumindest Menschen bei hohem Fieber, hoffentlich auch Wandlern.

»Ihr müssen ihn ausziehen«, sagte ich zu den Männern, die mich entrüstet ansahen. Dafür hatte ich keine Zeit. »Wird's bald«, schrie ich und rannte ins Bad, um Wasser in die Wanne laufen zu lassen. Die Wachmänner brachten Aaron herein und legten ihn in das kalte Nass. Ich kniete mich daneben. Das Wasser färbte sich dunkel von Aarons vergiftetem Blut. Mercedes feuchtete ein frisches Handtuch an, das sie mir reichte. Damit führ ich über sein Gesicht, wischte ihm den Schweiß von der Stirn.

»Ich werde das Bett frisch überziehen. Meine Herren, hier gibt es nichts mehr zu sehen. Ihr könnt mir ja helfen.« Energisch scheuchte Mercedes die Wachmänner aus dem Raum. Ethan erschien im Türrahmen.

»Er wird auf keinen Fall in deinem Zimmer bleiben«, sagte er in herrischem Ton.

»Halte mich auf, und du wirst mich kennenlernen.« Meine Fingernägel wurden zu Krallen, die Katze war mehr als bereit, ihr wahres Ich zu zeigen.

»Du bist die Alpha, verdammt.«

»Da scheiß ich drauf.« Ich sprang auf die Beine, schob

Ethan hinaus. »Er hat eine Kugel für mich abgefangen, zur Hölle.«

»Woher weißt du so genau, dass sie für dich bestimmt war?« Er packte mein Handgelenk.

»Weil irgendjemand ein Kopfgeld auf mich ausgesetzt hat.«

Ethan starrte mich an, als würde er aus allen Wolken fallen.

»Wer?«, fragte er.

»Keine Ahnung, vielleicht ja du! Ich kenne euch alle doch kaum.« Mit einem Ruck zog ich meinen Arm weg, und er gab mich frei. »Ich weiß nur, dass vier Wölfe das Geld kassieren wollten und Aaron sie aufgehalten hat. Jetzt hat er meine Kugel abbekommen und ringt mit dem Leben.« Tränen flossen hemmungslos über mein Gesicht. »Aaron ist hier nicht der Böse, begreif das endlich!«

»Das hättest du mir sagen sollen. Ich bin der Beta und für die Sicherheit des Alphas zuständig.« Ethan schien gekränkt zu sein.

»Woher soll ich wissen, wem ich trauen kann? Es wurde eine Stange Geld auf meinen Kopf ausgesetzt. Der Auftraggeber hat also jede Menge Kohle, und wenn ich mich hier so umsehe, trifft das auf die Katzen durchaus zu.«

Aaron keuchte leise, ich drehte mich zu ihm. Er zitterte, als hätte er Schüttelfrost.

»Schnell, er muss ins Bett.« Ethans Männer, die Mercedes tatsächlich beim Überziehen des Bettes geholfen hatten, hoben ihn wieder aus der Wanne und trugen ihn zurück. Mercedes hatte große Handtücher über die Matratze gelegt, in die ich Aaron wickelte, bevor ich die Decke über ihn ausbreitete, dann setzte ich mich neben ihn. Fuhr mit den Fingern durch sein dunkles Haar.

»So, ich denke, jetzt können wir die beiden getrost allein lassen.« Damit trieb Mercedes die Wachleute energisch aus dem Raum, nur Ethan blieb.

»Bitte, Liv, Mercedes wird sich um ihn kümmern. Er ist ein verfluchter Wolf. Du bist die Alpha.«

»Verstehst du mich nicht, ich will gar keine Alpha sein, und jetzt geh!«

»Komm, Junge, sieh dir die beiden an, sie sind füreinander bestimmt. Lass es gut sein!« Mercedes schleifte Ethan mit sich und schloss die Tür.

Ich zog Schuhe und Kleid aus – das Brillantcollier warf ich achtlos auf den Nachttisch – und krabbelte unter die Decke, schmiegte mich an Aaron. Er zitterte noch immer, fühlte sich eiskalt an, war von einem Extrem ins andere gefallen. Vielleicht konnte ich mit meinem Körper seinen wieder auf die richtige Temperatur bringen.

Kapitel 23

Die Sonne schickte bereits ihre ersten Strahlen, als ich erwachte. Ich legte meine Hand auf Aarons Brust, seine Körpertemperatur schien sich normalisiert zu haben, und das Herz schlug gleichmäßig. Hoffentlich war das ein gutes Zeichen.

»Aaron«, flüsterte ich leise an sein Ohr. »Bitte, komm zu mir zurück.«

Seine Lider flackerten, als würde er sie gleich heben. Ich hielt die Luft an, traute mich nicht, mich zu bewegen, starrte auf Aarons Gesicht. Aber seine Augen blieben geschlossen. Ich schnappte nach Luft, es tat so weh, ihn in diesem verletzlichen Zustand zu sehen.

»Aaron, du hast genug geschlafen, wach endlich auf!«, versuchte ich es mit Strenge.

Es kam keine Reaktion. Ich kuschelte mich wieder an ihn, legte den Kopf auf seine Brust, lauschte seinem Herzen und wartete darauf, dass er über mein Haar strich. Die Sonne kletterte allmählich über die Dächer. Wie spät mochte es wohl sein? Es war eigentlich egal. Ein Klopfen riss mich aus meiner Lethargie.

»Herein«, rief ich, setzte mich auf und zog die Decke über die Brust.

»Verzeih mir, dass ich störe, aber Rachel Walker möchte dich sprechen.« Mercedes stand an der Tür.

»Sie soll reinkommen.«

»Nein, sie möchte dich lieber unten in der Lobby treffen.«

»Dann geh ich runter«, erwiderte ich, und Mercedes

machte die Tür wieder zu. Schnell schlüpfte ich in eine Jeans, in Pullover und die Ankle Boots, die Barb mir aufgeschwatzt hatte, weil sie meine Beine so gut zur Geltung brachten. Anschließend legte ich noch einen kurzen Stopp im Bad ein. Als ich aus dem Zimmer trat, rannte ich fast eine mir fremde Frau um. Erschrocken sprang ich zurück.

»Wer sind Sie?«, fragte ich die Dame im Leder-Outfit, die mich ein wenig an Black Widow erinnerte.

»Scarlett. Ich wurde dir zugeteilt.«

»Du wurdest *was?*«

»Ich soll für deinen Schutz sorgen.«

»Wo ist Ethan?« Ich marschierte ins Wohnzimmer. Er saß zeitungslesend am Esstisch.

»Einen wunderschönen guten Morgen«, sagte er und faltete die Zeitung zusammen. Sein Anzug saß auch heute wieder perfekt. Was mich wunderte, denn heute war Sonntag. »Du hast Scarlett also schon kennengelernt, sehr gut. Wie geht es eigentlich dem Wolf?«

»Das willst du doch gar nicht wissen. Ich würde lieber über meine Babysitterin reden.« Ich spürte, wie meine Nägel dabei waren, zu Krallen zu werden. Die Katze hatte offensichtlich etwas gegen Babysitter.

»Das war gestern der zweite Attentatsversuch. Daher ist es eine notwendige Maßnahme, um deine Sicherheit zu gewährleisten, und das ist nicht verhandelbar.« Er stand auf, hinter ihm hantierte Mercedes in der Küche herum und versuchte, unseren Streit zu ignorieren.

»Wie du meinst.« Ich marschierte weiter.

»Wo gedenkst du hinzugehen?«, fragte Ethan, sofort hielt mein neuer Schatten mich auf.

»Ich fahre in die Lobby.«

»Gestern hat man auf dich geschossen, du wirst nichts dergleichen tun«, sagte Ethan entschlossen. Am liebsten hätte ich ihn in den Trainingsraum gezerrt und das Ganze mit ihm auf Katzenart ausdiskutiert. Doch mit Sicherheit wäre er mir haushoch überlegen gewesen.

»Wie ich dich bis jetzt kennengelernt habe, wurden die Sicherheitsmaßnahmen im Gebäude auf deine Veranlassung hin bestimmt verdoppelt, wenn nicht verdreifacht. Dann gibt es ja noch die gute Scarlett. Ich möchte nur in die Lobby fahren, um Rachel Walker zu treffen. Heute ist Sonntag, da wird sowieso nur wenig los sein. Und ich werde nicht fliehen und vor dem Rockefeller Center eine Zielscheibe herumtragen. Sie hat das Recht, etwas von ihrem Bruder zu erfahren.« Ich straffte meine Schultern, hob das Kinn.

»Sie kann gern hochkommen.«

»Das möchte sie aber nicht, und das ist verständlich. Bitte, Ethan.«

Der Beta sah mich an, eine Strähne war in seine Stirn gerutscht. »Also gut, aber du wirst auf Scarlett hören.«

»Ich verspreche es«, erwiderte ich, und bevor er es sich überlegen konnte, war ich schon am Aufzug. Dank Scarlett konnte ich überhaupt erst runterfahren, denn mir hatte man keine Berechtigung erteilt. Zu meinem Schutz natürlich.

Der Aufzug öffnete sich, wir folgten einem breiten Gang und erreichten das sonnendurchflutete Atrium. Vom Ballsaal aus hatte ich nur einen kleinen Teil gesehen. Es war sechs Stockwerke hoch und kleine Sitzinseln boten Platz für Gäste. Auf einer wartete Rachel und winkte mir zu. Fünf Wachmänner umstellten sie, als wäre sie eine gesuchte Massenmörderin. Ich folgte dem futuristisch anmutenden Tresen, über dem in silberne Buchstaben Leon Corporation prangte. Um die zehn Mitarbeiter konnten hier gleichzeitig Besuchern Auskunft erteilen. Aber heute waren nur zwei Arbeitsplätze besetzt. Die beiden starrten mich an, als wäre ich eine lila gefärbte Kuh.

»Warum bist du nicht hochgefahren?«, fragte ich Rachel, als ich vor ihr stand.

»Weil schon allein die Tatsache, dass ich in das Gebäude einen Fuß reingesetzt habe, bei meinem Dad einen Wutanfall auslösen wird. Aber ich musste es tun, denn seit gestern habe ich zu Aaron keine Verbindung mehr. Ich weiß noch, dass er bei dir war, dann riss alles ab. Ich mach mir so unglaubliche Sorgen.«

Rachel war ganz blass. Ich setzte mich zu ihr auf die runde Bank, nahm ihre Hände. Die Männer umstellten uns. Scarlett blieb neben mir stehen und musterte die Umgebung.

»Er wurde angeschossen«, sagte ich, hörte, wie Rachel nach Luft schnappte. »Seit gestern Nacht befindet er sich in einer Art Koma.«

»Es war eine Silberkugel, und sie ist nah an seinem Herzen eingeschlagen?«, fragte sie, und ich nickte.

»Er hat mir das Leben gerettet. Diese Kugel war für mich bestimmt gewesen, Ray.«

»Ist die Kugel wenigstens draußen?«

»Es war ein Arzt vor Ort, der hat sie gleich rausgeholt. Nun kämpft er mit dem verbliebenen Gift.« Ich drückte ihre Hände.

»Solange er ohne Bewusstsein ist, kann ich keine Verbindung aufbauen. Bitte sorg dafür, dass ich von der kleinsten Veränderung erfahre, bis er wieder bei uns ist.«

»Ich verspreche es dir«, erwiderte ich.

»Ich hatte noch was mitgebracht, aber man hat es mir abgenommen.« Rachel funkelte die Wachleute an.

»Rachel ist vertrauenswürdig, her damit!«, befahl ich. Langsam machte es Spaß, Leute herumzukommandieren. Einer der Männer eilte davon. Er kam mit zwei Reisetaschen zurück, und eine davon war meine.

»Ich hab für Aaron ein paar Klamotten zusammengepackt, dass er was zum Wechseln hat. Ich dachte, da du so gute Verbindungen zu den Katzen hast, könntest du sie ihm zukommen lassen. Ich wusste ja nicht, wie es im Katzenknast so zugeht.«

»Rachel, du kannst ihn jederzeit besuchen. Er ist jetzt bei mir im Penthouse.«

»Gut zu wissen. Ich muss gehen, pass auf meinen Bruder auf.« Wir erhoben uns gleichzeitig. Sie drückte mich ganz fest. Dann sah ich zu, wie zwei Security-Leute sie aus dem Gebäude eskortierten.

»Endlich habe ich das Bild meiner Mom wieder.« Ich nahm es aus der Tasche, die auf dem Bett stand. Mein Blick glitt zu Aaron, doch er zeigte keine Regung. Leise seufzte ich, stellte das Foto zu den anderen auf meinen Nachttisch. »Sie hätte dich bestimmt gemocht«, sagte ich zu Aaron. »Vor allem, wenn sie gewusst hätte, dass du mein Leben schon zweimal gerettet hast.« Ich packte die Tasche zu Aarons auf den Sessel, zog die Schuhe aus und krabbelte zu ihm ins Bett. Mit dem Handrücken fühlte ich seine Stirn. Die Temperatur war weiterhin unauffällig. Das musste ein gutes Zeichen sein. Ich schmiegte mich an ihn, genoss seinen Duft.

»Rachel war da, sie mir ein paar Sachen für dich mitgegeben.« Sanft strich ich über seine Brust. »Sie denkt wirklich an alles. Du kannst ja schließlich nicht nackt hier herumrennen, wenn du wieder aufwachst. Stell dir nur mal Ethans Gesicht vor.« Aufmerksam beobachtete ich Aaron, doch sein Zustand blieb unverändert, und mir war zum Heulen zumute, doch ich wollte tapfer sein. »Bitte, komm zurück.« Ich küsste ihn auf die Wange. Vielleicht sollte ich ihn ja auf den Mund küssen – wie der Prinz das schlafende Dornröschen. Im Märchen hatte es funktioniert, und bis vor Kurzem hatten Wandler für mich auch ins Reich der Mythen gehört – jetzt war ich selbst einer. Wie sollte ich das Maja nur erklären? Wenn ich an meine beste Freundin dachte, bekam ich ein schlechtes Gewissen. Schon so lange hatte ich mich bei ihr nicht mehr gemeldet. Bald würde die GSG 9 vor der Tür stehen, um mich nach Hause zu holen.

Ein leises Klopfen weckte mich.

»Ja«, sagte ich rau und rappelte mich auf. Jade betrat das Zimmer.

»Du bist schon den ganzen Tag hier drin. Möchtest du vielleicht etwas essen?«, fragte sie.

»Ist echt nett vor dir, aber ich habe keinen Hunger.«

»Aber trink wenigsten was.« Sie stellte eine Flasche Wasser neben das Bild meiner Mutter. »Das ist also der große böse Wolf.« Sie näherte sich dem Bett. »So böse sieht er gar nicht aus. Im Gegenteil, er ist ein richtiger Hingucker.« Jade musterte Aaron mit unverhohlener Neugier von oben bis unten. »Und er ist wirklich gut in Form. Mit Sicherheit ein ausgezeichneter Kämpfer. Ich würde ihn gern als Wolf sehen.«

»Sie sind nicht schlimmer oder besser, sondern einfach nur Wandler wie wir, und in unserer menschlichen Form sind wir sowieso alle gleich«, erwiderte ich.

»Wie philosophisch. Doch so einfach funktioniert unsere Welt nicht. Es ist zu viel vorgefallen, das nur schwer zu vergessen ist.«

»Du meinst das Attentat auf meinen Dad?«

»Unter anderem.«

»Woher nehmt ihr die Gewissheit, dass es die Wölfe waren?«, hakte ich nach.

Jade sah von Aaron zu mir.

»Wer sollte es sonst gewesen sein?« Sie zog die schmalen Brauen hoch.

Ich konnte ihr nicht sagen, dass ich ihren Vater für einen möglichen Kandidaten hielt. Denn er war dadurch Alpha geworden, und seine auffällige Abwesenheit fand ich schon etwas verdächtig. Wahrscheinlich war er noch immer nicht zurück.

»Ist dein Dad schon wieder im Lande?«, fragte ich.

»Auf dem Rückflug von Shanghai hat er einen Zwischenstopp in Los Angeles eingelegt und besucht im Moment meine Mom«, erwiderte Jade so, als hätte ich das wissen können.

»Muss schwer sein, wenn die Eltern getrennt leben.«

»Das ist keineswegs so schlimm, wie es sich anhört. Zwei Zimmer, zwei Luxusanwesen. Was will man mehr?« Jade lächelte, doch in ihren Augen lag eine seltsame Kälte. Es schien ihr doch mehr unter die Haut zu gehen, als sie zugeben wollte. »Ich werde euch wieder allein lassen.« Sie warf noch einen Blick auf Aaron, dann zog sie ab.

Ich kroch wieder zu ihm ins Bett, legte die Hand auf seine Stirn. Alles war normal, soweit ich es beurteilen konnte. Ich stemmte ihn auf die Seite, sodass ich seinen Rücken begutachten konnte. Das Spinnennetz aus schwarzen Adern war schon sehr viel kleiner geworden. Das musste ein gutes Zeichen sein. Langsam ließ ich ihn los, er sank wieder auf die Matratze.

»Wo bist du gerade? Komm zu mir zurück!«, hauchte ich in sein Ohr. Doch er zuckte nicht einmal mit den Wimpern.

Nachdem ich ein paar Runden schwimmen gewesen war, um mich wenigstens etwas zu bewegen, löste ich

Mercedes ab. Sie hatte in der Zwischenzeit auf Aaron aufgepasst. Ihr vertraute ich. Ich konnte nicht erklären, warum, sie roch einfach nach Vertrauen. Scarlett, mein Schatten, der immer zur Stelle war, hatte vor dem Zimmer ausharren müssen.

»Sein Zustand ist unverändert«, informierte Mercedes mich. »Aber, Schätzchen, jetzt iss etwas. Es nützt keinem, wenn du verhungerst.«

»Ich krieg nichts runter«, erwiderte ich. Draußen wurde es langsam dunkel.

»Das ist also deine Mom ...« Mercedes nahm das Bild vom Nachttisch. Es war viel mehr eine Feststellung als eine Frage.

»Ja«, erwiderte ich leise.

»Sie war sehr hübsch. Ich kann verstehen, warum sich Jonathan in sie verliebt hat.« Sie stellte das Foto wieder an seinen Platz.

»Du sagtest, dass er uns geliebt hätte, aber warum ließ er uns zurück?«, fragte ich.

»Weil die Beziehung zwischen Mensch und Wandler verboten ist. Hätten sie deine Mutter im schwangeren Zustand in die Finger bekommen, wäre sie getötet worden. Ich vermute, es war nicht unbedingt geplant gewesen, dass deine Mutter schwanger wurde. Nur weil bei dir die Wandlergene dominant waren und durchschlugen, wurdest du in die Gemeinschaft aufgenommen. Denn du bist in ihren Augen eine vollwertige Wandlerin. Ein Mischblut, das die Metamorphose nicht durchmacht und ein Mensch bleibt, wird exekutiert. Aber sie warten meist nicht lange genug, um zu sehen, ob sich bei einem Mischblut die Katzengene durchsetzen oder nicht.«

»Wieso, das ist doch grausam?« Ich spürte, wie mir die Farbe aus dem Gesicht wich. Mir wurde schwindlig, und ich setzte mich aufs Bett.

Mercedes nahm neben mir Platz.

»Um ihre Art zu schützen und vor den Menschen geheim zu halten. Stell dir vor, das Blut eines Menschen mit rezessiven Wandlergenen wird untersucht. Dann sind Wandler, die nicht in der Gemeinschaft aufwachsen, oft unberechenbar, da sie niemand auf dieses Leben vorbereitet hat. Sie fallen viel häufiger der Krankheit zum Opfer und verlieren ihre menschliche Seite, werden so zur Bedrohung.«

»Wenn ich hierhergekommen wäre, ohne eine Wandlerin zu sein, hätten sie mich einfach so ... umgebracht?« Ich schnippte mit den Fingern, starrte auf meine Hand.

»So ist es. Ihre Welt ist grausam, mein Kind.« Mercedes strich über mein Haar. »Auch mein Leben hing einmal am seidenen Faden. Nur deinem Dad habe ich es zu verdanken, dass ich noch hier bin.«

Mein Blick glitt zu ihr, doch ich schwieg. Jetzt verstand ich meinen Vater. Er hatte mich wirklich nicht im Stich gelassen, sondern meiner Mom und mir durch sein Verschwinden das Leben gerettet.

»Ich mache dir ein paar Sandwiches. Natürlich ohne Wurst. Jade sagte, dass du vegetarische Kost bevorzugst.« Mercedes stand auf, während ich sitzen blieb.

Ich konnte es kaum fassen, was ich eben gehört hatte. Langsam drehte ich mich zu Aaron, musterte sein schlafendes Gesicht. Verfuhren die Wölfe mit Mischlingen ebenfalls auf diese Weise?

Mercedes brachte mir die versprochenen Brote. Als der Teller auf dem Tisch stand, Frischkäsearoma die Nase streichelte und mein Magen sich lautstark bemerkbar machte, verputzte ich doch zwei davon. Anschließend suchte ich in der Tasche nach meinem Schlafshirt. Die seidenen Negligés, die ich bei Barb abgestaubt hatte, würden Aaron mit Sicherheit gefallen, aber meine Shirts waren wesentlich bequemer. Plötzlich ertastete ich etwas zwischen den Klamotten und zog ein Handy heraus. Auf einem Stück Klebeband auf der Rückseite hatte Rachel die Pin notiert. Sogar ein Ladekabel war dabei und ihre Nummer schon gespeichert. Die gute, schlaue Rachel dachte wirklich an alles. Ich war froh, mit ihr ohne Wissen der Katzen Kontakt aufnehmen zu können, und schrieb ihr sofort, dass Aaron noch schlief, aber sein Zustand sich auch nicht verschlechtert hatte. Anschließend rief ich Maja an, um zu verhindern, dass sie ein Sondereinsatzkommando über den Großen Teich schickte.

Kapitel 24

Der nächste Tag brach an. Aaron war noch immer nicht ansprechbar. Manchmal hatte er gezuckt, und ich hatte gehofft, er würde endlich zurückkommen, aber er blieb bis jetzt dort, wo auch immer er gerade war. Müde setzte ich mich auf, zog die Beine an den Körper und wischte die getrockneten Tränen aus den Augen. Was konnte ich noch tun, um ihn aufzuwecken? Mir kam die Dornröschensache in den Sinn. Sanft fuhr ich über seine Lippen, die ich so sehr vermisste. Sie waren weich und warm, als warteten sie auf einen Kuss. Ich beugte mich zu Aaron, berührte mit den Lippen seine und stutzte, denn er reagierte. Mein Herz setzte einen Moment aus, dann begann es zu rasen.

Seine Hand glitt über meinen Rücken, und er zog mich näher an sich, während er den Kuss erwiderte. Mein Herz drohte vor Glück zu explodieren. Er wurde zunehmen fordernder, und ich gab ihm, was er wollte. Wie hatte ich seine Leidenschaft vermisst. Schweren Herzens löste ich mich dann doch von ihm.

»Du bist wieder da«, flüsterte ich, strich ungläubig über sein Gesicht.

»Was ist passiert?«, fragte er.

»Weißt du das nicht mehr?« Ich rutschte etwas weg. Aaron stemmte sich mit einem leisen Stöhnen hoch, biss dabei die Zähne zusammen. Er lehnte sich mit dem Rücken an das Kopfteil.

»Du hast eine Kugel für mich abgefangen.«

»Die Erinnerung kommt langsam wieder. Da war diese seltsame Gerichtsverhandlung der Katzen. Du hast für mich gesprochen. Dafür danke ich dir.« Er nahm meine Hand und hauchte einen Kuss darauf. »Ich habe auf der gegenüberliegenden Galerie etwas gesehen und mich auf dich geworfen, dann gingen die Lichter aus. Wie lange war ich weggetreten?«

»Um die dreißig Stunden«, erwiderte ich, und Aaron sah unter die Decke.

»Die weitaus interessantere Frage ist, wer hat mich ausgezogen?« Er blickte zu mir.

»Ethans Security-Leute.«

»Die waren bestimmt ungemein begeistert«, meinte er mit einem unverschämten Grinsen, für das ich ihn schon wieder hätte küssen können. »Dann haben sie mal was richtig Großes zu sehen bekommen.«

»Das ist nicht witzig. Du wärst um ein Haar gestorben.« Ich knuffte ihn in den Arm.

»Doch ein bisschen schon.« Sein Blick glitt durch das Zimmer. »Wo sind wir hier?«

»Im Penthouse der Leon Corporation«, erwiderte ich.

»In der Höhle der Löwen. Dass ich das noch mal erleben darf. Jetzt kann ich tot umfallen und sterben.« Aaron zwinkerte mir zu.

»Darüber macht meine keine Scherze, nicht nach den letzten dreißig Stunden«, schimpfte ich, und er zog mich an sich.

»Mach dir keine Sorgen, ich habe doch einen unglaublich guten Grund zu leben.«

Seine wundervollen Lippen trafen auf meine, ließen mich weicher als warmes Wachs werden.

Ein lautes Klopfen schreckte mich auf. Schon bevor ihr ihn sah, roch ich Ethan.

»Der Kater hat ein Timing …«, brummte Aaron.

Ohne jegliche Aufforderung betrat Ethan das Zimmer.

»Ich dachte, ihr Katzen seid so kultiviert, da sollte man wissen, dass man nicht einfach in ein Zimmer platzt. Wir hätten mit weiß der Teufel, was, beschäftigt sein können.« Aaron zog mich enger an sich, Ethans Pupillen wurden zu Schlitzen.

»Dir geht's also wieder besser«, stellte er fest.

»Bei der guten Pflege.« Aaron Lippen berührten zart das Mal an meinen Hals, und ich musste alles an Kraft aufwenden, um nicht lustvoll zu erschaudern. Ethan knurrte leise.

Jetzt reichte es. Noch mehr wollte ich den Beta nicht reizen und kämpfte mich frei. Beim Weg aus dem Bett schob sich mein Shirt hoch, ich zog es hastig runter.

»Ganz ehrlich, ein paar Blumen und eine Genesungskarte hätte ich mir schon gewünscht«, stichelte Aaron weiter und reizte die Katze. Ich warf ihm einen verärgerten Blick zu.

»Willst du etwas Bestimmtes?«, fragte ich, und Ethan sah zu mir, seine Pupillen nahmen wieder ihre normale Form an.

»Dein Onkel ist zurückgekommen und möchte dich sprechen«, informierte Ethan mich.

»Ich brauche ein paar Minuten.«

»In Ordnung.« Ethan drehte sich auf dem Absatz um und war auch schon weg.

»Leicht entzündlich, das Kätzchen«, sagte Aaron.

»Hältst du es für klug, ihn in seinem eigenen Revier zu provozieren?«, meinte ich, während ich zu meiner Tasche ging.

»Was soll schon passieren, schnurrt er mich zu Tode?« Aaron lachte leise, rutschte zum Bettrand und stand auf.

»Du solltest ihn auf keinen Fall unterschätzen.« Ich trat zu ihm. »Wo willst du überhaupt hin?«, wollte ich wissen und hinderte ihn am Weitergehen.

»Mich anziehen.« Als wäre ich nur eine Pappfigur hob er mich hoch, drehte sich mit mir und stellte mich wieder ab. Er ging zu den Sesseln mit den Taschen.

»Du hast gar nichts anzuziehen.« Schnell flitzte ich an ihm vorbei, versperrte ihm den Weg.

»Na, dann ist es ja gut, dass Rachel mir etwas eingepackt hat.« Ein süffisantes Lächeln umspielte seine Lippen.

»Woher weiß ...? Ah ... sie steht wieder mit dir in Verbindung.«

»Sie grüßt dich ganz lieb und findet ebenfalls, dass das Kätzchen sehr empfindlich ist.« Er öffnete die Tasche.

»Vielleicht wäre es besser, du würdest im Zimmer warten«, schlug ich vor, und Aaron richtete sich auf.

»Ich werde dich nicht aus den Augen lassen. Also: Entweder dein Onkel bemüht sich hierher ins Zimmer oder ich gehe mit.« Er hauchte mir einen Kuss auf die Lippen, holte dann ein paar Klamotten aus der Tasche.

Ich seufzte leise und suchte mir auch frische Sachen. »Du wirst dich aber benehmen«, ermahnte ich ihn.

»Wenn es die Katzen tun«, erwiderte er vergnügt.

Ich verließ das Zimmer. Scarlett war schon zur Stelle. Meinen Schatten hatte ich ja ganz vergessen. Als sie Aaron hinter mir sah, wurden ihre Pupillen schmal, und sie griff in einer geschmeidigen Bewegung mit beiden Händen unter die Jacke, zog zwei silberne Dolche hervor.

»Darf ich vorstellen, meine Bodyguard, Scarlett. Dies ist Aaron, und wir sind alle Freunde«, versuchte ich die Anspannung, die fast greifbar war, zu entschärfen. Doch

Scarlett entspannte sich so ganz und gar nicht. Sie hatte eher etwas von einer in die Enge getriebenen Katze. Aaron machte auch noch einen Schritt in ihre Richtung, sofort ging sie in Abwehrhaltung. Hastig stellte ich mich zwischen die beiden.

»Immer mit der Ruhe.« Ich sah von Aaron zu Scarlett.

»Lass stecken, Catwoman«, sagte er.

»Dem Wolf geht's also besser.« Scarlett deutete mit der Spitze ihrer Waffe auf ihn.

»Tu das weg, sonst verletzt du dich noch«, erwiderte Aaron, seine Augen leuchteten auf.

»Soll mir das Angst machen? Das haben schon wesentlich eindrucksvollere Gegner nicht geschafft.« Scarlett verstaute die Dolche wieder unter ihrer Jacke. Aaron war gerade dabei, etwas zu erwidern, das mit Sicherheit alles andere als freundlich ausfallen würde.

»Mein Onkel wartet«, fiel ich ihm ins Wort und unterbrach damit das Wortgefecht der beiden. Ich setzte meinen Weg fort, lief direkt auf Jade zu. Die saß mit einer Tasse Kaffee am Esstisch, ein kühles Lächeln umspielte ihre Lippen, während Ethan am Ende des Raumes ungeduldig vor dem Büro wartete.

»Der Wolf ist aufgewacht, wie schön«, begrüßte uns Jade, als wir den Tisch passierten. Sie musterte Aaron mit einem wunderlichen Blick, den ich nicht zu deuten vermochte.

»Meine Cousine Jade kennst du ja bereits«, sagte ich zu Aaron.

»Ist ein Vergnügen, dich wiederzusehen.« Dem ironischen Unterton nach waren seine Worte nicht wirklich ernst gemeint.

»Das Vergnügen liegt ganz auf meiner Seite«, gab Jade genauso bissig zurück. Die beiden würden wohl keine Freunde werden, so viel stand fest. Wenn das mit

Jade schon so lief, konnte ich mich ja mächtig auf meinen Onkel freuen. Bei Jade hatte ich gedacht, dass ich sie vielleicht noch auf meine Seite hätte ziehen können, wenn sie Aaron erst kennengelernt hatte.

»Der Wolf bleibt draußen.« Ethan versperrte mit seinem Körper die Tür zum Büro. Mein Onkel saß hinter dem Schreibtisch und arbeitete am Laptop. Als er mich sah, klappte er den Schirm herunter.

»Sie sollen beide reinkommen«, sagte er laut, und Ethan öffnete die Tür, ging zur Seite, um uns vorbeizulassen.

»Na, geht doch«, zischte ihm Aaron zu.

»Endlich lerne ich dich kennen.« Dorian stand auf und umrundete den Schreibtisch. Der imposante Mann war fast einen Kopf größer als ich und besaß die majestätische Ausstrahlung eines Löwen. Er war mit jeder Pore seines Köpers ein Alpha. Ich streckte mich, um größer zu wirken. Aber auch mit Zehnzentimeterabsätzen wäre ich die mickrigste Person im Raum gewesen.

Wem machte ich etwas vor? Aaron war mit Dorian auf Augenhöhe und Ethan nur unerheblich kleiner. Gegen die drei wirkte ich wie eine Aushilfs-Alpha. Mein Onkel stellte sich vor mich. Aaron wurde etwas unruhig, was auch auf Ethan abfärbte. Die beiden waren wie zwei Pulverfässer, und man konnte Wetten darauf abschließen, welches zuerst explodieren würde.

»Ich möchte dich nun auch persönlich in der Familie begrüßen.« Ganz gelassen ignorierte Dorian das Gehabe der beiden und reichte mir seine Hand, die ich nahm. »Herzlich willkommen«, sagte er. Voller Wärme betrachtete er mich. Etwas, das ich niemals erwartet hätte.

»Und du bist also Walkers Sohn.« Dorian ließ mich los und wandte sich Aaron zu. »Ist schon etwas Besonderes, einen Wolf in diesen Wänden begrüßen zu dürfen.

So etwas hatte es noch nie zuvor gegeben. Aber du hast meiner Nichte das Leben gerettet, wir stehen tief in deiner Schuld.«

Dorian hielt Aaron die Hand entgegen. Dessen Blick glitt vom Gesicht meines Onkels zu der dargebotenen Pranke. Sein Zögern wurde langsam unhöflich, und Ethan, der noch an der Tür stand, fluchte leise. Scarlett beobachtete das Ganze von draußen. Doch Dorian zog seine Hand nicht zurück, und Aaron ergriff sie.

»Ich würde es jederzeit wieder tun«, erwiderte er. »Da habe ich auch gleich ein Anliegen, ich möchte Livs Schutz übernehmen.«

Mein Onkel gab Aarons Hand frei.

»Das kannst du auf keinen Fall gestatten«, brauste Ethan auf.

Doch Dorian bedeutete ihm nur mit einem Blick, ruhig zu bleiben.

»Ein Wolf übernimmt den Schutz einer Katze, das hat es ebenfalls noch nie gegeben.« Mein Onkel verschränkte die Hände auf dem Rücken, lief nachdenklich zum Fenster.

»Wir wissen noch immer nicht, wer hinter diesem Attentat steckt. Es können Katzen oder Wölfe sein, und wir haben keine Ahnung, wer dem Auftraggeber hilft. Doch eines weiß ich genau: Ich bin es nicht«, argumentierte Aaron.

Mein Onkel blickte zu ihm. »Da muss ich dir leider recht geben, und du hast bereits bewiesen, dass du Liv am besten schützen kannst. Ich stimme zu. Scarlett, du kannst gehen.« Er sah zur Glastür. Scarlett nickte. »Ich werde deinen Vater über die geänderte Situation informieren, nicht, dass er uns noch angreift, um seinen Sohn aus der vermeintlichen Gefangenschaft zu befreien.« Dorians Blick glitt zu Aaron zurück.

»Dad wird alles andere als begeistert sein. Es ist besser, ich kontaktiere ihn selbst, denn mir wird er glauben«, erwiderte Aaron grinsend.

Es lief alles zu glatt. Was hatte mein Onkel nur vor? Schließlich war ich die rechtmäßige Erbin, und er sollte seinen Status als Alpha verlieren. Dann ließ er es zu, dass ein Wolf unter seinem Dach lebte. Das alles ergab überhaupt keinen Sinn und passte so gar nicht zu dem, was ich über Dorian gehört hatte.

»Ist ja wirklich gut gelaufen«, sagte Aaron, als wir am Tisch ankamen. Ethan war mit Dorian im Büro geblieben und Jade bereits gegangen.

»Jetzt wird erst einmal gefrühstückt.« Mercedes hielt uns auf.

»Ein Mensch«, entfuhr es Aaron überrascht.

»Ja, mein junger Wolf, und zwar ein Mensch, der vorzügliche Pancakes macht.« Mercedes lachte.

»Sie macht wirklich die besten«, bestätigte ich.

»Sie weiß Bescheid? Die Katzen überraschen mich wirklich.« Aaron sah zu mir.

»Die guten Pancakes haben mir den Kopf gerettet. Denn Livs Dad hat sie ebenfalls geliebt«, scherzte Mercedes. »Jetzt setzt euch. Ich bringe Kaffee.« Sei eilte in die Küche. Fasziniert beobachtete Aaron sie.

»Gibt es bei euch keine eingeweihten Menschen?«, wollte ich wissen und setzte mich.

»Ich will gar nicht darüber nachdenken, was mein Vater mit denen anstellen würde.« Aaron nahm den Platz mir gegenüber ein.

»Was ist, wenn ein Wolf sich in einen Menschen verliebt?« Ich sah ihm in die Augen.

»So etwas wird nicht toleriert.«

»Und wenn dieser Mensch eine Frau ist, die schwanger wird ... wie meine Mom?«

Aaron senkte den Blick, und ich hatte das Gefühl, Glasscherben zu schlucken.

»Verstehe, sie würde es keinesfalls überleben. Das ist grausam.«

»Es ist notwendig. Die Existenz von Wandlern muss unter allen Umständen geheim bleiben. Die Menschen sind für diese Wahrheit nicht bereit.«

»Vielleicht sind es die Wandler, die nicht bereit sind«, erwiderte ich.

»So, ihr zwei, euer Kaffee. In deinen habe ich schon Zucker reingetan. Brauchst du Milch oder Zucker?« Mercedes sah zu Aaron.

»Nichts davon, danke«, lehnte er ab.

»Dann seid ihr erst einmal versorgt. Jetzt werde ich euch etwas Feines zaubern.« Damit verschwand sie wieder. Aaron sah Mercedes hinterher, schien über irgendetwas nachzudenken, dann glitt sein Blick zu mir zurück. Er nahm meine Hand, die auf dem Tisch lag.

»Würde deine Mutter noch leben, täte ich alles, um sie zu schützen. Gesetz hin oder her.«

»Eure ... ähm ... unsere Welt ist so unfassbar grausam.«

»Aber nicht alles ist schlecht oder?« Aarons Lächeln berührte mein Herz zart wie ein Feenkuss.

»Nein, nicht alles«, bestätigte ich.

»Diese Hütte ist wirklich eindrucksvoll. Das muss man den Katzen lassen, sie machen keine halben Sachen«, sagte Aaron. Er spielte sanft mir meinen Fingern.

»Es gibt sogar einen Pool.«

»Nach dem Frühstück werden wir uns den mal ansehen.«

Kapitel 25

Ich führte Aaron in den Trainingsraum. Er begutachtete die Geräte. Vor dem Sandsack blieb er stehen, landete einen Schlag.

»Hier treibt sich Ethan also herum, wenn er nicht gerade Geld scheffelt.« Er sah zur freien Fläche in der Mitte. »Vielleicht sollte ich mich mit ihm hier mal treffen, um unsere Differenzen zu bereinigen.«

»Nein, das wirst du schön bleiben lassen«, sagte ich entschlossen und trat zur Glaswand, die das Schwimmbad vom Trainingsraum trennte.

»Wir wär's, lass uns eine Runde schwimmen.« Aaron trat hinter mich, schob mein Haar zur Seite und liebkoste zart meinen Hals.

»Du hast keine Badesachen«, erinnerte ich ihn.

»Wozu sollten wir die brauchen«, flüsterte er an meine Haut. Sein warmer Atem brachte mich zum Erzittern. »Eines solltest du über Wandler wissen. Wir haben kein Problem mit Nacktheit.« Er arbeitete sich zu meinem Ohr, seine Lippen hinterließen eine feuchtheiße Spur.

»Was, wenn jemand reinkommt?«

»Das macht das Ganze doch nur noch spannender.« Schon hatte er mir den Pullover über den Kopf gezogen. In der nächsten Sekunde war auch der BH Geschichte. Er strich über meine Brustwarzen, die so hart wurden, dass es wehtat. Ich presste sie gegen seine Hände.

»Ich glaube nicht, dass wir das tun sollten. Vor ein paar Stunden hast du noch im Koma gelegen«, sagte ich heiser.

»Das dient nur meiner Genesung«, hauchte er an meine Schulter, und schon war meine Hose offen. »Entweder wir gehen in den Pool oder ich werde ich hier und jetzt an dieser Scheibe nehmen.« Seine Stimme war so dunkel, dass mir wohlige Schauer über den Rücken jagten.

»Aber nur, weil es deiner Genesung dient.« Ich drehte mich zu ihm, streifte ihm das Sweatshirt über den Kopf.

»Unbedingt.« Er öffnete die Tür zur Schwimmhalle. Auf dem Weg zum Pool wurden wir unsere restlichen Kleider los. Zum ersten Mal in meinem Leben kletterte ich nackt in ein Schwimmbecken. Ich machte ein paar Züge, hörte, wie er hinter mir ins Wasser stieg, und drehte mich zu ihm.

»Man sollte nach dem Essen eigentlich nicht schwimmen«, sagte ich.

Aaron pirschte sich an mich heran wie ein Hai. »Das werden wir auch nicht tun«, erwiderte er und war schon bei mir. Ich wich ihm aus, neckte ihn. Kraftvoll holte er mich ein. Er drängte mich zum Rand des Beckens, ich spürte die Fliesen in meinem Rücken. Zärtlich bearbeitete er das Bissmal mit seinem Mund. Es war, als würde er einen Knopf drücken, sobald seine Lippen es berührten. Als wäre diese kleine Stelle der physische Beweis unserer fast magischen Verbundenheit. Damit gehörte ich ihm, und genau so wollte es. Seine Finger glitten zwischen meine Schenkel, streiften meine empfindlichste Stelle, ich keuchte auf. Er umfasste meine Hüften, ich legte die Beine um seine und langsam drang er in mich ein. Ich presste die Lippen zusammen, um nicht laut zu stöhnen. Aarons Mund war neben meinem Ohr.

»Sei laut für mich«, sagte er und stieß tief in mich.

Voller Begierde schnappte ich nach Luft, während

mein Unterleib lustvoll pulsierte. Der Orgasmus, der sich gerade ankündigte, machte mir fast Angst.

»Entspann dich!«, raunte Aaron. Wieder liebkoste er das Mal, und ich konnte nicht anders, als meine Leidenschaft hinauszustöhnen. Die Akustik der Halle verstärkte meine Liebeslaute um ein Vielfaches. Aaron wurde schneller, ich verlor die Kontrolle, schrie bei jedem Stoß, und ein berauschender Tsunami der Lust erfasste mich. Wieder und wieder kam ich, spürte, wie Aaron sich in mir ergoss. Atemlos blieben wir verbunden. Aarons Lippen fanden meine.

Meine Haut war schon ganz schrumpelig, als wir aus dem Pool stiegen und die Klamotten zusammensuchten. Nach dem Abtrocknen und Anziehen kehrten wir ins Zimmer zurück. Etwas roch anders. Aaron legte seinen Finger auf den Mund, bedeutete mir, still zu sein. Ruckartig öffnete er meine Schranktür und Abby kreischte.

»Tu mir bitte nichts«, jammerte sie, und Aaron grinste.

»Ja, wen haben wir denn da?«, fragte er.

Die Kleine rannte an ihm vorbei und schlang ihre Arme um meine Taille. »Der Wolf darf mir nichts tun.« Sie sah mit flehendem Blick zu mir hoch.

»Wieso sollte Aaron dir etwas tun?« Ich strich über ihr Haar.

»Mein Dad sagt, er ist extrem gefährlich.«

»Sagt er das?« Aarons Grinsen wurde breiter. Das ging ihm bestimmt runter wie Öl.

»Nein, Schatz, das ist er nicht. Vielleicht auf dem ersten Blick, aber wenn man ihn genauer kennenlernt, ist er ganz nett«, beruhigte ich sie.

»Nett also.« Aaron zog eine Braue hoch und verschränkte die Arme.

»Ausgesprochen nett«, ergänzte ich.

Abby ließ mich los und drehte sich zu Aaron. »Ich hab noch nie einen Wolf gesehen.« Sie musterte ihn von oben bis unten. »Wenn ich ehrlich bin, siehst du gar nicht so gefährlich aus.«

»Das freut mich zu hören. Mit wem habe ich eigentlich das Vergnügen?«

»Abigail, aber alle nennen mich Abby.«

»Es ist mir eine Freude, dich kennenzulernen, Abby.« Er reichte ihr seine Hand, die sie sofort nahm.

»Was machst du schon zu Hause? Müsstest du nicht in der Schule sein?«, fragte ich.

»Mir war heute nicht so gut, und der Chauffeur hat mich abgeholt. Aber jetzt geht's schon wieder besser.«

Du meine Güte, ich hatte in der Schwimmhalle mit Aaron Sex gehabt, während Abby hier gewesen war. Was, wenn sie reingekommen wäre? Zum Glück besaßen Kinder noch keine Wandlerfähigkeiten. Sie konnte uns auf keinen Fall gehört haben, hoffte ich inbrünstig.

»Wo ist dein Dad?«, erkundigte ich mich.

»In seinem Büro. Mercedes passt auf mich auf. Spielst du Schach?« Sie drehte sich zu Aaron. »Mein Dad sagt, Wölfe wären dumm.«

»Für Schach reicht meine Intelligenz«, erwiderte Aaron trocken.

»Na dann.« Sie flitzte aus dem Zimmer.

»Der setzt seiner Tochter ja schöne Flöhe ins Ohr«, sagte er missmutig.

»Ihr sprecht über Katzen mit Sicherheit nicht anders.«

»Über eine schon.« Er nahm meine Hand, doch bevor er mich zu sich ziehen konnte, war Abby schon wieder da. Sie baute ein Schachbrett auf dem Tischchen vor dem Fenster auf, dann warf sie Aarons Tasche vom Sessel.

»Alles fertig«, sagte sie zu ihm.

Aaron durchquerte das Zimmer, nahm meine Tasche vom anderen Sessel und setzte sich.

»Du bist Weiß«, sagte er zu Abby, die ihren ersten Zug machte.

Ich kroch ins Bett, lehnte den Rücken gegen das Kopfteil und beobachtete die beiden.

»Das war ein Fehler.« Abby schlug einen Bauern.

»Oder ein notwendiges Opfer.« Aaron nahm ihren Läufer.

»Du bist ja wirklich nicht dumm«, stellte sie fest.

»Da bin ich ja froh«, erwiderte Aaron lachend.

Er ging zauberhaft mit Abby um. Er wäre bestimmt ein wundervoller Dad. In meinem Herzen spürte ich einen Stich. Wenn er bei mir blieb, würde er wohl niemals Vater werden können.

Die Tür wurde aufgerissen, Ethan stürmte herein.

»Abby, komm her!«, befahl er.

»Aber, Dad, wir sind noch nicht fertig«, intervenierte die Kleine.

»Jetzt komm schon! Wir sind mitten in der Partie«, mischte sich Aaron ein.

»Du hältst dich da raus. Nur weil Dorian dich hier aus mir unerfindlichen Gründen toleriert, heißt das noch lange nicht, dass ich mit ihm einer Meinung bin. Du hältst dich von meiner Tochter fern, sonst …«

»Dad, Aaron ist total nett.« Abby stand auf, ich ebenfalls.

»Ethan, sie haben nur Schach gespielt.« Ich ging zu ihm, und er sah zu mir herab.

»Ich weiß nicht, welche Strategie Dorian verfolgt. Aber ich traue dem Wolf nicht.« Sein Blick streifte Aaron.

»Aber du vertraust *mir*, oder?«, fragte ich.

»Ich hab den Trainingsraum gesehen.« Aaron stand

auf. »Vielleicht sollten wir dort mal ein Stündchen verbringen und das zwischen uns ein für alle Mal aus der Welt schaffen«, schlug er vor.

»Vielleicht sollten wir das.« Ethans Pupillen wurden zu Schlitzen. »Doch jetzt werde ich mich um meine Tochter kümmern. Schatz, pack das Brett zusammen, du musst noch den Schulstoff nachholen, den du heute versäumt hast. Außerdem hast du deine Sachen noch nicht herausgesucht, die du morgen nach der Schule zu Marcy mitnehmen möchtest.« Seine Stimme wurde sanfter, die Augen wieder menschlich.

»Okay.« Abby legte die Figuren in ein kleines Kästchen und klappte das Spiel zusammen.

»Irgendwann setzen wir die Partie fort.« Aaron strich über ihren Kopf, als sie an ihm vorbeilief.

»Ist nicht nötig. Ich hätte sowieso in drei Zügen gewonnen. Aber du hast dich gut geschlagen.« Damit verließ Abby das Zimmer.

»Woher hat sie nur diese charmante Art?« Belustigt sah er zu Ethan, der genervt schnaubte.

»Ich würde alles, wirklich alles für Abby tun«, sagte Ethan an mich gewandt.

»Das weiß ich, und ich würde niemals zulassen, dass Abby etwas passiert«, erwiderte ich.

Er räusperte sich. »Weswegen ich eigentlich gekommen bin. Dorian gibt morgen sein monatliches Familienessen, und er möchte euch beide dazu einladen.«

»Beide?«, fragte ich vorsichtig.

»Ja, auch den Wolf«, bestätigte Ethan, warf dabei Aaron einen gereizten Blick zu.

Zum Glück kommentierte Aaron diesen Einwurf einmal nicht in seiner bissigen Art. Wahrscheinlich war er genauso verblüfft wie ich. Wow, das war eine Nachricht.

Wenn jetzt noch etwas erfunden wurde, um den Klimawandel aufzuhalten, dann wäre die Welt perfekt.

»Müssen wir da irgendetwas beachten?«

»Nein, ganz zwanglos im Wohnzimmer. Nur Dorian, Jade und ich werden noch da sein. Mercedes hat zu diesem Anlass immer frei. Ein Caterer übernimmt die Bewirtung. Außerdem übernachtet Abby da meist bei einer Freundin. Ist einfach zu langweilig für sie«, erklärte er.

»Wir kommen gern«, nahm ich die Einladung an.

Ethan nickte, dann ließ er uns allein.

»Diese Einladung für uns beide auszusprechen ist dem Kater wirklich nicht leicht gefallen, und wie er sich um seine Tochter kümmert, ist echt herzerweichend«, resümierte Aaron.

»Hast du schon mal über Kinder nachgedacht?«, fragte ich, spürte wieder diesen Stich im Herzen.

»Na, ein bisschen Zeit habe ich noch, würde ich sagen.« Er kam zu mir, fuhr sanft durch mein Haar.

»Aber grundsätzlich siehst du in deiner Zukunft einen kleinen Aaron vor dir?«, hakte ich nach und schluckte schwer.

»Warum machst du dir darüber Gedanken?«, stellte er die Gegenfrage, statt mir zu antworten.

»Du weichst aus. Beantworte meine Frage. Willst du irgendwann Kinder?«

»Ich weiß nicht, vielleicht. Ich denke schon«, erwiderte er.

»Okay«, sagte ich gedehnt und ging zum Fenster, blickte auf die Stadt, hatte das Gefühl, mein Herz würde in kleine Stücke gehackt werden. Es kostete mich meine ganze Kraft, die nächsten Worte auszusprechen. Ich wollte ihm dabei keinesfalls ins Gesicht sehen.

»Wir sollten das Ganze zwischen uns beenden. Sind wir mal ehrlich, wir kennen uns kaum. Es ist ja eher eine

Art Urlaubsflirt. Lieber jetzt, bevor wirklich was Ernstes daraus wird und du vielleicht in ein paar Jahren feststellst, dass du eine Frau am Hals hast, die dir keine Kinder schenken kann.« Ich schloss die Augen, hoffte so, die Tränen aufhalten zu können.

»Machst du gerade mit mir Schluss?«

Ich spürte Aaron an meinem Rücken. Er drehte mich zu sich.

»Sieh mich an«, forderte er mich auf, strich über mein Gesicht, und ich hob die Lider. »Das hier ist kein Urlaubsflirt. Wir Wandler brauchen dieses ganze Getue nicht wie die Menschen, um zu wissen, ob jemand der Richtige für uns ist. Dazu haben wir unsere Nasen, und das zwischen uns ist schon lange zu etwas Ernstem geworden. Das weißt du, ich sehe es in deinen Augen. Hör zu, lass uns einen Schritt nach dem anderen machen und schauen, was die Zukunft bringt. Du wirst mich auf keinen Fall so einfach loswerden. Ich fang nicht für jede eine Kugel ab, glaub mir.«

»Du kommst mir jetzt wirklich mit der Ich-habe-mein-Leben-für-dich-riskiert-Karte?«

»Funktioniert's?« Er umrahmte mein Gesicht mir seinen Händen.

Und wie es funktionierte. Überglücklich streckte ich mich. Ich war hungrig nach seinem Kuss, hungrig nach ihm. Aaron hatte recht, wir waren über einen Urlaubsflirt weit hinaus. Doch dann kam mir ein beängstigender Gedanke. Schweren Herzens löste ich mich von seinen Lippen.

»Aber alle werden uns Steine in den Weg werfen. Ein Wolf und eine Katze, das kann doch nicht gut gehen?«

»Ganz ehrlich, ich finde diesen ganzen Konflikt ›Katzen gegen Wölfe‹ beschissen. Wir sind alle Wandler, sollten zusammenhalten und uns keinesfalls bekämpfen.

Liv, wir beide gehören zusammen und niemand, wirklich niemand, egal ob deine Familie oder meine, wird daran etwas ändern können.« Aaron berührte mit seiner Stirn meine. Er hatte recht, dieser Krieg war vor Generationen begonnen worden, wir würden ihn beenden.

Der nächste Abend kam schneller, als mir lieb war, und wir machten uns für das Essen fertig.

»Ich bin mir nicht sicher, ob es wirklich eine gute Idee ist hinzugehen.« Ich drehte mich zu Aaron, zog meinen azurblauen Pullover nach unten. In meinem Magen grummelte es, und da äußerte sich keineswegs Hunger.

»Dein Onkel hat uns eingeladen. Katzen halten sich selbst für äußerst kultiviert. Sie werden sich benehmen«, erwiderte er und stand selbstsicher vor mir, gekleidet in seine offensichtliche Lieblingsfarbe Schwarz.

»Dann wollen wir die Löwen auf keinen Fall länger warten lassen. Denn wenn sie hungrig werden, sind sie unberechenbar«, sagte ich entschlossen, straffte die Schultern.

Sei eine Alpha, wiederholte ich mantraartig in Gedanken.

Wir verließen das Zimmer, im Wohnzimmer waren schon alle versammelt und noch ein paar Leute mehr. Das roch ich sofort. Als wir um die Ecke bogen, saßen Jade und Ethan bereits am Tisch. Dorian fehlte noch. Natürlich trug Ethan einen maßgeschneiderten Anzug, der perfekt saß, und Jade ein Cocktailkleid. Ich kam mir total underdressed vor. Doch jetzt wieder umzudrehen, um etwas anderes anzuziehen, würde noch peinlicher werden.

Mit dem Selbstbewusstsein eines Alphas schritt Aaron zur Tafel. Er hätte sogar nackt nicht underdressed gewirkt. Kellner in Livreen, die eindeutig Katzen waren, was ihr Geruch schon angekündigt hatte, wuselten um den Esstisch herum, so, wie auch der Koch, der am Herd stand, den Katzenwandlern angehörte. Jetzt wurde mir klar, warum Mercedes zu diesem Anlass immer frei hatte. Die Katzen blieben unter sich, und auch Abby war im Moment noch mehr Mensch als Wandler.

»Das sind sie ja, Liv und ihr Wolf«, begrüßte uns Jade. Sie lächelte honigsüß, aber ihr Blick war distanziert. Es dauerte eben, bis sie sich an Aaron gewöhnt hatte. Schließlich hatte die beiden bis vor Kurzem noch ein tiefer Graben getrennt. Ich nahm ihr gegenüber Platz, Aaron neben mir. Im Hintergrund flüsterten die Angestellten aufgeregt miteinander. Aarons Anblick schien sie sehr zu irritieren.

»Ich freue mich immer wieder, dich zu sehen.« Er grinste meine Cousine an. Ethan schnaubte nur verächtlich. Die Begeisterung stand ihm wirklich ins Gesicht geschrieben. »Und dich natürlich auch.« Aaron sah geradeaus zu Ethan, der abweisend die Arme verschränkte.

Ich wich dem wütenden Blick des Beta aus, betrachtete aufmerksam mein Messer, das natürlich aus Silber war. Genau das Metall, mit dem man Wandler töten konnte.

»Wein?«, fragte der Kellner mich und ich nickte hastig. Ich brauchte wirklich dringend einen Schluck.

Er goss Weißwein in mein Glas, dann trat er zu Aaron, der ihm das Glas hinschob. Worauf der Mann es ebenfalls füllte. Das Gesicht des Angestellten war wie versteinert. Es schien ihm zuwider zu sein, einen Wolf zu bedienen. Aber wie hatte Aaron so schön gesagt: »Die Katzen halten sich für kultiviert.«

»Es sind ja schon alle da.« Mein Onkel kam aus Richtung seines Schlafzimmers. Sofort brachten zwei Kellner einen Sessel, den sie an die Stirnseite der Tafel zwischen mich und Jade stellten. Bis Dorian am Tisch angekommen war, hatte ein dritter den Platz bereits eingedeckt. Mein Onkel trat vor seinen Sessel, blieb jedoch stehen. Ihm wurde eilig Wein eingeschenkt.

»Schön, dass wir uns hier zusammengefunden haben«, begann er und nahm das Glas. »Liv, noch mal herzlich willkommen in der Familie. Und Aaron, mit dir an dieser Tafel schreiben wir Wandler Geschichte. Wir setzen hier ein Zeichen des Friedens. Liv und du … ihr seid der lebendige Beweis, dass die Rassen in Eintracht miteinander zusammenleben und sich sogar lieben lernen können. Früher habe ich anders gedacht, aber jetzt bin ich dieser Feindseligkeiten überdrüssig geworden. Daher lasst uns das Glas auf den Frieden zwischen den Rassen erheben.« Dorian prostete uns zu.

Alle am Tisch erhoben ebenfalls ihr Glas. Doch in Ethan und Jades Augen erkannte ich keine Zustimmung. Wenn mein Onkel das alles ernst gemeint hatte, lag wohl noch ein hartes Stück Arbeit vor ihm, seine Idee von einem friedlichen Miteinander wahr werden zu lassen. Wenn nicht einmal sein engstes Umfeld davon begeistert war.

Ich trank, das Zeug war so sauer, dass ich echt viel Selbstbeherrschung aufbringen musste, um nicht das Gesicht zu verziehen.

»Nun lasst uns mit dem Essen beginnen.« Dorian setzte sich und nahm die Serviette von seinem Teller, entfaltete sie und legte sie auf seinen Schoß. Ich schob das zu einem Schiff gefaltete Stück Stoff zur Seite.

»Übrigens, Aaron.« Dorian sah zu meinem Freund. *Meinem Freund*, das ging runter wie Öl. »Dein Vater braucht wohl noch etwas, um sich an den Gedanken zu gewöhnen, dass du nun unter unserem Dach lebst. Er hat mich angerufen und war, gelinde gesagt, extrem aggressiv, doch vorerst haben wir so eine Art Waffenstillstand ausgehandelt.«

»Mein Vater kommt mit Veränderungen nicht wirklich gut klar. Aber er wird sich wieder einkriegen, auch er will eigentlich nur den Frieden zwischen den Rassen«, erwiderte Aaron. Dorians Aufmerksamkeit galt nun mir.

»Liv, wir müssen noch darüber sprechen, wann du deine Position als Alpha einnimmst«, sagte er, während ein Kellner die Vorspeise reichte.

Mir wurde ganz heiß. Er wollte wirklich seinen Platz für mich räumen. Ich hatte mit Widerstand seinerseits gerechnet. Schnell nahm ich noch einen Schluck von dem grausigen Gesöff, denn mein Mund war ganz trocken.

»Nun, lass uns nichts überstürzen. Ehrlich gesagt würde ich dir gern eine Weile über die Schulter schauen. Als so eine Art Alpha-Praktikantin«, erwiderte ich, und Dorian lachte auf. »Du gefällst mir Kindchen. Alpha-Praktikantin.«

Ethan und vor allem Jade – wenn ich mir ihr Gesicht so ansah –, fanden das nicht so witzig.

»Liv könnte auch verzichten«, schlug Jade vor und ich starrte sie an.

Konnte ich das wirklich?

»Nein«, sagte mein Onkel entschlossen. »Sie ist aufgrund ihres Blutes die Erbin. Ich habe die Position nur eingenommen, weil Steven dazu nicht in der Lage gewesen war. Auf das Recht des Blutes kann man nicht verzichten. Noch nie hat ein Alpha es abgelehnt, seine Verantwortung für das Rudel zu übernehmen, wenn es an der Zeit war, und die Tochter meines Bruders fängt damit keinesfalls an. So, und nun zu den anderen Punkten, die ich noch mit euch besprechen wollte. Ich habe beschlossen, mehr in Start-ups zu investieren, die alternative Verpackungsmaterialien entwickeln ...«

Weiter hörte ich meinen Onkel nicht mehr zu. Ich stocherte gedankenverloren im Salat herum. Vielleicht wäre Jades Vorschlag ja wirklich die beste Lösung. Schließlich gab es für alles ein erstes Mal, wie Aaron und ich bewiesen.

Kapitel 26

Einen Tag später griff Dorian tatsächlich die Praktikantenidee auf. In einem der Businesskostüme, die Barb für mich ausgesucht hatte und von denen ich gedacht hatte, ich würde sie niemals brauchen, stöckelte ich hinter ihm in den Konferenzsaal. Mein Haar war akkurat hochgesteckt. Ich wollte mit dem geschäftsmäßigen Auftritt Eindruck schinden, denn irgendwann sollte ich ja die CEO werden. Schon bei dem Gedanken drehte sich mir der Magen um. Aaron war an meiner Seite. Die anwesenden Katzenwandler hielten die Luft an, als sie ihn sahen.

Dorian nahm am Kopf des ovalen Tisches Platz und wies mir den Stuhl zur Rechten zu. Ethan wählte den mir gegenüber. Als ich mich setzte, rutschte der graue Rock, der eine Handbreit über den Knien endete, noch ein Stück hoch. Das würde nun meine Arbeitskleidung sein. Unsicher drehte ich mich zu Aaron, der hinter mir stehen geblieben war. Er behielt die anwesenden Katzen fest im Blick.

»Ich habe heute nur die Wandler hier zusammengerufen, weil ich etwas verkünden möchte. Meine Nichte, Jonathans Tochter Olivia, soll auf ihre Rolle als CEO und Alpha vorbereitet werden. Aus diesem Grund wird sie mich ab jetzt überallhin begleiten. Ihr wurdet alle Zeuge des Anschlags, der auf sie verübt worden ist. Daher hat Aaron Walker ihren Schutz übernommen ...«

»Der Sohn des Wolfs-Alphas?«, hakte eine Dame mit Kurzhaarschnitt nach, die wirklich tough aussah.

»Ja, Alison, der Sohn des Wolfs-Alphas«, betätigte Dorian, und die Frau stand auf.

»Mit Verlaub, Dorian, aber das ist verrückt.« Sie funkelte ihn an, stützte ihre Hände auf der polierten Kirschholz-Tischplatte ab. Die Deckenleuchten spiegelten sich in ihren rot lackierten Nägeln.

»Darüber werde ich keinesfalls diskutieren, Alison. Gewöhnt euch an seinem Anblick«, erwiderte Dorian scharf.

»Auch wenn wir Katzenclan-Interna besprechen, soll der Wolf dabei sein? Ist das dein Ernst?« Alison hatte sich von Dorians Ton nicht einschüchtern lassen. Was bemerkenswert war. Um uns entbrannten aufgeregte Unterhaltungen, die Dorian mit nur einer Handbewegung zum Stillstand brachte.

»Meine neue Strategie für den Clan ist es, einen dauerhaften Frieden mit den Wölfen anzustreben. Er ist der zukünftige Alpha.« Dorian deutete auf Aaron, der zu meiner Verwunderung schwieg und keinen markigen Spruch zum Besten gab. »Wenn wir ihm unser Vertrauen entgegenbringen, dann ist dies der erste Schritt in die richtige Richtung. Zudem hat er bewiesen, dass er meine Nichte, Jonathans Tochter, sogar mit seinem Leben schützen würde. Er hat es sogar schon getan. Ich denke, er ist vertrauenswürdig. Jetzt setz dich, Alison, wir haben noch einiges zu besprechen.« Mein Onkel legte die Hände auf den Tisch und verschränkte die Finger. Nur widerwillig nahm Alison Platz.

Mein erster Arbeitstag fing ja schon gut an.

»Ich bin so kaputt, heute war ein verdammt langer Tag. Vielleicht sollten wir wegfahren. Seit Wochen sehe ich nur das Penthouse, Konferenzräume und mies gelaunte Wandler, die dich anstarren, als wärst du aus dem Zoo ausgebrochen. Mich beeindruckt wirklich, wie lässig du diesen Hass wegsteckst. Aber zum Glück arbeiten hier auch Menschen, die von diesem ganzen Kram keine Ahnung haben und wenigstens freundlich sind. Wir könnten uns für eine Weile im Haus am See verstecken. Nur du und ich. Dein Bekannter wird wohl noch in wärmeren Gefilden weilen, oder?«

Ich blickte aus dem Fenster, betrachtete die Stadt. Aaron antwortete nicht, und ich sah zu ihm. Er saß auf dem Bett, runzelte die Stirn, während er sein Handy checkte.

»Was ist los?«, wollte ich wissen.

»Ach, Ray ... Seit gestern habe ich keinen Kontakt mehr zu ihr, und auf meine Nachrichten antwortete sie auch nicht. Sie ist mit ihrer besten Freundin ausgegangen. Vielleicht sollte ich Amber mal anschreiben.«

»Woher hast du die Nummer der besten Freundin deiner Schwester?«, fragte ich irritiert.

»Weil wir vor ewigen Zeiten ein Paar waren.« Er hob den Kopf, und ich wich etwas benommen zurück, doch dann fing ich mich wieder. Natürlich hatte er vor mir Beziehungen gehabt wie ich auch.

»Sie ist also deine Ex«, sagte ich heiser, schluckte, eigentlich hatte ich lässig klingen wollen.

»Wir sind Freunde.« Aaron stand auf. Während er zu mir kam, tippte er eine Nachricht in sein Handy. Als er mich erreichte, war er schon fertig. Sanft legte er seinen Finger unter mein Kinn und zwang mich, ihm in die wundervoll blauen Augen zu sehen. »Es gibt nur eine für mich, und Amber ist es nicht.« Er hauchte mir einen Kuss auf die Lippen. Sein Handy summte, er sah aufs Display. »Amber hat geantwortet. Sie waren in einer Bar. Ray hat dort einen Typen kennengelernt, der mit Sicherheit ein Mensch war. Sie wird mit ihm noch ihren Spaß haben ... Da braucht sie mich nicht in ihrem Kopf. Apropos Spaß, das wäre doch auch was für uns.« Er warf sein Handy auf den Sessel, neben dem wir standen, und zog mich zu sich. Als sein Mund meinen Hals sanft bearbeitete, war mein Wille gebrochen.

»Aber sind Beziehungen zwischen Mensch und Wandler nicht verboten?«, fragte ich, während er mich in Richtung Bett zog.

»Beziehungen ja, aber One-Night-Stands können vorkommen. Das hängt man dann nicht an die große Glocke.« Zart liebkoste Aaron weiter meinen Hals, knöpfte dabei langsam meine Bluse auf.

»Ach, deshalb hattest du Kondome parat?«, schlussfolgerte ich, obwohl es immer schwerer wurde, einen klaren Gedanken zu fassen.

»Willst du jetzt wirklich darüber reden?«

Schwupps war die Bluse weg.

»Seit gestern Nacht? Da hat Rachel, aber einen sehr ausgedehnten One-Night-Stand«, erwiderte ich mit einem leisen Seufzen, als er die Finger unter meinen Rock schob.

»Wir Wölfe sind sehr ausdauernd.« Seine Hände glitten meine Schenkel hinauf und nahmen den Rock mit. »Strapse«, murmelte er zufrieden an meiner Schulter.

»Ich wusste, dass dir das gefallen wird.« Hungrig zog ich ihm das Shirt über dem Kopf, als wir das Bett erreichten, machte ich seine Hose auf, die er sofort nach unten streife. Seine Männlichkeit sprang mir in voller Pracht entgegen. Ich gab ihm einen kleinen Schubs, und er saß auf dem Bett.

»Deine dominante Seite gefällt mir.« Aarons Stimme war rau vor Verlangen. Ganz langsam zog ich den Slip aus und seine Augen glühten.

»Das Buch ist schon lange überfällig, das kostet Sie

eine Stange Mister«, gab ich die sexy Bibliotheksangestellte.

»Aber ich habe kein Geld bei mir«, stieg Aaron in das Spiel mit ein.

»Dann werden Sie das wohl auf andere Art abarbeiten müssen.« Ich schob den Rock weiter hoch, setzte mich rittlings auf seinen Schoß, senkte mein Becken, und er glitt in mich.

»Ich werde mein Bestes tun, Miss Peachock, um Sie zufriedenzustellen«, erwiderte er, sog dabei tief Luft ein.

Extrem zufrieden öffnete ich die Augen. Der Morgen dämmerte bereits. Aaron lag nicht neben mir, sondern stand vor dem Fenster. Wandler hatte wirklich kein Problem mit Nacktheit. Er tippte etwas in sein Handy.

»Verflucht Ray, antworte endlich!«, zischte er leise.

»Was ist los?« Ich ging zu ihm.

»Rachel hat noch immer kein Wort von sich hören lassen. So viel Sex kann man wirklich nicht haben.« Er sah von dem Handy zu mir.

»Ich dachte, Wölfe sind sehr ausdauernd.« Sanft strich ich ihm die dunklen Strähnen aus dem Gesicht.

»Das sind wir.« Er lächelte, doch tiefe Besorgnis lag in seinen Augen, die vor Kummer fast grau waren.

»Wir könnten doch zu Rachel fahren, seit Wochen ist nichts mehr passiert«, schlug ich vor.

»Ethan hat das Gebäude auch wie Fort Knox gesichert. Auf der Straße wärst du nach wie vor eine lebende Zielscheibe, und wenn so viele Geräusche und Gerüche um mich herum sind, kann ich dich keinesfalls so effektiv schützen wie hier.«

»Aber irgendetwas müssen wir tun. Ich sehe doch, dass du kurz davor bist, vor Sorge die Wände hochzugehen.«

»Ray kann auf sich aufpassen, und der Typ, der sie abgeschleppt hat, war ein Mensch. Ein Mensch könnte ihr niemals gefährlich werden.« Aaron schien damit mehr sich selbst beruhigen zu wollen als mich.

Sein Handy summte und er sah nervös aufs Display.

»Liam war an ihrer Wohnung, doch er kam nicht rein. Sie ist noch immer nicht zu Hause, verflucht«, sagte er. »Ich hab einen Schlüssel von ihr in meinem Apartment. Wenn ich ihm erkläre, wo er ist, dann kann er sich bei ihr umsehen.«

»Nein«, erwiderte ich entschlossen und hielt ihn davon ab, die Nachricht zu schreiben. »Sie ist *deine* Schwester. Ich werde brav hierbleiben. Mein Onkel hat für heute Vormittag sowieso Meetings angesetzt, und du wirst bei ihr selbst nach dem Rechten sehen. Scarlett kann in der Zwischenzeit auf mich aufpassen.«

»Ach, Rachel wird nur wieder ihr Handy nicht aufgeladen haben, weil sie wahrscheinlich mit dem Typen gerade einen Rekord aufstellt. Ich mache mir bestimmt umsonst Sorgen.« Aaron legte die Hand auf meine Wange. Man sah ihm an, wie hin- und hergerissen er war. Sein Handy summte, und als er draufsah, leuchteten seine Augen auf. Was ein Zeichen dafür war, dass ihn etwas sehr aufregte.

»Eine Nachricht von Rachel. Sie schreibt, dass sie dringend meine Hilfe braucht. Die Adresse, bei der ich sie treffen soll, ist mir völlig unbekannt, und was noch merkwürdiger ist, ich bekomme noch immer keine Verbindung zu ihr. Wenn sie eine Nachricht schreiben kann, müsste sie doch bei Bewusstsein sein. Irgendwas stimmt hier ganz und gar nicht …« Verwirrt blickte er zu mir.

»Du musst dem auf jeden Fall nachgehen«, drängte ich. »Mach dir keine Sorgen um mich. Scarlett wird ihre Sache bestimmt gut machen, und du hast selbst gesagt, dass das Gebäude wie Fort Knox gesichert ist«, beruhigte ich ihn. »Außerdem können die Katzen endlich mal entspannt in einem Meeting sitzen«, fügte ich lächelnd hinzu.

»Da ist wohl wahr. Obwohl es mächtig Spaß macht, die Nervosität in ihren Blicken zu sehen.« Er erwiderte mein Lächeln. »Du hast meine Handynummer. Wenn irgendwas ist oder dir etwas seltsam vorkommt – die winzigste Kleinigkeit –, dann ruf mich sofort an.«

»Zu Befehl«, erwiderte ich zackig.

»Okay, ich zieh mich an. Ich werde so schnell wie möglich wieder da sein.« Aaron küsste mich sanft.

Hoffentlich war Rachel nichts Schlimmes zugestoßen. Gedankenverloren saß ich in dem Meeting, mein Blick glitt zum Fenster. Heute war ein richtig trüber Tag, der zu meiner Stimmung passte. Ein Mitarbeiter stellte irgendein Start-up-Unternehmen vor. Ich hörte nicht zu. Die Katzen unter den Anwesenden waren wesentlich entspannter als sonst. Das lag mit Sicherheit daran, dass Scarlett hinter mir stand und nicht Aaron. Gerade präsentierte der Sprecher – irgendein Wilson, falls ich mich richtig erinnerte – Tabellen mit Kostenaufstellungen und Gewinnaussichten, die ein Beamer an die Wand Dorian gegenüber warf. Vielleicht war Aaron ja wieder da, wenn ich ins Penthouse zurückkam. Wahrscheinlich erwischte er seine Schwester gerade in diesem Moment in einer heiklen Situation. Wir hatten auch schon tagelang ununterbrochen Sex gehabt. Unwillkürlich musste ich grinsen.

»Möchtest du etwas dazu sagen, Liv?«, fragte Dorian plötzlich.

»Das klingt alles vielversprechend«, gab ich schnell

zurück und warf einen flüchtigen Blick auf die Präsentation.

»Liv hat recht. Ethan, mach bitte ein Angebot.«

»Alles klar.« Damit nahm Ethan sein Tablet vom Tisch und stand auf. Die anderen verließen den Raum.

»Wenn es dir recht ist, möchte ich ins Penthouse zurück. Ich hab etwas Kopfweh.« Ich sah zu Dorian.

»Aber natürlich. Brauchst du irgendetwas?«, wollte mein Onkel wissen.

»Nur ein wenig Ruhe«, erwiderte ich lächelnd und erhob mich.

Eilig verließ ich den Raum. Kaum erreichte ich mein Zimmer, ließ ich das Smartphone Aarons Nummer wählen. Die Mailbox ging dran. Auch Rachel erreichte ich nicht. Verdammt, was sollte das? Wieder und wieder rief ich die beiden an, bis ich wirklich Kopfweh bekam. Ich hinterließ unzählige Nachrichten. Das Ganze hatte schon etwas von Stalking.

Stunden waren seit der ersten Nachricht vergangen. Es wurde bereits wieder dunkel.

»Bitte, bitte Aaron, ruf mich an!«, sprach ich die gefühlt hundertste Nachricht auf die Mailbox. Was war los? Tränen rannen über mein Gesicht. Ich nahm sein getragenes Shirt, das über dem Sessel hing, hielt es an meine Nase. Warum tat er das? Er musste doch wissen, dass ich mir Sorgen machte. Vielleicht hatte er gerade keinen Empfang, versuchte ich mich zu beruhigen, und warf mich aufs Bett.

»Aaron melde dich!«, flüsterte ich in sein Shirt. »Verrat hat Konsequenzen«, hatte er einmal gesagt. Was, wenn Drake Walker in dem, was Aaron für mich tat, Verrat sah, und ihn in seiner Gewalt hatte? Der Gedanke brachte mich fast um. Verflucht, ich musste etwas tun.

Schnell krabbelte ich vom Bett, schlüpfte in meine Pumps und rannte aus dem Zimmer. Sofort war Scarlett zur Stelle.

»Wo gehst du hin?«, wollte sie wissen.

»Weg!« Ohne sie eines Blickes zu würdigen, schritt ich weiter, war schon in dem Gang zum Aufzug, bis Ethan mich aufhielt.

»Wohin, Liv?«

»Zu Drake Walker. Er hat vielleicht Aaron in seiner Gewalt.«

»Keine Chance.« Ethan stand wie eine Mauer vor mir.

»Aber ich muss etwas tun«, flehte ich.

»Weißt du was, ich hol ein paar Gefallen ein. Wenn ich mehr weiß, wirst du es sofort erfahren.« Ethan legte die Hand auf meine Schulter. »Aber bitte bleib hier.«

»Ich danke dir«, sagte ich und sah ihm hinterher. Er verschwand im Büro.

»Weißt du, was, du brauchst jetzt was Starkes.« Scarlett steuerte die Bar an, ich folgte ihr. Sie stellte sich auf die Küchenseite, holte unter dem Tresen eine Flasche hervor, deren Inhalt die Farbe ihrer Augen besaß, dann zwei Gläser. Eines schenkte sie zur Hälfte voll. Mit dem Finger schob sie es zu mir, dann war das zweite dran.

»Auf den Wolf. Er ist ein guter Kämpfer. Ich bin mir sicher, dass ihm nichts geschehen wird.« Scarlett erhob ihr Glas. Ich nahm meines und stieß dagegen. Sie trank ihres in einem Zug leer. Ich tat es ihr gleich. Kaum hatte ich das Glas auf der Bar abgestellt, stand meine Kehle in Flammen, und ich hustete, bis mir die Tränen über das Gesicht liefen. Das Zeug schmeckte scheußlich.

»Beim zweiten wird's leichter«, sagte Scarlett und goss wieder ein.

»Bist du eigentlich in New York geboren?«, wollte ich

wissen, spürte, wie mir der Alkohol in den Kopf stieg und die Zunge schwer wurde.

»Ehrlich gesagt habe ich keine Ahnung, wo ich geboren wurde. Ich war ein Findelkind und bin im Waisenhaus aufgewachsen.« Scarlett nahm einen kräftigen Schluck.

»Dann hat dir in deiner Kindheit auch niemand beigebracht, was es heißt, eine Wandlerin zu sein. Wann haben bei dir die Veränderungen angefangen?«

»Schon recht früh ... mit siebzehn. Die Erzieher haben mich für verrückt gehalten, wollten mich einweisen lassen, da bin ich abgehauen«, erwiderte Scarlett und leerte ihr Glas. Sie schenkte sich nach. Ich trank, und es brannte wirklich nicht mehr so sehr, aber es schmeckte immer noch widerlich.

»Bei wem hast du gelebt?«

Sie sah mich an, hob ihre schmalen Brauen. »Auf der Straße«, erwiderte sie, und ich hätte sie am liebsten in den Arm genommen, denn sie tat mir so unglaublich leid. Ich hatte wenigstens meine Mom gehabt.

»Bis ein Katzenwandler mich fand und zu Ethan brachte. Ich war kurz davor gewesen, meine menschliche Seite zu verlieren. Erst hier habe ich gelernt, mit diesem Teil von mir umzugehen. Ich habe Ethan viel zu verdanken.«

Schon war Scarletts Glas wieder leer. Sie stand aufrecht vor mir, ohne die kleinsten Anzeichen von Berauschtheit, als hätte sie nur Wasser getrunken, ich hingegen musste mich an der Bar festhalten.

»Für mich war Aaron dieser Wandler«, erwiderte ich leise. Eine Träne bahnte sich ihren Weg über meine Wange, und ich wischte sie mit dem Handrücken weg. »Was, wenn ihm etwas passiert ist oder sein Vater ihn für das, was er für mich getan hat, bestraft? Ich weiß, wie die

Strafen unter Wandlern aussehen, sie enden meist tödlich. Oder ...«, ich holte mit einem Schluchzer tief Luft, »... was, wenn ihm bewusst geworden ist, dass er seine ganze Zukunft wegen einer Katze weggeworfen und er mich einfach nur verlassen hat?«

»Falls er dir das wirklich angetan hat, habe ich noch die hier.« Scarlett zog ihre Dolche unter der Jacke hervor. »Damit kann ich ihn in winzig kleine Stücke tranchieren.«

»Das ist Silber?« Ich strich über den Griff, in den kunstvolle Muster eingraviert worden waren. Die kurze Klinge war leicht gebogen.

»Es soll ja auch so richtig wehtun«, erwiderte sie.

»Sie sehen sehr wertvoll aus.«

»Sind sie auch. Es sind Khanjar. Sie wurden für einen König gefertigt. Ethan schenkte sie mir, als ich eine vollwertige Katze wurde und er mich in sein Sicherheitsteam aufnahm. Du musst wissen, ich kämpfte lieber als Mensch.«

»Aaron wurde mit seiner Schwester gesehen. Ich denke, sie sind zusammen unterwegs.« Ethan kam aus dem Büro.

Scarlett verstaute ihre Dolche wieder.

»Aber warum ruft er hier nicht an und sagt mir Bescheid?«, fragte ich verzweifelt.

»Darauf hab ich keine Antwort.« Ethan runzelte die Stirn.

»Wisst ihr, was? Soll er doch bleiben, wo die Sonne nicht scheint.« Ich trank mein Glas aus, nahm die Flasche und goss es voll. In der gleichen Geschwindigkeit, wie der Alkohol meinen Körper eroberte, jagte auch die Wut durch meine Adern. Das war so verflucht rücksichtslos. Als ich das bernsteinfarbene Zeug in einem Rutsch runterschüttete, blieb die Kehle brandfrei, aber der Boden entwickelte ein Eigenleben.

»Ich glaube, es reicht.« Ethan nahm mir die Flasche weg. »Wir bringen dich ins Bett.«

»Wo ist eigentlich die süße Abby?«, wollte ich wissen. Meine schwerfällige Zunge ließ mich lallen.

»Sie übernachtet heute bei einer Freundin. In zwei Tagen hole ich sie wieder ab. Denn wir haben ja morgen Abend wieder unser Familienessen.« Ethan stützte mich, während er mich in Richtung meines Zimmers lotste. Scarlett öffnete die Tür.

»Ich werde mich um sie kümmern«, sagte sie zu Ethan, der mich auf dem Bett absetzte.

»Gute Nacht.« Er gab mir einen sanften Kuss auf die Stirn.

»Was wird, wenn Aaron mich verlassen hat, Scarlett?«, sagte ich heulend, während sie mir dabei half, meine Sachen auszuziehen.

Ich fand sein Schlafshirt im Bett. Sie streifte es mir über. Es roch nach Aaron, so wie alles hier. Schluchzend kroch ich ins Bett, und Scarlett deckte mich zu.

Kapitel 27

Am nächsten Tag erwachte ich mit einem fahlen Geschmack im Mund und pochenden Schläfen. Mir fiel wieder ein, warum ich Alkohol in der Regel mied, zumindest harte Sachen. Ich hatte mich gestern wie eine komplette Idiotin benommen. Aaron war nicht einmal einen Tag verschwunden gewesen, und ich hatte schon auf Drama Queen gemacht, die keine vierundzwanzig Stunden ohne ihren Typen leben konnte. Wie armselig war das denn? Zur Krönung hatte ich in meinem angetrunkenen Zustand ausgerechnet Eislady Scarlett mein Leid geklagt. Sie hielt mich bestimmt für eine totale Versagerin. Gute Voraussetzungen, um die Alpha des Clans zu werden.

Ich zog mir die Decke über den Kopf, wollte nie wieder das Zimmer verlassen.

Es klopfte, jeder Schlag mit dem Fingerknöchel gegen das Türblatt hallte in meinem Kopf wider.

»Bist du schon wach?«, erkundigte sich Scarlett.

»Nein«, erwiderte ich, streckte die Hand aus und tastete auf dem Nachttisch nach meinem Handy. Dort hatte ich es gestern liegen lassen, als ich voller Tatendrang losgestürmt war, um Aaron zu retten.

»Du hast ein Meeting.« Scarlett öffnete die Tür.

»Zum Teufel mit den Meetings.« Ich checkte unter der Decke mein Smartphone. Es gab keine einzige verfluchte Nachricht.

»Sie warten auf dich.«

»Sag ihnen, dass ich mich nicht wohlfühle.«

»Wie du willst.« Die Tür wurde wieder geschlossen und ich schrieb die hundertzehnte Nachricht an Aaron. Vielleicht war er mit seiner Schwester in Wolfsgestalt unterwegs. Dann war es natürlich schwierig, meine Nachrichten zu beantworten. Eventuell sollten wir in eine Firma investieren, die Displays entwirft, die auch von Tieren bedient werden können. Galle schoss meine Kehle hoch. Das bernsteinfarbene Gesöff suchte nach dem falschen Ausgang. Hastig sprang ich aus dem Bett und schaffte es gerade noch rechtzeitig aufs Klo.

»So, mein Mädchen, jetzt gibt es erst mal einen starken Kaffee.« Mercedes stand mit einer dampfenden Tasse in der Badtür, erwischte mich damit während einer meiner peinlichsten Momente. Denn mein Kopf ruhte auf meinem Arm, den ich auf die Toilettenbrille gelegt hatte. So wartete ich darauf, ob der Magen sich beruhigen wollte.

»Du siehst ja furchtbar aus.«

»Ich dachte, du hast heute frei«, gab ich zurück.

»Das habe ich auch, aber ich bin hochgekommen, um dich fit zu machen. Scarlett hat mich angerufen.«

»Ach, stimmt ja, du bist ja nicht weit weg, hast ein hübsches Apartment im Erdgeschoss«, murmelte ich und schloss müde die Augen. »Scarlett ist so eine Verräterin.«

»Kindchen, du wirst dich jetzt duschen«, sagte Mercedes streng. »Ich habe nämlich heute noch etwas vor.«

»Ist ja schon gut.« Ich stemmte mich hoch, brauchte einen Moment, bis das Schwindelgefühl abebbte, dann zog ich das Shirt aus.

Mercedes ließ mich allein.

Als das kalte Wasser meine schmerzende Stirn berührte, war das wie der Himmel. Zitternd seifte ich mich ein. Das eisige Nass brachte meinen Kreislauf in

Schwung. Erst als ich sicher stand, drehte ich das warme Wasser auf.

Mercedes erwarte mich bereits im Zimmer.

»Jetzt siehst du schon besser aus«, stellte sie zufrieden fest und reichte mir die Tasse. »So und jetzt erzähl mir, was passiert ist.« Sie setzte sich aufs Bett, bedeutete mir, neben ihr Platz zu nehmen, was ich auch tat. Ich trank einen Schluck. Der Kaffee konnte Tote zum Leben erwecken.

»Ach, Aaron bekam gestern einen Notruf von seiner Schwester. Seither ist er verschwunden und antwortet auch nicht auf meine Nachrichten. Ich rede mir ein, dass er mich verlassen hat.« Meine Hände zitterten bei der Vorstellung. Ich umfasste die Tasse fester, um den Kaffe am Überschwappen zu hindern.

»Süße, warum sollte er das tun? Er hat eine Kugel für dich abgefangen.« Mercedes strich eine feuchte Strähne von meiner Wange.

»Weil ihm vielleicht klar geworden ist, dass er wegen mir sein Leben wegwirft ... Ich könnte es ihm nicht einmal verdenken.« Ich schaute in meine Tasse. Die Oberfläche kräuselte sich, als eine Träne hineintropfte.

»Bestimmt gibt es eine total harmlose Erklärung für alles«, sagte Mercedes.

»Meinst du?« Ich blickte zu ihr, und sie lächelte zuversichtlich.

»Ich habe gesehen, wie er dich anschaut. Er ist total verliebt in dich.« Mercedes stand auf. »So, jetzt wirst du dich anziehen, und ich mach Frühstück.«

»Ich habe keinen Hunger«, erwiderte ich.

»Papperlapapp, der Appetit wird schon noch kommen.« Damit verließ sie den Raum.

Ich stellte die Tasse auf dem Nachtisch ab, krabbelte

ins Bett und suchte nach meinem Smartphone. Es gab noch immer keine Nachricht.

Der Hunger kam nicht wirklich. Aber Mercedes zuliebe knabberte ich an einem Pancake herum.

»Du verträgst nicht viel.« Scarlett saß mir gegenüber, vor ihr stand eine Tasse Kaffee.

»Ich trinke ganz selten und meist nur Wein«, antwortete ich.

»Das hättest du mir sagen müssen.« Sie lehnte sich zurück, trank von ihrem Kaffee und streckte die Füße unter dem Glastisch aus.

»Dir scheint es ja bestens zu gehen.«

»Ich bin gestern erst warm geworden, als du die Segel gestrichen hast.« Sie grinste, was ihr sehr gut stand. »Ist heute etwas geplant?«, wollte sie wissen.

»Das Meeting habe ich jetzt wohl verpasst, und ich habe ehrlich gesagt auch keine Lust, nach unten zu gehen.«

Ich blickte auf mein Handy, das neben dem Teller lag, und seufzte. Vielleicht sollte ich zu Rachels Wohnung fahren, wenn ich an Scarlett vorbeikam, was eher unwahrscheinlich war. Ethan hatte ihr mit Sicherheit die Order gegeben, mich keinesfalls aus dem Gebäude zu lassen, und sie war ihm gegenüber absolut loyal. Seit gestern wusste ich auch, warum.

»So, meine Damen, jetzt gehe ich wieder. Stellt das schmutzige Geschirr einfach ins Spülbecken«, verabschiedete sich Mercedes.

»Viel Spaß bei was auch immer du vorhast.« Mein Blick folgte ihr, als sie in Richtung Angestellteneingang verschwand.

»Danke, Schätzchen«, gab sie zurück und verschwand um die Ecke.

»Gibt's noch immer keine Neuigkeiten vom Wolf?«, erkundigte sich Scarlett, ich schenkte ihr wieder meine Aufmerksamkeit.

»Nein«, antwortete ich tonlos. Plötzlich kam mir das scheußliche Gesöff von gestern Nacht sehr attraktiv vor, um das üble Gefühl wegzuspülen, das sich in mir breitmachte.

Der Tag endete ohne eine Nachricht von Aaron. Wir versammelten uns um die Tafel, die bereits eingedeckt war. Zwei Kellner schoben Servierwagen aus der Küche, auf denen mit Silberhauben abgedeckte Teller darauf warteten, verteilt zu werden. Jade hatte wieder neben Ethan Platz genommen, Dorian saß am Kopf der Tafel, und ich war auf meiner Seite allein.

»Kommt der Wolf noch?«, erkundigte sich Jade, sie schaute zu dem leeren Sessel neben mir.

»Nein, Aaron wurde aufgehalten«, erwiderte ich und nahm die Serviette von meinem Teller.

»Und ich dachte, er würde nie mehr von deiner Seite weichen.«

Hörte ich da Häme in ihrer Stimme?

»Wein?«, fragte der Kellner neben mir. Die Stimme kam mir bekannt vor. Aber warum?

»Ich hätte gern roten.« Noch zu gut erinnerte ich mich an den ekligen Weißwein vom letzten Mal.

»Sehr wohl«, meinte der Mann höflich, und ich sah zu ihm auf.

Verflucht, wo hatte ich diese Stimme schon einmal gehört? Auch sein Aussehen löste ein Déjà-vu aus. Irgendwoher kannte ich ihn. Mein Blick folgte ihm, doch ich kam nicht darauf, woher. Ich hatte das Gefühl, dass die Antwort auf die Frage immens wichtig war.

Aufmerksam musterte ich die Crew. Das letzte Mal

waren wir von anderen bedient worden. In meinem Bauch machte sich ein bedrohliches Gefühl breit.

»Vielleicht könnte Scarlett den leeren Platz einnehmen? Sie ist ja auch so etwas wie ein Familienmitglied«, schlug ich vor und sah zu Ethan. Er war seltsam still, sah mich nur an. Machte auch keine bissigen Bemerkungen über Aaron, obwohl dessen Fernbleiben geradezu eine Steilvorlage bot.

»Das ist ein Familiendinner«, belehrte mich Jade.

»Nein, bitten wir sie doch dazu. Ethan!« Dorian sah zu seinem Beta, der das Smartphone aus der Tasche holte und Scarlett herbeizitierte. Nur zwei Minuten später war sie schon da.

»Was ist?« Sie sah verwirrt aus.

»Bitte, nimm neben Liv Platz. Wir hätten dich gern dabei«, lud Dorian sie ein, und Scarlett setzte sich verunsichert neben mich. Sie betrachtete uns alle, als hätten wir ihr gerade eröffnet, dass wir vom Mars stammten.

Dorian erhob sich. »Wir haben uns heute wieder wie jeden Monat hier versammelt, um …«

»Darf ich heute die Ansprache halten?«, unterbrach ihn Jade.

»Natürlich, wenn du gern möchtest.« Dorian sank in den Sessel zurück, und sie stand auf.

»Danke, Dad. In der vergangen Woche ist viel geschehen. Ein neues Familienmitglied ist zu uns gestoßen.« Sie nickte mir zu. »Dann sucht mein Dad die Versöhnung mit den Wölfen. Ein nobles Ziel.« Sie sah zu ihrem Vater, der lächelte. »Und schließlich wird Liv in absehbarer Zeit den Clan übernehmen. Leider muss ich sagen, dass ich diese Entscheidungen für sehr unglücklich halte, um nicht ›dumm‹ zu sagen.«

»Was meinst du damit?« Dorian rutschte nach vorn.

»Nach dir sollte ich das Rudel übernehmen. Mom hat

so viel dafür getan, dass du der Alpha wirst, und jetzt willst du, dass diese dahergelaufene Streunerin diese Position einnimmt?« Sie funkelte mich an.

»Was soll das heißen, Mom hat so viel dafür getan?« Dorian schien wirklich irritiert zu sein.

»Wer, denkst du, hat diesen Anschlag damals in Auftrag gegeben?«, fuhr sie ihn an. »Jonathan war für immer Geschichte. Jetzt steht sein Bastard vor der Tür, dessen Mutter ein Mensch war, und diese kleine Schlampe ist keinen Deut besser. Sie vögelt mit einem Wolf herum.« Jades Stimme wurde immer schriller.

Was hatte ich da eben gehört? Hatte Jades Mutter meinen Dad ermorden lassen? Mir fehlten die Worte, ich blickte zu Ethan, der regungslos neben ihr saß. Machten die beiden gemeinsame Sache?

»Liv wird das Rudel zugrunde richten. Es kann keinen Frieden mit den Wölfen geben, dieser degenerierten, inzestuösen Bande von Tieren. Nur wenn wir sie ausrotten, werden wir in Frieden leben können.« Jade spie Dorian die Worte ins Gesicht. Der sprang auf und verpasste ihr eine schallende Ohrfeige.

»Wie redest du mit mir?«

»Wie es sich für einen Versager gehört. Und *das* ... hättest du nicht tun sollen.« Blitzschnell packte sie ein Messer und stieß es ihm ins Herz. Keiner hielt sie auf. Ethan zuckte nicht einmal, auch Scarlett blieb untätig.

Mit weit geöffneten Augen taumelte Dorian zurück und setzte sich in seinen Sessel. Vergiftetes Blut quoll aus der Wunde, färbte sein Hemd schwarz. Mir wurde schlecht. Ich wollte ihm zur Hilfe eilen, doch Scarlett drückte mich in den Sessel.

»Bitte, jemand muss etwas tun«, flehte ich alle an. Ich zitterte am ganzen Leib.

»Warum?«, hauchte Dorian und sah zu Jade.

»Es war notwendig«, erwiderte sie kalt. Einen Herzschlag später starrte er mit leeren Augen auf den Tisch und sank in sich zusammen.

»Nun zu dir.« Jade legte das blutige Messer auf ihren Platzteller.

»Willst du mich auch umbringen? Dann tu es doch!«, brüllte ich sie an. Diese Katze war offensichtlich zu allem bereit.

»Nein, für dich habe ich mir etwas anderes ausgedacht«, sagte sie mit einem eiskalten Lächeln.

Ich blickte von ihr zu Ethan, wusste nicht, wen ich mehr verabscheue, die Tochter, die emotionslos ihren Vater ermordet oder den Beta, der dabei zugesehen hatte?

»Ihr macht die Sauerei weg!«, befahl Jade den so eben eingetretenen Männern, die mit Sicherheit keine Kellner waren, sondern zu ihrer Verschwörungstruppe gehörten.

Jetzt wusste ich, woher ich den einen kannte. Er war es gewesen, mit dem Jade auf dem Ball geflirtet hatte. Wahrscheinlich hatte sie mit ihm über das Attentat auf mich gesprochen, während ich ihnen dabei zugesehen hatte.

»Wir werden jetzt einen kleinen Ausflug machen.« Jade stand auf. Scarlett zog mich hoch.

»Denkt ihr wirklich alle, dass Jade recht hat?« Ich sah zu Ethan, der meinem Blick auswich, der feige Bastard.

Sie brachten mich auf das Dach, dort wartete bereits ein Helikopter. Die Rotoren liefen schon. Mein Haar schlug mir wild ins Gesicht. Zuerst stieg Ethan ein. Scarlett drückte mich auf den Platz neben ihm. Sie rutschte an meine andere Seite. Für Jade und diesen Kellner blieben die Sitze gegenüber, dann hob der Helikopter ab.

»Oje, ich bin ja so unhöflich«, sagte Jade laut, um den Lärm zu übertönen. »Russel hier neben mir ist vom Clan meiner Mutter. Er ist der Sohn des Betas. Er wird einmal selbst ein hervorragender Beta werden.« Sie betrachtete mich mit einem überlegenen Lächeln.

»Ist mir eine Ehre«, sagte Russel, und es fiel mir wie Schuppen von den Augen. Es war die Stimme aus meinen vermeintlichen Albträumen. Inzwischen wusste ich ja, dass es keine Albträume gewesen waren, sondern mein Bruder sich in meine Gedanken geschlichen hatte. Und Russel war derjenige, der ihn damals aus dem Koma geholt und ihn auf New York losgelassen hatte.

»Dass dein Vater stirbt, war nicht abgesprochen gewesen«, fuhr Ethan Jade an.

»Es hat sich eben so ergeben.« Sie fixierte ihn.

Ethan hielt ihrem Blick stand, ballte die Hände, die auf seinen Oberschenkeln lagen, zu Fäusten und knurrte leise. Irgendetwas stimmte hier nicht.

»Dann warst du es, die das Kopfgeld auf mich ausgesetzt hat?« Wut schoss durch meine Adern, meine Nägel wurden zu Krallen.

»Wenn du dich jetzt verwandelst, werfen wir dich aus dem Hubschrauber und du wirst deinen Wolf nie wiedersehen«, sagte sie gelassen.

Sofort bildeten sich die Krallen zurück. »Was hast du mit Aaron gemacht?!« Ich schrie so laut, dass sich meine Stimme überschlug.

»Zu deiner ersten Frage. Meine Mom hat das Kopfgeld ausgesetzt. Doch dann dachte ich bei mir, warum so viel Geld ausgeben, wenn man es selbst erledigen kann? Aber dieser dämliche Wolf musste ja unbedingt die Kugel für dich abfangen, und er wich auch nicht mehr von deiner Seite. Eine Zeit lang hatte ich die Hoffnung, du würdest die Position als Alpha ablehnen, bis mein Vater dich in jedes Meeting mitgeschleppt hat. Na ja, und es hat ja auch irgendwie Spaß gemacht, eine Weile mit dir zu spielen. Katzen spielen nun mal gern mit schwachen Tieren. Zu deiner zweiten Frage werden wir gleich kommen.«

»Verfluchtes Miststück, sag mir, wo Aaron ist?« Ich wollte aufstehen, doch Scarlett hielt mich fest.

»Von dir hätte ich das am wenigsten erwartet. Ich hab dir, verflucht noch mal, vertraut«, brüllte ich sie an.

Kapitel 28

Der Hubschrauber landete vor einer Fabrikhalle, die einen verlassenen Eindruck machte. Ich kletterte hinter Scarlett aus dem Helikopter. Mein Haar wurde durcheinandergewirbelt. Eisige Kälte griff nach mir, fuhr unter meine Kleidung, ich kam mit dem Zittern gar nicht mehr nach. Wir betraten die Halle, in der die verrosteten Reste eines Förderbandes zwischen Metallschrott herumstanden, und durchquerten sie. Eine Symphonie der unterschiedlichsten Gerüche schlug mir entgegen. Doch *eine* Nuance hätte ich unter einer Million erkannt. Es roch tatsächlich nach Aaron. Er musste hier irgendwo sein. Dazu kamen Schreie, die wie Anfeuerungsrufe klangen.

Mit klopfendem Herzen folgte ich Jade zum anderen Ende der Halle. Ein schrankgroßer Mann im Anzug stand vor einem Tor. Als wir ihn erreichten, schob er es auf.

In der nächsten Halle stand eine Traube Menschen um etwas, das ich nicht erkennen konnte, und brüllten durcheinander. Bei Jades Anblick traten sie sofort zur Seite, und wir erreichten ein gigantisches Loch im Boden, von dem aus man in eine Art Kellerraum blicken konnte. Am Rand blieb ich stehen, hatte das Gefühl, mein Herz würde aufhören zu schlagen. Zwei Wölfe kämpften dort unten wie in einer Arena. Einer davon war Aaron, und die Wandler hier oben, vornehmlich Katzen, schlossen Wetten ab.

Was zum Teufel war hier los? Aaron kämpfte, als

wäre er kein Mensch mehr. Er packte seinen Gegner in diesem Moment an der Kehle und riss sie heraus, dann biss er ihm den Halswirbel durch. Dass Knacken ging mir durch Mark und Bein. Die Katzen oben jubelten.

»Unser Neuzugang konnte seinen Titel verteidigen und bleibt der Champion«, tönte es aus einem Mikrofon. Der Kopf des Besiegten lag in einer blutigen Lache.

Galle brannte in meiner Kehle, ich würgte sie hinunter. Warum verwandelte sich der Tote nicht zurück? Dass es sich um einen Wandler handelte, war über jeden Zweifel erhaben.

»Was ist das hier?« Ich sah zu Jade.

»Wir finanzieren auch medizinische Einrichtungen. Eine davon erforscht die Wandlerkrankheit. Vor Jahren wurde ein Mittel entdeckt, das sie auslösen kann. Dein Bruder war damals die erste unfreiwillige Versuchsperson, der wir das Serum verabreicht haben. Das Interessante ist, die Wandler, bei denen die Krankheit durch die neuste Weiterentwicklung des Serums ausgelöst wird, verwandeln sich auch nach ihrem Tod nicht mehr zurück. Alle Wölfe hier haben das Serum im Blut. Das macht sie aggressiver und die Kämpfe damit umso spannender. Aaron ist unser neuestes Versuchsobjekt. Wir haben ihm eine ordentliche Dosis verabreicht, und er macht sich bislang sehr gut, ist sogar unser Champion«, erklärte sie amüsiert.

Wärter betraten die Arena durch eine Metalltür. Sie hatten Elektrostäbe dabei, mit denen sie Aaron in Schach hielten, während sie den Kadaver rauszogen.

»Kampf, Kampf, Kampf«, brüllten die Anwesenden im Chor.

»Die Menschen sind immer noch beunruhigt, weil die Bestie, die für die Morde im Central Park verantwortlich ist, nach wie vor frei rumläuft. Sie wissen ja nicht, dass

Steven von uns bereits in Gewahrsam genommen wurde. Und bald schon wird es eine weitere Leiche geben. Aber wir werden der Polizei die Bestie ausliefern. Natürlich nicht irgendeinen Wolf, sondern den Sohn des Alphas. Wir werden die Helden von New York sein, und die Menschen können wieder beruhigt durch den Central Park spazieren. Ich wiederum hab einen Grund, die Wölfe aus der Stadt zu jagen. Eine Win-win-Situation, würde ich sagen. Denn die weitere Leiche, die gefunden wird, wird deine sein – die der Katzen-Alpha.«

Bevor ich reagieren konnte, gab sie mir einen kräftigen Stoß. Scarlett griff noch nach mir, aber zu spät. Als ich mit dem Rücken voran um die drei Meter tiefer aufschlug, blieb mir die Luft weg. Ich hatte das Gefühl, jeder Knochen im Leib wäre gebrochen. Ächzend rappelte ich mich auf, mein ganzer Körper war ein einziges Pulsieren.

Aarons Schnauze zitterte, er nahm Witterung auf. Dann rannte er an der Wand aufgeregt hin und her, als wüsste er nicht, was er jetzt tun sollte. Ganz ruhig kam ich auf die Beine, obwohl mein Herz kurz davor stand, durch den Rippenkäfig zu brechen. Reines Adrenalin sprudelte durch meine Adern. Die Katze wollte kämpfen, fliehen, einfach überleben, kratzte unter der Haut, trotzdem hielt ich sie zurück und blieb regungslos stehen. Wenn ich mich jetzt verwandelte, wäre das ein Akt der Aggression.

»Kampf, Kampf, Kampf«, brüllte die Menge über mir unablässig.

Aaron machte einen Schritt in meine Richtung, schnappte und zog sich wieder zurück. Noch immer wusste er offensichtlich nicht, was er tun sollte. Irgendwo da drin steckte noch der Mensch, der mich erkannte.

Daran glaubte ich ganz fest, und ich würde alles tun, um das Tier zu besänftigen.

»Ich würde mich verwandeln, als Mensch hast du überhaupt keine Chance gegen ihn«, rief Jade voller Schadenfreude. Doch ich machte keine Anstalten, ihrer Aufforderung nachzukommen.

»Aaron, erkennst du mich nicht?«, sagte ich sanft. »Wir sind doch die zwei Hälften des Vollmonds. Ich weiß genau, dass du da drin bist. Bitte!«

Er fletschte die Zähne, zeigte sein bedrohliches Gebiss, das mir mein Genick mit Leichtigkeit brechen konnte. »Bitte, Aaron, komm zurück!« Ich streckte ihm die Hand entgegen, damit er daran riechen konnte.

»Kampf, Kampf, Kampf«, forderte der Chor von Abschaum über mir. Ein paar fingen zu buhen und zu pfeifen an. Die schrillen Töne machten Aaron zunehmend aggressiver. Sein Knurren wurde lauter, während mein Herz so schnell gegen den Brustkorb trommelte, dass es schmerzte.

»Dann machen wir es spannender«, rief Jade. Die Metalltür ging auf, und Abby wurde hereingeschubst. Mir schnürte ein unsichtbares Seil die Kehle zu. Wie konnte man nur ein Kind für diese niederen Pläne missbrauchen?

»Verfluchtes Dreckstück, du wolltest sie freilassen«, brüllte Ethan voller Schmerz, übertönte die grölende Menge.

»Haltet den Narren fest«, befahl Jade. »Liv, wenn du nicht für dich kämpfst, dann vielleicht für die Kleine. Du willst doch das Publikum nicht enttäuschen«, rief sie mir gehässig zu.

Hinter mir schluchzte Abby gottserbärmlich. Ganz vorsichtig ging ich rückwärts, ohne Aaron aus den Augen zu lassen. Er folgte mir.

»Abby, Kleines, geht es dir gut?«, fragte ich, den Blick fest auf Aaron gerichtet. Ich tastete mit einer Hand nach hinten, berührte ihr nasses Gesicht.

»Ja«, erwiderte sie mit tränenerstickter Stimme.

»Bitte, du musst jetzt ganz tapfer sein und zu weinen aufhören. Bleib immer hinter mir. Machst du das für mich? Ich werde dich beschützen«, sagte ich sanft, und aus dem Schluchzen wurde ein Wimmern.

»Okay«, erwiderte sie schniefend, und ich konzentrierte mich wieder auf Aaron.

»Hey, Baby, ich habe dich total vermisst. Mein Bett war so leer ohne dich.«

Aaron senkte den Kopf, zeigte seine imposanten Reißzähne, mein Puls schoss durch die Decke, mir wurde kurz schwarz vor Augen, unter meiner Haut prickelte das Adrenalin. Die Hand, die ich ihm noch immer entgegenhielt, zitterte fürchterlich, aber ich zog sie nicht zurück. Er pirschte auf mich zu.

»Er verwandelt sich«, kreischte eine Frau über mir. Ich hatte keine Ahnung, wen sie meinte. Dann hörte ich ein tierisches Brüllen. Die Menschen schrien durcheinander. Panik brach dort oben aus. Was mir hier unten das Leben schwerer machte, denn Unruhe färbte auch auf Aaron ab und er zog sich hastig zurück. Er blickte hoch, rannte wieder an der Wand hin und her. Dann hörte ich ein markerschütterndes Schreien, ein Körper schlug neben mir auf. Es war Jade, in ihrer Brust steckte Scarletts Dolch. Hatte Scarlett die Seite gewechselt? Abby heulte wie von Sinnen, und Aaron wurde zunehmend gereizter.

»Wölfe sind hier«, brüllte ein Mann, und über mir brach die Hölle aus – Knurren und Fauchen, als würden Raubtiere erbittert gegeneinander kämpfen, während andere schreiend flohen. Das hatte mir gerade noch gefehlt.

Aaron fletschte die Zähne. Es gefiel ihm offensichtlich ganz und gar nicht, was da oben vor sich ging.

»Bitte, Kleines, sei tapfer. Du musst dich beruhigen«, raunte ich Abby zu.

Ihr Gesicht glänzte vor Tränen, der zierliche Leib wurde von Schluchzern geschüttelt. Ich verlangte unmenschlich viel von dem Mädchen, denn neben ihr lag eine Tote, vor ihr stand ein riesiger Wolf, und über ihr kämpfte scheinbar jeder gegen jeden. Aaron war wie eine geladene Waffe, die jederzeit losgehen konnte.

Aus dem Augenwinkel bemerkte ich einen Schatten. Jemand oder etwas sprang in die Arena. Mein Puls verdreifachte seinen Schlag. Wenn das jetzt noch ein verdammter Angreifer war, dann bekam ich wirklich mächtige Probleme. Es war Scarlett, die geschmeidig neben mir landete. Was hatte sie vor? Wollte sie mich töten oder beschützen? Ihr Auftritt war der Funke, den es noch gebraucht hatte. Aaron griff an, sie zückte ihren Dolch. Hastig riss ich sie weg und sein Angriff ging ins Leere.

»Kümmere dich um die Kleine. Überlass ihn mir!« Während Scarlett Abbys Schutz übernahm, trat ich Aaron entgegen.

»Erinnerst du dich, wie du mich vor Kane gerettet hast?« Ganz langsam ging ich vor ihm auf die Knie. »Und du bist mit mir ins Met gegangen, das fand ich so unglaublich romantisch. Aber der Kuss am Flughafen toppte alles, ich wollte es dir eigentlich niemals sagen, doch das war der schönste Kuss, den ich jemals bekommen habe.«

Aaron schlich mit einem Grollen näher. Über mir hörte ich Knurren und Schreie, als wäre ein Kampf unter

Wandlern ausgebrochen, aber ich blendete alles aus. Es gab nur noch uns beide.

Er stand vor mir, roch an meiner Schulter, näherte sich langsam meinem Hals.

»Im Central Park warst du mit mir Schlittschuhfahren«, redete ich weiter, spürte seinen heißen Atem auf meiner Haut. »Erinnerst du dich? Du hast mir beigebracht, dass die menschliche Seite immer die Kontrollen behalten muss. Ich habe es geschafft, und du bist viel stärker als ich.« Seine Reißzähne kratzten über meine Haut. Ich schloss die Augen, hielt die Luft an. Seine Nase fuhr sanft über das Mal. »Aber wenn das Ganze hier nicht gut ausgeht, will ich dir noch sagen, dass ich dich liebe.« Mein Herz schlug bis zur Kehle, ich schluckte.

»Ich liebe dich auch«, flüsterte Aaron in mein Ohr.

Er hatte sich verwandelt. Erschrocken hob ich die Lider, blickte in azurblaue Augen.

»Du bist wieder bei mir.« Tränen der Erleichterung perlten über meine Wangen.

Er kniete vor mir, nahm meinen Kopf in seine Hände und küsste mich. »Danke, dass du mich nicht aufgegeben hast«, hauchte er an meinem Mund.

»Das ist ja herzallerliebst. Nur zu eurer Information, wir haben hier oben alles unter Kontrolle. Ganz ehrlich, Katzen sind keine wirklichen Gegner für Wölfe.«

Drake Walker stand über uns am Rand des Durchbruchs. Erst jetzt fiel mir auf, dass von oben keine Kampfgeräusche mehr zu hören waren. Die Wölfe hatten offenbar gewonnen. Aaron kam auf die Beine, zog mich mit sich hoch und schob mich hinter sich.

»Was willst du?«, fragte er kalt.

»Begrüßt man so seinen alten Dad?« Walker verschränkte die Arme. Um das Loch erschienen immer mehr Wolfswandler. Kane trat neben Walker. »So, wie ich das sehe, haben die Katzen hier illegale Wolfskämpfe abgehalten, und jemand muss dafür geradestehen. Ich vermute, das übernimmt die hübsche Alpha hier unten«, meinte Aarons Vater und sah zu mir.

Ich schluckte, denn ich ahnte schon, was jetzt kommen würde.

»Wir können das in einem fairen Kampf, Alpha gegen Alpha, aus der Welt schaffen«, schlug Walker vor, und mir wurde kalt.

Aus dem Augenwinkel sah ich, wie Scarlett ihren Dolch zückte. Ich schüttelte langsam den Kopf. Sie sollte lieber Abby aus der Schusslinie bringen. Bei einem Kampf würde ich mit Sicherheit den Kürzeren ziehen. Ich hatte noch niemals einen richtigen Kampf bestritten, weder als Mensch noch als Katze, und Walker war mit Sicherheit ein erprobter Fighter. Als Alpha musste er das wohl sein.

»Wie lautet deine Antwort?«, fragte Walker herausfordernd.

»Sie kann einen Stellvertreter wählen. Ich werde an ihrer Stelle kämpfen«, kam Aaron mir zuvor.

»Aber wenn du dich wieder verwandelst, kommst du vielleicht nicht mehr zurück.« Verzweifelt nahm ich seine Hand. Ich versuchte, nicht zu heulen, aber die Tränen machten, was sie wollten.

»Vertrau mir, ich schaffe das.« Er lächelte, strich mir sanft mit den Daumen die Tränen von den Wangen. »Alter Mann, ich warte.« Aaron sah wieder zu seinem Vater.

»Ganz, wie du willst, Junge. Dann werde ich dir kräftig den Arsch versohlen.« Walker sprang in die Arena, lautlos ging er in die Knie, als er aufkam. Hinter mir wurde die Tür geöffnet.

»Raus hier«, rief Rachel. In dem ganzen Chaos war

ich heilfroh, sie zu sehen. Zum Glück war ihr offensichtlich nichts zugestoßen. Eilig nahm Scarlett Abby an die Hand und zog sie zur Tür, ich rannte zu Rachel, blieb neben ihr stehen, während Scarlett mit Abby den Gang entlanghastete. Walker zog sich gerade aus.

»Oh mein Gott, jemand muss die beiden aufhalten. Die werden sich umbringen. Es sind doch Vater und Sohn. Ich ... ich ... will nicht schuld sein ...«

»Nein, Liebes, es ist nicht deine Schuld, dieser Kampf war schon sehr lange fällig. Die Beziehung zwischen Dad und Aaron ist seit Moms Tod sehr kompliziert«, unterbrach mich Rachel. Sie nahm meine Hände, zog mich ein Stück in den Gang.

Drake Walker und Aaron verwandelten sich gleichzeitig. Über uns feuerten die umstehenden Wölfe die beiden Kontrahenten an. Die beiden umkreisten sich mit gesenkten Köpfen, knurrten. Walkers Fell war grauer als das seines Sohnes, er erschien auch etwas bulliger. Aggressiv schnappte er nach Aaron, doch der wich aus. Angespannt presste ich die Lippen aufeinander, traute mich fast nicht zu atmen, denn mir war klar, dass hier mehr auf dem Spiel stand als nur die Ehre. Bei Wandlern stand grundsätzlich mehr auf dem Spiel, so viel hatte ich in der Zwischenzeit begriffen. Mit einem tiefen Grollen stürzte sich Walker auf Aaron, griff direkt dessen Kehle an.

Ich biss mir vor Schreck auf die Lippe, schmeckte Blut. Die beiden stellten sich auf die Hinterpfoten. Walker riss seinem Sohn ein blutiges Stück aus der Seite. Sie sprangen auseinander, belauerten sich wieder.

Die Männer um die Öffnung grölten vor Begeisterung. Der Alpha duckte sich zum nächsten Angriff, doch Aaron war schneller, packte ihn an der Kehle und drückte ihn zu Boden.

»Wenn er das ein paar Minuten durchhält, ist alles gelaufen«, raunte mir Rachel zu.

Gnadenlos hielt Aaron den Hals seines Vaters zwischen seinen Reißzähnen gefangen. Der versuchte, sich zu befreien, aber Aaron gab keinen Millimeter nach, drückte ihn weiter auf den Boden. Für Walker gab es kein Vor oder Zurück.

»Der Kampf ist entschieden«, verkündete Kane, und Aaron ließ los. Während er zu mir kam, verwandelte er sich in einen Menschen.

»Wir haben einen neuen Alpha«, sagte Kane laut, und die Wolfswandler, die um das Loch standen und den Kampf beobachtet hatten, jubelten. Ich fiel Aaron um den Hals, war so unglaublich erleichtert. Endlich mal eine Auseinandersetzung unter Wandlern, die nicht mit dem Tode geendet hatte.

»Es war an der Zeit, Bruderherz«, sagte Rachel.

»Nur über meine Leiche. Mit deiner Katzenschlampe bist du kein würdiger Alpha.« Walker war hinter seinen Sohn getreten, in seiner Hand blitzte etwas Metallenes. Es war Scarletts Dolch, den musste er aus Jades Leiche gezogen haben. Er holte aus.

»Pass auf!«, schrie Rachel entsetzt. Doch dann ließ Walker den Arm sinken, er taumelte zurück, drehte sich um. Der Griff eines Messers ragte in Höhe des Herzens aus seinem Rücken.

»Warum? Du musst doch *mich* schützen.« Walker sah zu Kane.

»Ich diene dem Alpha«, erwiderte Kane ohne jegliches Mitgefühl.

»Daddy!« Rachel war ganz bleich. Aaron rannte zu seinem Vater und stütze ihn. Schwarzes Blut lief über Walkers Körper, tropfte zu Boden, bildete eine dunkle Lache zu seinen Füßen. Er schwankte. Aaron hielt ihn fest, als dessen Beine nachgaben, half ihm dabei, kontrolliert zu Boden zu sinken. Das Atmen fiel dem älteren Mann zunehmend schwerer.

»Ich hatte unrecht. Du wirst ein guter Alpha sein, denn die Männer folgen dir«, murmelte Walker. Dann hörte er auf zu atmen, der Blick wurde starr.

Aaron hob den Kopf und schrie seinen Schmerz hinaus. Rachel schluchzte. Ich nahm sie in die Arme, drückte sie an mich. Sie weinte um den verlorenen Vater.

»Ich will hier weg«, sagte Rachel leise, und ich begleitete sie den Gang entlang, der zu einer weiteren Tür führte. Dahinter lag ein Raum mit Käfigen, in denen Wölfe eingesperrt waren. Alles Wandler, denen Jade wahrscheinlich das Serum hatte verabreichen lassen, um sie zu willenlosen Kampfmaschinen zu machen.

»Was sollen wir nur mit ihnen tun?«, flüsterte ich.

»Wir bringen sie in unser Sanatorium«, antwortete Ethan.

Ich hatte ihn gar nicht gesehen, als ich den Raum betreten hatte. Gehüllt in einen Mantel und bewacht von vier Wölfen, saß er an einer gefliesten Wand. Seine Tochter hatte sich an ihn geschmiegt. Das Mädchen zitterte am ganzen Leib. Scarlett lehnte lässig neben ihr an der Wand. Bei Abbys Anblick fiel mir ein tonnenschwerer Stein vom Herzen.

»Geht es dir gut, Kleines?«, fragte ich und ging vor den beiden in die Hocke.

Abby nickte.

»Dank dir, ja. Ich stehe tief in deiner Schuld und werde sie niemals begleichen können«, erwiderte Ethan.

»Jade hatte Abby in ihrer Gewalt. Daher hast du sie nicht aufgehalten, als sie ihren Vater tötete. Was für ein psychopathisches Miststück sie doch war. Ein Kind als Geisel ...« Ich schüttelte den Kopf.

»Wenn du mich als Beta ablehnst, kann ich das verstehen. Ein Beta darf nichts über den Schutz des Alphas stellen, nicht einmal das Leben seiner Tochter.« Ethans Blick begegnete meinem.

»Gerade deshalb möchte ich dich als Beta.«

»Ich hätte sie selbst getötet, wäre Scarlett mir nicht zuvorgekommen«, sagte Ethan hasserfüllt.

Ich stand auf, trat vor Scarlett.

»Das alles war also Show gewesen? Du hast eine gute Vorstellung abgeliefert.«

Sie grinste. »Sie musste doch denken, ich wäre auf ihrer Seite, ansonsten hätten sie mich gleich an Ort und Stelle einen Kopf kürzer machen lassen. Aber als ihre vermeintliche Verbündete hat sie mich mitgenommen. Die kleine Bitch war sich ihrer Sache einfach zu sicher. Sie entführte Abby, damit ist sie zu weit gegangen. Dieses Miststück hatte keine Ahnung, was Loyalität bedeutet.« Scarlett blickte zu Ethan, denn ihm galt ihre Loyalität, das hätte Jade wissen müssen.

»Aaron.« Rachel lief ihrem Bruder entgegen.

»Kann jemand dem Alpha eine Decke bringen«, schnauzte Kane die umstehenden Wölfe an. Ab heute war er nicht mehr der Kerl, der mich überfallen hatte, sondern der loyale Beta, der das Leben des Mannes gerettet hatte, den ich liebte. Eilig wurde Aaron eine Decke umgehängt. Kane trat vor ihn und Rachel, starrte die beiden betroffen an, öffnete den Mund, als wollte er etwas sagen, doch stattdessen senkte er den Blick.

»Es ist kein Wort nötig, mein Freund. Ich weiß, dass dir das unglaublich schwergefallen ist. Ich trage dir den Tod meines Vaters in keinster Weise nach.« Aaron umfasste freundschaftlich Kanes Schulter. Dann kam er zu uns.

»Mir kam zu Ohren, dass du Jades kleinen Gehilfen

getötet und die Kavallerie gerufen hast«, sagte er zu Ethan, und ich hob erstaunt die Brauen. Der Beta der Katzen hat also die Wölfe geholt. Das grenzte ja an ein Wunder.

»Als ich hier eintraf und die Ausmaße von Jades Irrsinn gesehen habe, wusste ich, dass sie vor nichts zurückschrecken und mein kleines Mädchen ebenfalls töten würde. Sie hat Abby in ihre Gewalt gebracht, um mich damit gefügig zu machen. Ich brauchte unbedingt Verstärkung, war mir jedoch nicht sicher, welcher Katze ich noch trauen konnte. Den Katzen, die hier vor Ort waren, auf keinen Fall. Diese Bastarde haben auch das gekriegt, was sie verdient haben. Wie dem auch sei, es schien mir daher ratsam, mich an die Wölfe zu wenden. Deshalb habe ich ihnen heimlich eine Videonachricht gesendet, in der ich ihnen zeigte, was die Katzen mit ihren Leuten veranstalteten. Der Feind meines Feindes und so weiter. Zudem wollte ich die Unruhen, die das Eintreffen der Wölfe auslösen würde, nutzen, um Jade entkommen und nach Abby suchen zu können. Es war vielleicht dumm. Aber zu diesem Zeitpunkt schien es mir die einzige Lösung zu sein, mein Kind zu retten. Ich konnte ja nicht ahnen, welche Folgen das tatsächlich haben würde. Dass dein Vater ...« Ethan verstummte.

»Das konntest du wirklich nicht wissen«, erwiderte Aaron. Der Schmerz in seinem Blick brach mir beinahe das Herz.

»Dann überschlug sich alles«, fuhr Ethan fort. »Als Jade Abby in die Arena führen ließ, rastete ich aus, wandelte mich und tötete Jades Aushilfsbeta. Dieser Russel war kein wirklicher Gegner«, sagte Ethan mit einer großen Portion Sarkasmus in der Stimme.

»Es war richtig, die Wölfe zu rufen«, erwiderte Aaron. »Ethan ist ein Freund der Wölfe. Bringt ihn, zusammen mit seiner Tochter und Catwoman, sicher in ihr Zuhause.« Er sah die Wachen an, die nickten.

»Freund der Wölfe also.« Ethan stemmte sich hoch und nahm Abby auf den Arm.

»Gefällt dir der Titel nicht?« Fragend zog Aaron die Brauen hoch.

»Ich hatte schon schlimmere.«

Damit ging Ethan. Die beiden würden wohl niemals mit ihrem Geplänkel aufhören.

»Hey, neuer Freund, kriege ich meine Dolche wieder?«, fragte Scarlett den Wolf, der sie hinausbegleitete. Dann erzählte sie noch, wie wertvoll die Dinger waren und dass sie jeden in Stücke schneiden würde, der nur den Gedanken daran verschwendete, sie sich unter den Nagel zu reißen. Die gute Scarlett war schon eine Nummer.

Aaron drehte sich zu mir und zog mich in seine Arme, umhüllte mich dabei mit der Decke. Sanft strich ich über seine Bauchmuskeln.

»Wird Rachel mit allem fertig werden? Ich meine die Entführung durch Jade und … na ja, den Tod eures … Dads«, fragte ich ihn

»Sie ist stark, sie wird es schaffen«, erwidert Aaron rau.

»Und du, wie geht es dir?« Sanft strich ich die dunklen Strähnen aus seinem Gesicht.

»Ich bin nur wütend auf mich selbst, weil ich direkt in Jades Falle gelaufen bin. Ich kam nicht einmal bis zu Rachels Wohnung. Sie betäubten mich schon vor ihrer Haustür, und ich wachte in einem der Käfige hier auf. Rachel saß im Käfig neben mir. Dann rammte mir Jade eine Spritze ins Fleisch, und seit diesem Zeitpunkt fehlt mir komplett die Erinnerung. Es war als wäre ich in einem dichten Nebel gefangen gewesen, ohne jegliche Orientierung. Dann hörte ich deine Stimme. Ich musste zu dir, folgte deinem wundervollen Geruch, kämpfte mich mit aller Macht an die Oberfläche und kam in der Arena zu mir.« Aaron senkte wie ein Büßer den Kopf. »Ich wollte auf keinen Fall, dass es so endet.« Mit sanfter Gewalt zwang ich ihn, mich anzusehen.

»Das mit deinem Vater tut mir unglaublich leid.« Ich sah den Verlust in seinen Augen, der eine tiefe Wunde hinterlassen hatte, doch er antwortete nicht, sondern küsste mich.

Epilog

Dieses künstliche Koma ist das Humanste, was wir für deinen Bruder tun können«, sagte Blake, der Doktor, der nach dem Anschlag die Kugel aus Aarons Körper geholt hatte. Er leitete das Sanatorium, das unter anderem die Wandlerkrankheit erforschte und auch im Allgemeinen auf Wandler spezialisiert war. Ich betrachtete Steven, der aussah, als würde er jeden Moment die Augen öffnen. Das gleichmäßige Piepen auf dem Monitor sagte allerdings das Gegenteil. In seinem Gesicht erkannte ich mich selbst.

»Er sieht aus, als würde er nur schlafen und nicht seit Wochen im Koma liegen. Müssten sich seine Muskeln nicht längst zurückgebildet haben und sein Gesicht viel eingefallener sein?« Ich sah zu Blake.

»Bei Menschen wäre das so. Aber unsere Kräfte sorgen dafür, dass der Körper kontinuierlich geheilt wird. Bis eben auf die Psyche. Liv, ich verspreche dir, alles in unserer Macht Stehende zu tun, damit auch Stevens Geist geheilt wird. Aaron ist der beste Beweis, dass man aus dem Zustand wieder herausgeholt werden kann, wenn er künstlich herbeigeführt wurde.«

»Wie ist Jade überhaupt an dieses Serum gekommen?«, fragte Aaron.

»Sie gehörte zum Förderverein dieser Einrichtung, organisierte Galas und solche Dinge, schaffte viel Geld heran. Leider waren einige Mitglieder des Aufsichtsrates etwas zu dankbar. Aber diese faulen Äpfel wurden entfernt. Jetzt, da wir beide Wandlerrassen hier pflegen, denke ich, können wir neue Ergebnisse erzielen. Denn jede Rasse bringt ihre Eigenheiten mit sich, und wenn wir diese bündeln, führt das vielleicht zum Erfolg.« Blake blickte mich erwartungsvoll an.

»Ich hoffe es.« Ein letztes Mal schaute ich zu meinem Bruder, dann verließ ich das Krankenzimmer, knöpfte dabei meinen Mantel zu.

»Vielleicht könnten wir ja mit dir ein paar Tests machen.« Blake lief neben Aaron.

»Ich werde mich melden«, erwiderte mein Freund, drückte unentwegt auf den Fahrstuhlknopf, als wollte er diesen Ort hier schnellstmöglich verlassen.

Mit einem Ping glitten die Türen auseinander. Schon stand Aaron im Fahrstuhl, ich folgte ihm und betätigte den Knopf zu der Etage, die zum Dach führte.

»Aber bald, Aaron. Du bist der Erste, der herausgeholt werden konnte«, rief Blake noch, dann gingen die Türen wieder zu.

»Wieso hattest du es so eilig?«, wollte ich wissen.

»Nadeln, brrr«. Er schüttelte sich, und ich lachte.

»Du hast kein Problem damit, dir eine Kugel einzufangen, aber bei Nadeln rennst du davon? Echt jetzt?«

»Jeder hat so seine Schwächen«, brummte Aaron.

»Ich dachte, *ich* wäre deine Schwäche?«, erwiderte ich, und er nahm mich in den Arm.

»Meine größte Schwäche sowie auch meine größte Stärke«, flüsterte er an mein Ohr.

Wir erreichten das Dach, der Hubschrauber war schon startklar. Kurz danach hoben wir ab.

»Hast du es schon mal in einem Helikopter getan?«, fragte Aaron und strich über meinen Schenkel.

»Der Flug ist viel zu kurz.« Ich hielt seine Hand fest. Schon setzten wir zur Landung an.

Wir stiegen die Treppe im Penthouse hinunter, im ersten Stock bog ich ab und durchquerte das Kaminzimmer, trat auf die Dachterrasse. An der Brüstung blieb ich stehen, beobachtete das quirlige Treiben in den Straßen.

»Es wird nicht leicht werden, die Wandler zu vereinen«, sagte Aaron neben mir.

»Aber wenn wir es geschafft haben, beginnt für die New Yorker Clans eine neue Zeit.« Ich schmiegte mich an ihn. Zusammen würde uns niemand aufhalten können.

Die Community für alle, die Bücher lieben

Das Gefühl, wenn man ein Buch in einer einzigen Nacht verschlingt – teile es mit der Community

In der Lesejury kannst du

★ Bücher lesen und rezensieren, die noch nicht erschienen sind

★ Gemeinsam mit anderen buchbegeisterten Menschen in Leserunden diskutieren

★ Autoren persönlich kennenlernen

★ An exklusiven Gewinnspielen und Aktionen teilnehmen

★ Bonuspunkte sammeln und diese gegen tolle Prämien eintauschen

Jetzt kostenlos registrieren: www.lesejury.de

Folge uns auf Instagram & Facebook:
www.instagram.com/lesejury
www.facebook.com/lesejury